NORMALE MENSEN

Van Sally Rooney verscheen eveneens bij
Ambo|Anthos *uitgevers*

Gesprekken met vrienden

SALLY
ROONEY

NORMALE MENSEN

Vertaald door Gerda Baardman

Ambo|Anthos
Amsterdam

FSC
www.fsc.org
MIX
Papier van verantwoorde herkomst
FSC® C014496

Deze uitgave kwam tot stand met steun van Literature Ireland.

LITERATURE IRELAND
Promoting and Translating Irish Writing

De vertaler ontving voor deze vertaling een projectsubsidie van het Nederlands Letterenfonds.

Nederlands letterenfonds
dutch foundation for literature

Eerste druk januari 2019
Tweede druk januari 2019
Derde druk januari 2019
Vierde druk februari 2019
Vijfde druk februari 2019
Zesde druk februari 2019
Zevende druk februari 2019
Achtste druk maart 2019
Negende druk april 2019

ISBN 978 90 263 4344 5

Oorspronkelijke titel *Normal People*
Oorspronkelijke uitgever Faber & Faber Ltd
Omslagontwerp gray318 en Roald Triebels, Amsterdam
Omslagillustratie © Henn Kim
Foto auteur © Patrick Bolger

Verspreiding voor België:
Veen Bosch & Keuning uitgevers nv, Antwerpen

It is one of the secrets in that change of mental poise which has been fitly named conversion, that to many among us neither heaven nor earth has any revelation till some personality touches theirs with a peculiar influence, subduing them into receptiveness.

George Eliot, *Daniel Deronda*

JANUARI 2011

Marianne doet open als Connell aanbelt. Ze heeft haar schooluniform nog aan, maar de trui heeft ze uitgetrokken, dus alleen nog de blouse en de rok, en geen schoenen, alleen een panty.

O, hoi, zegt hij.

Kom binnen.

Ze draait zich om en loopt de gang in. Hij volgt haar en doet de deur achter zich dicht. Een paar treetjes af naar de keuken, waar zijn moeder, Lorraine, net haar rubberhandschoenen uittrekt. Marianne wipt op het aanrecht en pakt een open pot chocoladepasta met een lepeltje erin.

Ik hoor van Marianne dat je vandaag de cijfers voor het oefenexamen hebt gekregen, zegt Lorraine.

Alleen Engels, zegt hij. We krijgen alles apart terug. Zullen we gaan?

Lorraine vouwt de rubberhandschoenen netjes op en legt ze in het gootsteenkastje. Dan begint ze de speldjes uit haar haar te halen. Volgens Connell had ze dat ook best in de auto kunnen doen.

Ik hoor dat je het heel goed hebt gedaan, zegt ze.

De beste van de klas, zegt Marianne.

Oké, zegt Connell. Marianne heeft het ook heel goed gedaan. Zullen we nu?

Lorraine wil haar schort losmaken, maar stopt.

Ik wist niet dat we zo'n haast hadden, zegt ze.

Hij steekt zijn handen in zijn zakken en onderdrukt een geergerde zucht door hoorbaar in te ademen, zodat het toch als een zucht klinkt.

Ik moet boven nog even de was uit de droger halen, zegt Lorraine. Dan gaan we. Oké?

Hij zegt niets en laat alleen zijn hoofd hangen terwijl Lorraine de keuken uit loopt.

Wil jij ook? vraagt Marianne.

Ze houdt hem de pot chocoladepasta voor. Hij duwt zijn handen nog iets dieper in zijn zakken, alsof hij zijn hele lichaam erin wil proppen.

Nee, dank je, zegt hij.

Heb je je cijfers voor Frans vandaag gekregen?

Gisteren.

Hij leunt met zijn rug tegen de ijskast en kijkt toe terwijl zij het lepeltje aflikt. Op school doen ze alsof ze elkaar niet kennen. Iedereen weet wel dat Marianne in dat grote witte huis met die oprijlaan woont en ook dat Connells moeder schoonmaakster is, maar niemand ziet het verband.

Ik heb een tien, zegt hij. Wat had jij voor Duits?

Een tien, zegt ze. Zit je nu op te scheppen?

Jij gaat de hoogste score halen, hè?

Ze haalt haar schouders op. Jij waarschijnlijk ook, zegt ze.

Jij bent slimmer dan ik.

Maak je niet druk. Ik ben slimmer dan iedereen.

Marianne grijnst. Ze doet geen enkele poging om haar minachting voor de anderen op school te verbergen. Ze heeft geen vrienden en zit in de lunchpauze in haar eentje romans te lezen. Veel mensen haten haar echt. Haar vader is overleden toen ze dertien was en Connell heeft gehoord dat ze nu een geesteszieke heeft of zoiets. Ze is inderdaad de slimste van de hele school. Hij vindt het doodeng om alleen met haar te zijn, maar hij betrapt zich er ook op dat hij fantaseert over dingen die hij zou kunnen zeggen om indruk op haar te maken.

Met Engels ben je niet de beste van de klas, merkt hij op.

Ze likt onbekommerd haar tanden af.

Misschien moet je me maar bijles geven, Connell, zegt ze.

Hij voelt zijn oren warm worden. Waarschijnlijk is het zomaar een opmerking en bedoelt ze er niets mee, maar als ze er wel iets mee bedoelt, dan trekt ze hem omlaag in de pikorde, want ze wordt als een voorwerp van afkeer beschouwd. Ze draagt lelijke platte schoenen met dikke zolen en doet nooit make-up op. Er wordt beweerd dat ze haar benen niet scheert en zo. Connell heeft gehoord dat ze een keer in de kantine chocolade-ijs had gemorst en toen op de meisjes-wc haar blouse had uitgetrokken om hem in de wasbak uit te spoelen. Dat is een populair verhaal, iedereen heeft het weleens gehoord. Als ze zou willen, dan zou ze Connell op school nadrukkelijk gedag kunnen zeggen. Tot vanmiddag! zou ze kunnen zeggen waar iedereen bij was. Daarmee zou ze hem in verlegenheid brengen en dat soort dingen vindt ze erg leuk om te doen. Maar ze heeft het nog nooit gedaan.

Waar had je het vandaag met Neary over? vraagt Marianne.

O, niks. Ik weet het niet meer. Examen.

Marianne draait het lepeltje rond in de pot.

Valt ze op je of zo? vraagt ze.

Connell kijkt naar het ronddraaiende lepeltje. Zijn oren voelen nog steeds erg warm aan.

Waarom vraag je dat? vraagt hij.

God, je hebt toch geen relatie met haar?

Tuurlijk niet. Vind je het leuk om daar grappen over te maken?

Sorry, zegt Marianne.

Ze werpt hem een scherpe blik toe, alsof ze door zijn ogen heen in zijn hoofd kan kijken.

Je hebt gelijk, het is niet grappig, zegt ze dan. Sorry.

Hij knikt, kijkt even om zich heen, port met de neus van zijn schoen in een groefje tussen de tegels.

Ik vind soms wel dat ze een beetje vreemd tegen me doet, zegt hij. Maar dat zou ik nooit hardop zeggen of zo.

Ik vind dat ze zelfs in de klas erg flirterig tegen je doet.

Echt?

Marianne knikt. Hij wrijft in zijn nek. Miss Neary geeft economie. Zijn veronderstelde gevoelens voor haar zijn op school veelvuldig onderwerp van gesprek. Volgens sommigen zou hij zelfs hebben geprobeerd haar op Facebook toe te voegen, wat hij niet heeft gedaan en ook nooit zou doen. Hij zegt zelfs nooit iets tegen haar en doet niets, hij zit gewoon stil terwijl zij van alles tegen hem zegt. Soms laat ze hem nablijven om het over zijn levensdoelen te hebben en een keer heeft ze zelfs de knoop van zijn schooldas aangeraakt. Hij kan er met niemand over praten omdat iedereen dan zal denken dat hij opschept. In de klas vindt hij het zo pijnlijk en irritant dat hij zich niet op de les kan concentreren, hij zit maar naar zijn boek te staren totdat de grafieken wazig worden.

Iedereen zeurt altijd maar dat ik haar leuk vind of zo, zegt hij. Maar dat is helemaal niet zo. Je denkt toch niet dat ik erop inga als ze zo doet?

Niet voor zover ik zie.

Hij veegt onwillekeurig zijn handen af aan zijn schooloverhemd. Iedereen is er zo van overtuigd dat hij zich tot Miss Neary aangetrokken voelt dat hij soms aan zijn eigen instincten gaat twijfelen. Stel dat hij haar onbewust, zonder het zelf te beseffen, toch begeert? Hij weet eigenlijk niet eens hoe begeerte zou moeten aanvoelen. De keren dat hij echt seks heeft gehad, vond hij dat zo stressvol dat het voornamelijk onplezierig was, zodat hij is gaan vermoeden dat er iets mis met hem is, dat hij niet in staat is intiem met een vrouw te zijn, dat hij een ontwikkelingsachterstand heeft. Na afloop ligt hij daar en denkt: dat was zo vreselijk dat ik er misselijk van ben. Ligt het aan hem? Is de walging die hij voelt als Miss Neary zich over zijn tafeltje heen buigt zijn manier om seksuele opwinding te ervaren? Hoe kan hij dat weten?

Ik kan wel iets tegen Lyons zeggen, zegt Marianne. Dan zeg ik niet dat ik het van jou heb, alleen dat het me is opgevallen.

Jezus, nee. Niet doen. Tegen niemand zeggen, oké?

Oké.

Hij kijkt haar aan om te bevestigen dat ze het serieus meent en knikt.

Het is niet jouw schuld dat ze zo tegen je doet, zegt Marianne. Jij doet niets verkeerd.

Maar waarom denkt iedereen dan dat ik haar leuk vind? vraagt hij zacht.

Misschien omdat je zo vaak bloost als ze iets tegen je zegt. Maar je bloost eigenlijk om alles, je hebt nu eenmaal dat soort huid.

Hij lacht kort, opgelaten. Bedankt, zegt hij.

Het is toch zo.

Ja, weet ik.

Je bloost nu ook, zegt Marianne.

Hij sluit zijn ogen, drukt zijn tong tegen zijn gehemelte. Hij hoort Marianne lachen.

Waarom moet je altijd zo hard tegen iedereen zijn? vraagt hij.

Ik ben niet hard. Het maakt mij niet uit dat je bloost, ik zal het tegen niemand zeggen.

Dat je het niet doorvertelt betekent nog niet dat je maar kunt zeggen wat je wilt.

Oké, zegt ze. Sorry.

Hij draait zich om en kijkt uit het raam, naar de tuin. Het is eigenlijk meer een 'terrein'. Er hoort een tennisbaan bij en er staat een groot stenen beeld in de vorm van een vrouw. Hij kijkt naar het 'terrein' en brengt zijn gezicht dicht bij de koele adem van het glas. Als mensen dat verhaal vertellen over Marianne die haar blouse in de wasbak wast, doen ze alsof het alleen maar grappig is, maar volgens Connell heeft het verhaal eigenlijk een ander doel. Marianne heeft nog nooit met iemand op school iets gehad, niemand heeft haar ooit zonder kleren gezien, niemand weet of ze op jongens of op meisjes valt, want dat wil ze niet zeggen. Dat nemen ze haar kwalijk en Connell denkt dat ze dat verhaal daarom vertellen, dat het hun manier is om zich te vergapen aan iets wat ze niet mogen zien.

Ik wil geen ruzie met je, zegt ze.

We hebben toch geen ruzie.

Ik weet wel dat je me waarschijnlijk haat, maar je bent de enige die met me wil praten.

Ik heb nooit gezegd dat ik je haat, zegt hij.

Nu heeft hij haar aandacht, ze kijkt op. Verward kijkt hij weg, maar uit zijn ooghoek ziet hij dat ze nog steeds kijkt. Als hij met Marianne praat, heeft hij een totaal gevoel van privacy. Hij zou haar alles over zichzelf kunnen vertellen, zelfs rare dingen, maar ze zou nooit iets doorvertellen, dat weet hij. Met haar alleen zijn voelt alsof hij de deur van het normale leven even opendoet en dan achter zich dichttrekt. Hij is niet bang voor haar, ze is zelfs best relaxed, maar toch vindt hij het angstaanjagend om bij haar te zijn vanwege zijn eigen verwarrende gedrag, de dingen die hij zegt en die hij anders nooit zou zeggen.

Een paar weken geleden stond hij in de hal op Lorraine te wachten toen Marianne in haar badjas naar beneden kwam. Een doodgewone witte badjas, normaal dichtgebonden. Haar haar was nat en ze glom alsof ze net crème op haar gezicht had gedaan. Toen ze Connell zag, aarzelde ze even op de trap en zei: Sorry, ik wist niet dat jij er was. Misschien leek ze even van haar stuk gebracht, maar niet heel erg of zo. Toen ging ze weer naar haar kamer boven. Toen ze weg was, bleef hij in de hal staan wachten. Hij wist dat ze zich waarschijnlijk op haar kamer aan het aankleden was, en wat ze zo meteen ook aan zou hebben als ze beneden kwam, het zouden de kleren zijn die ze had gekozen omdat ze hem in de hal had zien staan. Maar Lorraine was al klaar voordat Marianne zich weer liet zien, dus hij heeft nooit geweten wat ze had aangetrokken. Het maakte hem ook niet zoveel uit. Hij heeft er in elk geval op school nooit iets over gezegd, dat hij haar in badjas had gezien of dat ze van haar stuk gebracht leek, dat ging niemand iets aan.

Ik vind je aardig, zegt Marianne.

Even zegt hij niets en de intensiteit van het gevoel van privacy tussen hen is heel hevig, het drukt bijna lichamelijk op zijn gezicht en zijn lichaam. Dan komt Lorraine de keuken weer in. Ze strikt haar sjaal om haar hals. Ze klopt even op de deur, ook al staat die open.

Klaar? vraagt ze.

Yep, zegt Connell.

Bedankt voor alles, Lorraine, zegt Marianne. Tot volgende week.

Connell loopt de keuken al uit, maar zijn moeder zegt: Je kunt toch wel even gedag zeggen? Hij draait zich half om, maar merkt dat hij Marianne niet kan aankijken, dus richt hij zich tot de vloer. Oké, doei, zegt hij. Hij wacht haar antwoord niet af.

In de auto doet zijn moeder haar gordel om en schudt haar hoofd. Je mag weleens wat aardiger tegen haar zijn, zegt ze. Ze heeft het niet echt makkelijk op school.

Hij steekt de sleutel in het contact en kijkt in de achteruitkijkspiegel. Ik bén aardig tegen haar, zegt hij.

Ze is eigenlijk heel gevoelig, zegt Lorraine.

Zullen we het over iets anders hebben?

Lorraine trekt een gezicht. Hij kijkt voor zich en doet alsof hij het niet ziet.

DRIE WEKEN LATER

(FEBRUARI 2011)

Ze zit aan haar toilettafel en kijkt naar haar gezicht in de spiegel. De contouren van haar gezicht zijn bij haar wangen en kaak niet strak. Het is een gezicht als een stuk technologie en haar ogen zijn knipperende cursors. Of het lijkt op een weerspiegeling van de maan in iets, onvast en vervormd. Het drukt van alles tegelijk uit, dus eigenlijk helemaal niets. Voor deze gelegenheid make-up op doen zou gênant zijn, concludeert ze. Zonder het oogcontact met zichzelf te verbreken doopt ze haar vinger in een open potje lippenbalsem en smeert wat op.

Als ze beneden haar jas van het haakje neemt, komt haar broer Alan uit de woonkamer.

Waar ga jij heen? vraagt hij.

Uit.

Waarnaartoe?

Ze steekt haar armen in de mouwen van haar jas en trekt de kraag recht. Ze begint zenuwachtig te worden en hoopt dat haar zwijgzaamheid brutaal en niet onzeker aandoet.

Eindje lopen, zegt ze.

Alan gaat voor de deur staan.

Ik weet dat je niet met vrienden hebt afgesproken, zegt hij. Want die heb je niet, hè?

Nee.

Ze glimlacht, een onbewogen lachje, in de hoop dat dat gebaar van onderwerping hem tevredenstelt, zodat hij bij de voordeur weggaat. Maar hij vraagt: Waarom doe je dat?

Wat? vraagt ze.

Dat rare lachje?

Hij doet haar na, vertrekt zijn gezicht tot een lelijke grijns met ontblote tanden. Ondanks de grijns ziet hij er door de gewelddadige, extreme imitatie kwaad uit.

Ben je blij dat je geen vrienden hebt? vraagt hij.

Nee.

Nog steeds glimlachend doet ze twee kleine stapjes naar achteren, draait zich dan om en loopt naar de keuken, waar de patiodeur toegang geeft tot de tuin. Alan komt achter haar aan. Hij grijpt haar bij haar bovenarm en trekt haar bij de deur weg. Ze voelt haar kaak verstrakken. Zijn vingers drukken door de jas heen in haar arm.

Als jij bij mam gaat janken, zegt hij.

Nee, zegt Marianne, nee. Ik ga gewoon een eindje lopen. Dank je.

Hij laat haar los en ze glipt door de deur van de patio en trekt die achter zich dicht. Buiten voelt de lucht heel koud aan en ze begint te klappertanden. Ze loopt om het huis heen, de oprit af en de straat op. Haar arm klopt nog waar hij haar heeft vastgepakt. Ze haalt haar telefoon uit haar zak, tikt een bericht in, raakt een paar keer de verkeerde toets, wist en tikt opnieuw. Uiteindelijk verstuurt ze het: Kom eraan. Voordat ze de telefoon weer opbergt, krijgt ze antwoord: cool tot zo.

Aan het eind van het jaar stond het elftal van hun school in de finale van de een of andere competitie en moest iedereen van hun jaar de laatste drie lesuren vrij nemen om te kijken. Marianne had hen nog nooit zien spelen. Sport interesseerde haar niet en ze werd erg onzeker van de gymlessen. In de bus op weg naar de wedstrijd luisterde ze naar muziek op haar telefoon en niemand zei iets tegen haar. Buiten: zwart vee, groene weilanden, witte huizen met bruine dakpannen. De jongens van het voetbalelftal zaten bovenin, dronken water en sloegen elkaar op de schouders om het moreel op te vijzelen. Marianne had het gevoel dat haar echte leven zich ergens heel ver weg afspeelde, zonder haar, en dat ze niet wist of ze het ooit zou vinden en er deel aan zou hebben. Dat gevoel had ze vaak op school, maar het ging nooit gepaard met duidelijke beelden van dat echte leven, hoe het eruitzag, hoe het voelde. Ze wist alleen dat ze het zich niet meer zou hoeven voor te stellen als het eenmaal zou beginnen.

Het bleef de hele wedstrijd droog. Ze waren hierheen gebracht om langs de zijlijn te staan juichen. Marianne stond vlak bij het doel met Karen en een paar andere meisjes. Behalve Marianne leek iedereen de aanmoedigingsliedjes uit zijn hoofd te kennen, compleet met teksten die zij nog nooit had gehoord. In de rust stond het nog steeds nul-nul en Miss Keaney deelde pakjes sap en energierepen uit. Na de rust speelden de elftallen vanuit de andere helft van het veld en de aanvallers van het schoolelftal stonden in Mariannes buurt. Connell Waldron was de spits. Ze zag hem in zijn voetbaloutfit staan, de glimmende witte broek, het schoolshirt met het nummer negen op de rug. Hij had een mooie houding, beter dan alle andere jongens. Zijn gestalte leek wel een lange, sierlijke, met een penseel getrokken lijn. Als de bal op hun helft kwam, rende hij er vaak naartoe, soms met een hand in de lucht, en dan stond hij weer stil. Het was prettig om naar te kijken en ze dacht niet dat hij wist waar ze stond of het zich zelfs maar afvroeg. Ze kon wel een keer na school tegen hem zeggen dat ze naar hem had gekeken, en dan zou hij lachen en zeggen dat ze een rare was.

In de zeventigste minuut bracht Aidan Kennedy de bal naar de linkerhelft en speelde Connell aan, die vanuit de hoek van het strafschopgebied op doel schoot, over de hoofden van de verdedigers heen, recht in het net. Iedereen schreeuwde het uit, zelfs Marianne, en Karen sloeg haar arm om Mariannes middel en trok haar naar zich toe. Ze juichten samen, ze hadden iets magisch gezien waardoor hun normale sociale relatie werd opgeschort. Miss Keaney floot en stampte. Op de middenstip vielen Connell en Aidan elkaar als herenigde broers in de armen. Wat was Connell mooi. Marianne bedacht dat ze ernaar verlangde hem seks met iemand te zien hebben, niet per se met haarzelf, een ander was ook goed. Het zou gewoon mooi zijn om naar te kijken. Ze besefte dat dit soort gedachten haar anders maakte dan de anderen op school, raarder.

Mariannes klasgenoten lijken het op school leuk te vinden, normaal. Elke dag hetzelfde uniform aantrekken, zich altijd aan arbitraire regels houden, in de gaten worden gehouden en op wangedrag worden gecontroleerd, voor hen is dat normaal. Ze ervaren school niet als een onderdrukkende omgeving. Vorig jaar heeft Marianne een aanvaring gehad met Kerrigan, de geschiedenisleraar, toen hij had gezien dat ze onder de les uit het raam keek, en niemand in de klas viel haar bij. Ze vond het ronduit krankzinnig dat ze elke ochtend verkleedkleren aan moest, de hele dag een enorm gebouw door werd gejaagd en niet eens mocht kijken waar ze wilde, dat zelfs haar oogbewegingen onder de jurisdictie van de school vielen. Je leert niets als je zit te dagdromen en naar buiten te kijken, had Kerrigan gezegd. Marianne was driftig geworden en had teruggesnauwd: Hou uzelf niet voor de gek, van u leerde ik toch al niets.

Connell zei laatst dat hij dat nog wist en dat hij vond dat ze wel erg hard tegen Kerrigan was uitgevallen, want hij was een van de redelijkste leraren. Maar ik snap wel wat je bedoelt, had hij eraan toegevoegd. Dat je je op school een beetje gevangen voelt, dat snap ik wel. Hij had je gewoon naar buiten moeten laten kijken, dat ben ik met je eens. Daar deed je niemand kwaad mee.

Na hun gesprek in de keuken, toen ze had gezegd dat ze hem aardig vond, ging hij vaker bij haar langs. Hij kwam vroeg om zijn moeder van haar werk op te halen en hing in de woonkamer rond zonder veel te zeggen of stond met zijn handen in zijn zakken bij de open haard. Marianne vroeg nooit wat hij kwam doen. Ze praatten wat, of zij praatte en hij knikte. Hij zei dat ze *Het Communistisch Manifest* eens moest lezen, hij dacht dat ze dat wel interessant zou vinden en bood aan de titel voor haar op te schrijven zodat ze het niet vergat. Ik weet wel hoe *Het Communistisch Manifest* heet, zei ze. Hij haalde zijn schouders op, oké. Maar, voegde hij er met een glimlach aan toe: Je doet nu wel heel superieur, maar je hebt het niet eens gelezen. Toen moest ze lachen, en hij lachte omdat zij lachte. Ze konden elkaar niet aankijken als ze lachten, ze moesten naar een hoekje van de kamer of naar hun voeten kijken.

Connell leek te begrijpen hoe ze over school dacht; hij zei dat hij haar mening graag hoorde. Die hoor je op school anders vaak genoeg, zei ze. Hij antwoordde zakelijk: Maar op school doe je anders, zo ben je niet echt. Hij leek te denken dat Marianne de beschikking had over een heel scala aan identiteiten waar ze moeiteloos tussen heen en weer schakelde. Dat verwonderde haar, want meestal voelde ze zich opgesloten in één persoonlijkheid en dat was altijd dezelfde, wat ze ook deed of zei. Ze had vroeger wel geprobeerd anders te zijn, bij wijze van experiment, maar dat werkte nooit. Als ze bij Connell anders was, dan zat dat verschil niet binnen in haar, in haar persoon-zijn, maar tussen hen, in hun dynamiek. Soms maakte ze hem aan het lachen, maar op andere dagen was hij zwijgzaam, ondoorgrondelijk, en dan voelde ze zich na zijn vertrek high, nerveus, vol energie en tegelijk helemaal leeg.

Vorige week was hij haar naar de studeerkamer gevolgd toen ze *The Fire Next Time* voor hem zocht. Hij stond naar de boekenkast te kijken met het bovenste knoopje van zijn overhemd open en zijn schooldas los. Ze vond het boek en gaf het aan hem, en hij ging in de vensterbank zitten om het achterplat te bekijken. Ze ging naast hem zitten en vroeg of zijn vrienden Eric en Rob wisten dat hij in zijn vrije tijd zoveel las.

Dat interesseert ze niet, zei hij.

De wereld om hen heen interesseert ze niet, bedoel je.

Connell trok het gezicht dat hij altijd trok als ze kritiek op zijn vrienden had, een indrukwekkende frons. Niet op dezelfde manier, zei hij. Zij hebben hun eigen interesses. Ik denk niet dat ze boeken over racisme lezen en zo.

Precies, ze hebben het veel te druk met opscheppen over iedereen met wie ze seks hebben, zei ze.

Hij zweeg even, alsof hij bij die opmerking zijn oren spitste, maar niet meteen wist hoe hij erop moest reageren. Ja, dat is wel zo, zei hij toen. Dat verdedig ik niet. Ik weet dat ze irritant kunnen zijn.

Vind je dat niet vervelend?

Weer zweeg hij. Meestal niet, zei hij toen. Soms gaan ze wel een beetje over het randje en dat vind ik natuurlijk vervelend. Maar uiteindelijk zijn het toch mijn vrienden, snap je. Voor jou is het anders.

Ze keek naar hem, maar hij inspecteerde het ruggetje van het boek.

Hoezo anders? vroeg ze.

Hij haalde zijn schouders op en boog het achterplat een paar keer om. Ze voelde zich gefrustreerd. Haar gezicht en handen werden warm. Hij bleef maar naar het boek kijken, al had hij de tekst op de achterkant vast allang gelezen. Ze was op een moleculair niveau op zijn lichamelijke aanwezigheid gericht, alsof de gewone beweging van zijn ademhaling al krachtig genoeg was om haar ziek te maken.

Weet je nog dat je laatst zei dat je me aardig vond? vroeg hij. In de keuken, toen we het over school hadden.

Ja.

Bedoelde je als vriend, of?

Ze keek naar haar schoot. Ze had een corduroy rok aan en in het licht van het raam zag ze dat er allemaal pluisjes op zaten.

Nee, gewoon als vriend, zei ze.

O, oké. Ik vroeg het me gewoon af.

Hij bleef zitten en knikte in zichzelf.

Ik weet niet precies wat ik voel, voegde hij eraan toe. Ik denk dat het op school wel lastig zou zijn als er iets gebeurde.

Dat zou niemand hoeven te weten.

Hij keek haar aan, rechtstreeks, met volledige aandacht. Ze wist dat hij haar ging kussen en dat deed hij ook. Zijn lippen waren zacht. Zijn tong bewoog een beetje in haar mond. Toen was het voorbij en hij trok zich terug. Hij leek zich ineens het boek in zijn hand te herinneren en keek er weer naar.

Dat was fijn, zei ze.

Hij knikte, slikte, keek weer naar het boek. Zijn houding was zo schaapachtig, alsof het onbeleefd van haar was om zelfs maar op de kus te zinspelen, dat ze in de lach schoot. Toen leek hij van zijn stuk gebracht.

Oké, zei hij. Waarom lach je nu?

Zomaar.

Je doet alsof je nog nooit hebt gezoend.

Heb ik ook niet, zei ze.

Hij sloeg een hand voor zijn gezicht. Ze lachte weer, kon niet meer ophouden, en toen begon hij ook. Zijn oren werden heel rood en hij schudde zijn hoofd. Na een paar seconden stond hij op met het boek nog in zijn hand.

Niet op school vertellen, oké? zei hij.

Alsof ik op school ooit met iemand praat.

Hij ging de kamer uit. Ze liet zich slap van de vensterbank op de grond glijden met haar benen voor zich uitgestrekt, als een lappenpop. Terwijl ze daar zo zat, had ze het gevoel dat Connell alleen bij haar langs was gekomen om haar te testen, en ze was geslaagd, en de kus diende om haar te laten weten: Je bent geslaagd. Ze dacht aan zijn lach toen ze zei dat ze nog nooit had gezoend. Van iemand anders zou het misschien wreed zijn geweest om zo te lachen, maar van hem niet. Zij hadden samen gelachen om een situatie waar ze samen in verzeild waren geraakt, al wist ze niet precies hoe ze die situatie had moeten omschrijven of wat er grappig aan was.

Die ochtend zat ze vóór Duits naar haar klasgenoten te kijken die elkaar gillend en giechelend van de verwarming af duwden. Toen de les begon, luisterden ze stil naar een bandje van een Duits meisje dat vertelde dat ze een feest had gemist. *Es tut mir sehr leid.* Die middag begon het te sneeuwen, dikke grijze vlokken dwarrelden langs de ramen en smolten op het grind. Alles zag er sensueel uit en voelde ook zo aan: de muffe lucht in de klas, het blikkerige intercombelletje tussen de lessen, de donkere, kale bomen die als geestverschijningen om het basketbalveld heen stonden. Het trage routinewerk van het overschrijven van aantekeningen in verschillende kleuren op fris, wit, blauw gelinieerd papier. Connell zei zoals gewoonlijk op school niets tegen Marianne en keek niet eens naar haar. Ze keek naar hem terwijl hij werkwoorden vervoegde en op zijn pen kauwde. In de lunchpauze in een ander deel van de kantine, waar hij met zijn vrienden ergens om lachte. Hun geheim had een prettig gewicht in haar lichaam en drukte op haar bekken als ze bewoog.

Die dag en de dag daarna zag ze hem niet na schooltijd. Donderdagmiddag werkte zijn moeder weer en kwam hij haar vroeg ophalen. Marianne moest opendoen, want er was verder niemand thuis. Hij had zijn schooluniform verwisseld voor een zwarte spijkerbroek en een sweatshirt. Toen ze hem zag, was haar eerste impuls weg te lopen en haar gezicht te verbergen. Lorraine is in de keuken, zei ze. Toen draaide ze zich om, ging naar boven en trok de deur van haar kamer achter zich dicht. Ze ging op haar buik op haar bed liggen en ademde in het kussen. Wie was die Connell trouwens eigenlijk? Ze had het gevoel dat ze hem heel intiem kende, maar wat had ze daar voor reden voor? Alleen dat hij haar één keer zonder uitleg had gezoend en haar toen had gewaarschuwd het tegen niemand te zeggen? Na een minuut of twee hoorde ze een klopje op de deur en ging ze overeind zitten. Kom binnen, zei ze. Hij deed de deur open, keek haar vragend aan om te zien of hij welkom was, ging naar binnen en trok de deur achter zich dicht.

Ben je kwaad op me? vroeg hij.

Nee. Waarom zou ik?

Hij haalde zijn schouders op. Hij slenterde naar haar bed en ging op de rand zitten. Zij zat in kleermakerszit en hield haar enkels vast. Zo zaten ze even zwijgend bij elkaar. Toen klom hij naast haar. Hij raakte haar been aan en zij ging achterover tegen het kussen liggen. Ze vroeg brutaal of hij haar weer ging kussen. Wat denk je zelf? vroeg hij. Dat vond ze heel cryptisch en cool. Maar hij begon haar inderdaad te zoenen. Zij zei dat het fijn was en hij zei niets. Ze had het gevoel dat ze tot alles bereid was om aardig gevonden te worden, om hem hardop te laten zeggen dat hij haar leuk vond. Hij liet zijn hand onder haar schoolblouse glijden. In zijn oor vroeg ze: Zullen we onze kleren uittrekken? Hij zat met zijn hand in haar beha. Echt niet, zei hij. Dat is toch stom, Lorraine is beneden. Hij noemde zijn moeder altijd bij haar voornaam. Ze komt hier nooit, zei Marianne. Hij schudde zijn hoofd en zei: Nee, we moeten stoppen. Hij ging rechtop zitten en keek op haar neer.

Je kwam wel even in de verleiding, zei ze.

Niet echt.

Ik verleidde je.

Hij schudde zijn hoofd en glimlachte. Wat ben je toch een raar mens, zei hij.

Nu staat ze bij hem op de oprit, bij zijn auto. Hij heeft haar het adres ge-sms't, nummer 33, een rijtjeshuis met kiezelpleister op de muren, vitrages en een klein betonnen tuintje. Achter het raam boven brandt licht. Vreemd idee dat hij daar echt woont, in een huis waar ze nog nooit binnen is geweest, dat ze zelfs nog nooit heeft gezien. Ze heeft een zwarte trui, een grijze rok en goedkoop zwart ondergoed aan. Haar benen zijn met zorg geschoren, haar oksels zijn glad en kalkachtig van de deodorant en ze heeft een beetje een loopneus. Ze belt aan en hoort hem over de trap naar de deur komen. Hij doet open. Voordat hij haar binnenlaat kijkt hij over haar schouder of niemand haar ziet binnenkomen.

EEN MAAND LATER

(MAART 2011)

Ze hebben het over hun vervolgstudie. Marianne ligt met het laken achteloos over zich heen en Connell zit rechtop met haar MacBook op schoot. Zij heeft zich al ingeschreven voor geschiedenis en politicologie aan Trinity. Hij heeft rechten aan Galway ingevuld, maar overweegt dat nu te veranderen omdat Marianne hem erop heeft gewezen dat hem dat eigenlijk helemaal niet interesseert. Hij ziet zichzelf niet als jurist, met een stropdas en zo, iemand die er misschien toe bijdraagt dat mensen voor een misdrijf worden veroordeeld. Hij had het alleen ingevuld omdat hij niets anders kon bedenken.

Je zou Engels moeten gaan studeren, zegt Marianne.

Vind je dat echt of is het een grapje?

Dat vind ik echt. Het is het enige vak dat je echt leuk vindt. En in je vrije tijd lees je altijd.

Hij kijkt uitdrukkingsloos naar de laptop en dan naar het dunne, gele, over haar lichaam gedrapeerde laken en het lila schaduwdriehoekje op haar borst.

Niet altijd, zegt hij.

Ze glimlacht. Bovendien zit je daar met allemaal meisjes, zegt ze, dus dan ben je helemaal de man.

Ja. Maar of ik daarmee een goede baan vind?

Wat maakt dat uit? De economie ligt toch op zijn gat.

Het scherm van de laptop is op zwart gegaan en hij tikt op de muis om het weer wakker te maken. De aanmeldingssite staart hem aan.

Na de eerste keer dat ze seks hadden gehad, was Marianne blijven slapen. Hij had het nog nooit met een maagd gedaan. Hij had überhaupt nog maar een paar keer seks gehad, en altijd met meisjes die het na afloop aan de hele school vertelden. Later moest hij alles wat hij had gedaan in de kleedkamer terughoren: zijn fouten, en wat nog veel erger was, zijn hartverscheurende pogingen tot tederheid, allemaal grotesk nagespeeld. Met Marianne was het anders, alles was alleen tussen hen, zelfs de onhandige of lastige dingen. Bij haar kon hij alles doen of zeggen wat hij wilde en niemand zou er ooit iets over horen. Bij de gedachte alleen al werd hij duizelig, licht in het hoofd. Toen hij haar die avond aanraakte was ze heel nat, haar ogen draaiden weg en ze zei: God, ja. En dat mocht ze zeggen, niemand zou het ooit weten. Hij was bang dat hij meteen zou klaarkomen, alleen al door die aanraking.

De volgende ochtend kuste hij haar in de gang bij hun afscheid en haar mond smaakte alkalisch, naar tandpasta. Dank je, zei ze. Toen ging ze, voordat hij begreep waarvoor hij werd bedankt. Hij stopte de lakens in de wasmachine en haalde schoon beddengoed uit de kast. Hij bedacht hoe onafhankelijk ze was, dat ze zo heimelijk naar zijn huis kon komen en seks met hem kon hebben zonder dat ze behoefte had om het aan iemand te vertellen. Ze liet alles gewoon gebeuren alsof het allemaal niets voor haar betekende.

Die middag kwam Lorraine thuis. Nog voordat ze haar sleutels op tafel had gelegd, vroeg ze al: Is dat de wasmachine? Connell knikte. Ze hurkte neer en keek door het ronde raampje in de trommel, waar zijn lakens in het schuim ronddraaiden.

Ik vraag niets, zei ze.

Wat?

Ze vulde de waterkoker en hij leunde tegen het aanrecht.

Waarom je beddengoed in de was zit, zei ze. Ik vraag niets.

Hij rolde met zijn ogen, gewoon om maar iets met zijn gezicht te doen. Jij denkt altijd meteen het ergste, zei hij.

Ze lachte, zette de waterkoker in de houder en knipte hem aan. Sorry, zei ze. Maar ik ben waarschijnlijk de makkelijkste moeder van jullie hele school. Zolang je het maar veilig doet, moet je het helemaal zelf weten.

Hij zei niets. Het water kookte bijna en ze haalde een schone mok uit de kast.

Nou? vroeg ze. Betekent dat ja?

Ja wat? Nee, ik heb dus geen onveilige seks met iemand gehad terwijl jij weg was. Jezus.

Ga door, hoe heet ze?

Toen liep hij de keuken uit, maar op de trap hoorde hij zijn moeder lachen. Zijn leven is voor haar altijd een bron van vermaak.

Die maandag op school moest hij vermijden Marianne aan te kijken of op haar te reageren. Hij droeg het geheim in zich mee als iets groots en heets, als een overvol dienblad met bekers gloeiend drinken dat hij overal zonder morsen mee naartoe moest nemen. Zij deed net zoals altijd, alsof er nooit iets was gebeurd, ze las bij de kastjes in haar boek zoals gewoonlijk en raakte in zinloze discussies verzeild. Dinsdag begon Rob in de lunchpauze vragen te stellen over Connells moeder die bij Marianne thuis werkte en Connell at gewoon door en probeerde zijn gezicht uitdrukkingsloos te houden.

Zou je daar zelf naar binnen gaan? vroeg Rob. In die villa.

Connell jongleerde met een zak chips en keek erin. Ik ben wel een paar keer binnen geweest, ja, zei hij.

Hoe is het daar?

Hij haalde zijn schouders op. Weet ik veel, zei hij. Groot natuurlijk.

Hoe is ze in haar eigen territorium? vroeg Rob.

Weet ik veel.

Ze ziet jou waarschijnlijk als haar butler?

Connell veegde zijn mond af met de rug van zijn hand. Die voelde vettig aan. Zijn lippen waren te zout en hij had hoofdpijn.

Dat betwijfel ik, zei hij.

Maar jouw moeder is daar toch dienstmeisje?

Ze is gewoon schoonmaakster. Ze komt daar maar twee keer per week. Ik denk niet dat ze elkaar vaak spreken.

Heeft Marianne geen belletje om haar te roepen? vroeg Rob.

Connell zei niets. Wat dat betrof begreep hij de situatie met Marianne niet. Na dat gesprek met Rob zei hij bij zichzelf dat het afgelopen was, dat hij gewoon een keer seks met haar had gehad om te kijken hoe dat was en dat hij haar nooit meer zou zien. Maar zelfs terwijl hij dat allemaal tegen zichzelf zei, hoorde hij een ander deel van zijn hersenen met een andere stem zeggen: Jawel. Het was een deel van zijn bewustzijn dat hij tot dan toe niet echt had gekend, een onverklaarbare drang om aan perverse, geheime drijfveren te gehoorzamen. Hij betrapte zich er die middag op dat hij over haar zat te fantaseren, eerst achter in de klas bij wiskunde en later bij slagbal. Hij dacht aan haar kleine, natte mond en kon ineens geen lucht meer krijgen, het kostte hem moeite zijn longen te vullen.

Die middag ging hij na school bij haar langs. In de auto had hij de radio heel hard aanstaan om er niet over na te hoeven denken wat hij deed. Toen ze naar boven gingen zei hij niets, hij liet haar praten. Ja, lekker, zei ze steeds. Wat is dat lekker. Haar lichaam was helemaal zacht en wit, als bloem. Hij leek volmaakt in haar te passen. Lichamelijk voelde het precies goed en hij begreep ineens waarom mensen krankzinnige dingen deden voor seks. Hij begreep heel veel over de volwassen wereld wat hem tot dan toe een raadsel was gebleven. Maar waarom Marianne? Niet omdat ze zo aantrekkelijk was of zo. Sommige mensen vonden haar het lelijkste meisje van de hele school. Wat zei het over hem dat hij dit met haar wilde doen? Toch was hij hier, wat dat ook over hem zei, en deed hij dit. Ze vroeg of hij het lekker vond en hij deed alsof hij haar niet had gehoord. Ze zat op handen en knieën, dus hij kon haar gezicht niet zien of lezen wat ze dacht. Na een paar seconden vroeg ze met een veel kleiner stemmetje: Doe ik iets verkeerd? Hij sloot zijn ogen.

Nee, zei hij. Lekker.

Toen klonk haar ademhaling hees. Hij trok haar heupen dichter naar zijn lichaam toe en liet haar toen even los. Ze maakte een geluid alsof ze stikte. Hij deed het nog een keer en ze zei dat ze ging klaarkomen. Goed, zei hij. Hij zei het alsof het de gewoonste zaak van de wereld was. Zijn besluit om die middag bij Marianne langs te gaan leek ineens volkomen juist en verstandig, misschien het enige verstandige wat hij in zijn hele leven had gedaan.

Na afloop vroeg hij wat hij met het condoom moest doen. Zonder haar hoofd uit het kussen te tillen zei ze: Gooi maar op de grond. Haar gezicht was vochtig en roze. Hij deed wat ze zei en ging toen op zijn rug naar de lamp liggen kijken. Ik vind jou zo leuk, zei Marianne. Connell voelde een aangenaam soort verdriet over zich heen komen en moest bijna huilen. Zo overvielen hem momenten van emotionele pijn, betekenisloos of ten minste onontcijferbaar. Marianne had een volkomen vrij leven, dat zag hij wel. Zelf zat hij vast tussen verschillende overwegingen. Hij vroeg zich af wat anderen van hem vonden. Hij vroeg zich zelfs af wat Marianne vond, dat was nu wel duidelijk.

Hij heeft vaak geprobeerd zijn gedachten over Marianne op

papier te krijgen om er iets van te kunnen begrijpen. Hij wordt voortgedreven door het verlangen precies in woorden te beschrijven hoe ze eruitziet en praat. Haar haar, haar kleren. Het omslag van *Du côté de chez Swann*, waar ze in de lunchpauze in de kantine in leest, met een donker Frans schilderij voorop en een mintgroen ruggetje. Haar lange vingers die de bladzijden omslaan. Ze leidt niet hetzelfde soort leven als andere mensen. Soms doet ze zo werelds dat hij zich onwetend voelt en dan is ze ineens weer naïef. Hij wil begrijpen hoe haar hoofd werkt. Als hij bij een gesprek in stilte besluit iets niet te zeggen, vraagt Marianne binnen een paar seconden: Wat? In dat 'wat?' ligt naar zijn gevoel zo veel: niet alleen haar haast forensische aandacht voor zijn stiltes die het mogelijk maakt dat ze dat vraagt, maar ook een verlangen naar totale communicatie, het gevoel dat alles wat ongezegd blijft een onwelkome onderbreking tussen hen is. Dat schrijft hij allemaal op, lange zinnen die almaar doorgaan, met te veel bijzinnen, soms aan elkaar gebreid met ademloze puntkomma's alsof hij in woorden een exacte kopie van Marianne wil scheppen om haar integraal te bewaren voor nader onderzoek. Dan slaat hij om naar een blanco pagina om niet te hoeven zien wat hij heeft geschreven.

Waar denk je aan? vraagt Marianne nu.

Ze strijkt haar haar achter haar oor.

Aan mijn studie, zegt hij.

Je moet je bij Trinity voor Engels inschrijven.

Weer staart hij naar de site. De laatste tijd wordt hij verteerd door het gevoel dat hij eigenlijk uit twee afzonderlijke mensen bestaat en binnenkort zal moeten kiezen wie hij voltijds wil zijn en wie hij achterlaat. Hij heeft een leven in Carricklea, hij heeft vrienden. Als hij in Galway gaat studeren, kan hij bij hetzelfde groepje blijven en het leven leiden dat hij altijd voor zich heeft gezien, netjes afstuderen, een leuk vriendinnetje. Iedereen zou zeggen dat hij het goed heeft gedaan. Aan de andere kant kan hij ook naar Trinity gaan, net als Marianne. Dan wordt het leven anders. Dan gaat hij naar etentjes en voert gesprekken over de Griekse crisis. Hij zou meisjes kunnen neuken die er vreemd uitzien en biseksueel blijken te zijn. Ik heb *Het gouden boek* gelezen, zou hij tegen ze kunnen zeggen. En het zou nog waar zijn ook, dat heeft hij echt gelezen. Daarna zou hij nooit meer teruggaan naar Carricklea, dan zou hij ergens anders naartoe gaan, naar Londen of naar Barcelona. De mensen zouden niet per se vinden dat hij het goed had gedaan; sommigen zouden misschien vinden dat hij heel slecht terechtgekomen was en anderen zouden hem compleet vergeten. Wat zou Lorraine vinden? Zij zou willen dat hij gelukkig was en zich er niets van aantrok wat de anderen zeiden. Maar de oude Connell die al zijn vrienden kennen, die zou in zekere zin dood zijn, of erger: levend begraven, schreeuwend onder de grond.

Dan zitten we allebei in Dublin, zegt hij. Dan doe je vast alsof je me niet kent als we elkaar ergens tegenkomen.

Eerst zegt Marianne niets. Hoe langer ze zwijgt, hoe zenuwachtiger hij wordt, alsof ze misschien echt zou doen alsof ze hem niet kende, en het idee dat hij haar erkenning niet waard is brengt hem in paniek, niet alleen over Marianne persoonlijk maar ook over zijn toekomst, zijn mogelijkheden.

Dan zegt ze: Ik zou nooit doen alsof ik je niet ken, Connell.

Daarna wordt de stilte tussen hen heel intens. Een paar seconden blijft hij roerloos liggen. Natuurlijk doet hij op school alsof hij Marianne niet kent, maar hij was niet van plan dat ter sprake te brengen. Dat kan nu eenmaal niet anders. Als iemand erachter kwam wat hij al die tijd al in het geheim met Marianne doet terwijl hij haar elke dag op school negeert, dan zou zijn leven afgelopen zijn. Dan zou hij door de gang lopen, door ieders blikken gevolgd alsof hij een seriemoordenaar of erger was. Zijn vrienden beschouwen hem niet als afwijkend, niet als iemand die bij klaarlichte dag broodnuchter tegen Marianne Sheridan zou kunnen zeggen: Is het goed als ik in je mond klaarkom? Tegen zijn vrienden doet hij normaal. Hij en Marianne hebben hun eigen privéleven in zijn kamer waar niemand hen lastigvalt, dus er is geen reden om die aparte werelden bij elkaar te brengen. Toch merkt hij dat hij de controle in hun discussie kwijt is en ruimte open heeft gelaten waarin dat onderwerp ter sprake kan komen, al wilde hij dat niet, en nu moet hij iets zeggen.

Niet? vraagt hij.

Nee.

Oké. Dan zet ik: Engels aan Trinity.

Echt? vraagt ze.

Ja. Ik hoef niet zo nodig een baan.

Ze glimlacht even, alsof ze het gevoel heeft dat ze heeft gewonnen. Dat vindt hij fijn. Even lijkt het mogelijk om beide werelden, beide versies van zijn leven, vast te houden en daartussen heen en weer te lopen als tussen de ene kamer en de andere. Hij kan door iemand als Marianne worden gerespecteerd en ook populair zijn op school, hij kan er geheime opinies en voorkeuren op na houden zonder dat er een conflict hoeft te ontstaan, hij hoeft nooit definitief te kiezen. Met een heel klein beetje behendigheid kan hij twee totaal verschillende levens leiden zonder ooit de ultieme vraag onder ogen te hoeven zien wat hij met zichzelf aan moet of wat voor mens hij is. Dat is zo'n troostrijke gedachte dat hij een paar seconden lang Mariannes blik mijdt om dat geloof nog even te kunnen vasthouden. Hij weet dat hij het niet meer kan geloven als hij haar aankijkt.

ZES WEKEN LATER

(APRIL 2011)

Haar naam staat op de lijst. Ze laat de portier haar ID zien. Binnen is het halfdonker, hol, vaag paars, met aan elke kant een lange bar en daartussen, een paar treetjes lager, een dansvloer. Het ruikt er naar verschaalde drank en er klinkt een vlak, blikkerig gerinkel als van droogijs. Er zitten al een paar andere meisjes van het fondsenwervingscomité aan een tafeltje met lijsten. Hoi, zegt Marianne. Ze kijken op.

Hallo, zegt Lisa. Hé, niet verkeerd.

Je ziet er geweldig uit, zegt Karen.

Rachel Moran zegt niets. Iedereen weet dat Rachel het populairste meisje van de school is, maar dat mag niemand zeggen. Iedereen moet doen alsof hij niet beseft dat zijn sociale leven hiërarchisch is opgebouwd en dat sommigen aan de top staan, anderen elkaar halverwege verdringen en weer anderen lager zitten. Marianne denkt soms dat ze helemaal onderaan zit, maar er zijn ook momenten dat ze niet eens bij die ladder in de buurt komt en niet door die mechanismen wordt beïnvloed omdat ze geen populariteit nastreeft en niets doet om die te verwerven. Vanuit haar standpunt bezien zijn de voordelen daarvan niet duidelijk, zelfs niet voor degenen helemaal bovenaan. Ze wrijft over haar bovenarm en zegt: Bedankt. Wil iemand iets drinken? Ik ga toch naar de bar.

Ik dacht dat jij geen alcohol dronk, zegt Rachel.

Ik wil wel een flesje West Coast Cooler, zegt Karen. Zeker weten?

Wijn is de enige alcoholhoudende drank die Marianne ooit heeft geproefd, maar aan de bar besluit ze een gin-tonic te bestellen. De barman kijkt openlijk naar haar borsten terwijl ze praat. Marianne had geen idee dat mannen dat buiten de film en de tv echt deden en de ervaring geeft haar een schokje van vrouwelijkheid. Ze heeft een dun zwart jurkje aan dat strak om haar lichaam zit. Er is nog steeds bijna niemand, al is de avond officieel al begonnen. Aan hun tafeltje bedankt Karen haar overdreven voor het drankje. Je krijgt er een van me terug, zegt ze. Is wel goed, hoor, zegt Marianne met een wegwuivend gebaar.

Eindelijk beginnen er mensen binnen te druppelen. De muziek wordt aangezet, een dreunende remix van Destiny's Child, en Rachel geeft Marianne het boek met lootjes en legt haar het prijzensysteem uit. Marianne was waarschijnlijk als een soort grap in de commissie gekozen, maar ze moest wel helpen alles te organiseren. Met het lootjesboek in haar hand blijft ze een beetje bij de anderen hangen. Vroeger observeerde ze hen van een afstand, bijna wetenschappelijk, maar vanavond moet ze converseren en beleefd glimlachen, nu is ze geen waarnemer maar een indringer, en nog een onhandige ook. Ze verkoopt wat lootjes, geeft wisselgeld uit het zakje in haar tas, koopt nog meer drankjes, kijkt naar de deur en wendt haar blik teleurgesteld af.

De jongens zijn aan de late kant, zegt Lisa.

Marianne weet welke jongens ze bedoelt: Rob, met wie Lisa een knipperlichtrelatie heeft, en zijn vrienden Eric, Jack Hynes en Connell Waldron. Het is ook aan Mariannes aandacht niet ontsnapt dat ze laat zijn.

Als ze niet komen, vermoord ik Connell, zegt Rachel. Hij zei gisteren nog tegen me dat ze absoluut zouden komen.

Marianne zegt niets. Rachel praat vaak zo over Connell, met toespelingen op gesprekken onder vier ogen, alsof ze elkaars vertrouweling zijn. Connell negeert dat gedrag, maar hij negeert ook de hints van Marianne als ze samen alleen zijn.

Ze zijn waarschijnlijk nog bij Rob thuis aan het indrinken, zegt Lisa.

Ze komen straks vast straalbezopen binnen, zegt Karen.

Marianne haalt haar telefoon uit haar tas en tikt een berichtje aan Connell: Levendige discussie hier over jullie afwezigheid. Kom je nog? Binnen een halve minuut antwoordt hij: ja maar jack heeft over alles heen gekotst dus we hebben m in een taxi gezet enz. komen eraan. hoe bevalt het sociale leven. Marianne schrijft terug: Sinds vanavond ben ik het populairste meisje. Iedereen draagt me over de dansvloer en scandeert mijn naam. Ze stopt haar telefoon terug in haar tas. Niets zou op dit moment lekkerder zijn dan zeggen: Ze komen er zo aan. Wat zou haar status in dat ene ogenblik schrikbarend, verbijsterend stijgen, wat zou dat destabiliserend, destructief zijn.

Hoewel Marianne nooit ergens anders heeft gewoond dan in Carricklea, kent ze het stadje niet bijzonder goed. Ze drinkt nooit in de pubs aan Main Street en voor vanavond was ze nog nooit in de enige club van de stad geweest. Ze is nooit in de sociale woonwijk Knocklyon geweest. Ze weet niet hoe de rivier heet die bruin en modderig langs de Centra en het parkeerterrein van de kerk stroomt en dunne plastic tasjes meesleurt, of waar hij daarna naartoe gaat. Ze komt alleen haar huis uit om naar school te gaan of op zondag naar de verplichte mis, en naar Connells huis als daar verder niemand thuis is. Ze weet hoelang ze erover doet om in Sligo te komen – twintig minuten – maar de afmetingen van andere plaatsen in de omgeving of hun ligging ten opzichte van

Carricklea zijn haar een raadsel. Coolaney, Skreen, Ballysadare, ze weet vrij zeker dat die allemaal in de buurt van Carricklea liggen en de namen doen ook wel een vaag belletje rinkelen, maar ze weet niet precies waar ze te vinden zijn. Ze is nog nooit in het sportcentrum geweest. Ze is nog nooit wezen drinken in de oude hoedenfabriek, al is ze er weleens met de auto langsgereden.

Zo kan ze ook onmogelijk weten welke families als goede families worden beschouwd en welke niet. Dat soort dingen zou ze wel willen weten, alleen om ze des te vollediger te kunnen verwerpen. Zij komt uit een goede familie en Connell niet, dat weet ze wel. De Waldrons zijn berucht in Carricklea. Een van Lorraines broers heeft ooit in de gevangenis gezeten, Marianne weet niet waarvoor, en een andere heeft een paar jaar geleden bij de rotonde een motorongeluk gehad dat hem bijna het leven heeft gekost. En Lorraine is natuurlijk op haar zeventiende zwanger geraakt en van school gegaan om het kind te krijgen. Toch wordt Connell tegenwoordig als een begeerlijke partij beschouwd. Hij leert goed, hij is de spits van het voetbalelftal, hij is knap en hij raakt nooit in vechtpartijen verzeild. Iedereen vindt hem aardig. Hij is rustig. Zelfs Mariannes moeder zegt goedkeurend: Die jongen lijkt helemaal geen Waldron. Mariannes moeder is advocaat. Dat was haar vader ook.

Vorige week had Connell het over iets wat hij 'de spookhuizen' noemde. Daar had Marianne nooit van gehoord, ze moest vragen wat dat was. Zijn wenkbrauwen schoten omhoog. De spoken, zei hij. Dat buurtje waar het spookt, Mountain View. Vlak achter school. Marianne had wel vaag meegekregen dat er verderop, achter de school, gebouwen stonden, maar ze wist niet dat het een woonwijk was waar niemand woonde. Daar gaan mensen drinken, voegde Connell eraan toe. O, zei Marianne. Ze vroeg hoe het daar was. Hij zei dat hij het haar wel zou willen laten zien, maar er waren altijd mensen. Hij maakt vaak van die zorgeloze opmerkingen over dingen die hij 'wel zou willen'. Ik zou wel willen dat je niet weg hoefde, zegt hij als ze weggaat, of: Ik zou wel willen dat je kon blijven slapen. Als hij dat allemaal echt wilde, dan zou het wel gebeuren, dat weet Marianne. Connell krijgt altijd zijn zin en krijgt medelijden met zichzelf als hij niet gelukkiger wordt van de dingen die hij wil.

Maar uiteindelijk heeft hij haar wel meegenomen naar de spookhuizen. Ze zijn er op een middag met zijn auto naartoe gegaan en hij stapte als eerste uit om te kijken of er echt niemand was voordat ze hem volgde. Het waren enorme huizen met kale betonnen voorgevels en verwilderde grasvelden ervoor. Sommige lege ramen waren afgedekt met lappen plastic die luid klapperden in de wind. Het regende en ze had haar jasje in de auto laten liggen. Ze sloeg haar armen over elkaar en tuurde naar de natte pannendaken.

Wil je binnen kijken? vroeg Connell.

De voordeur van nummer 23 was niet op slot. Binnen was het stiller en ook donkerder. Het was er vuil. Met de neus van haar schoen tikte Marianne tegen een lege ciderfles. Overal lagen peuken op de grond en iemand had een matras naar de verder lege woonkamer gesleept. Hij zat onder de vlekken van het vocht en van iets wat eruitzag als bloed.

Wat goor, zei Marianne hardop. Connell zweeg en keek alleen om zich heen.

Kom je hier vaak? vroeg ze.

Hij haalde zijn schouders op. Neu, zei hij. Vroeger wel, maar tegenwoordig niet veel meer.

Zeg alsjeblieft dat je nooit op die matras hebt geneukt.

Hij glimlachte afwezig. Nee, zei hij. Dus jij denkt dat ik daar in het weekend mee bezig ben?

Min of meer.

Daarop zei hij niets meer en dat maakte haar rotgevoel erger.

Hij schopte doelloos tegen een leeg bierblikje, dat naar de openslaande deuren vloog.

Dit huis is waarschijnlijk drie keer zo groot als dat van mij, zei hij. Denk je niet?

Ze voelde zich dom omdat ze niet had begrepen waar hij aan dacht. Waarschijnlijk wel, zei ze. Maar ik heb het boven natuurlijk nog niet gezien.

Vier slaapkamers.

Jezus.

En dat staat gewoon leeg, er woont niemand, zei hij. Waarom geven ze die huizen niet weg als ze ze niet kunnen verkopen? Niet om dom te doen, maar ik vraag het me serieus af.

Ze haalde haar schouders op. Zij snapte het ook niet.

Dat heeft met het kapitalisme te maken, zei ze.

Ja. Daar heeft alles mee te maken, dat is het probleem, toch?

Ze knikte. Hij keek naar haar alsof hij wakker werd uit een droom.

Heb je het koud? vroeg hij. Zo te zien heb je het ijskoud.

Ze glimlachte en wreef over haar neus. Hij ritste zijn zwarte gewatteerde jack open en legde het om haar schouders. Ze stonden heel dicht bij elkaar. Ze zou op de grond zijn gaan liggen om hem over haar heen te laten lopen als hij dat wilde, dat wist hij best.

Als ik in het weekend uitga of zo, dan zit ik niet achter andere meisjes aan, zei hij.

Marianne glimlachte. Nee, die zitten achter jou aan, zei ze.

Hij grijnsde en keek naar zijn schoenen. Je hebt een raar beeld van me, zei hij.

Ze sloot haar vingers om zijn schooldas heen. Voor het eerst van haar leven kreeg ze de kans om schokkende teksten en vuile taal uit te slaan, dus dat deed ze vaak. Als ik hier zou willen neuken, zou je dat dan doen? vroeg ze.

Zijn gezichtsuitdrukking veranderde niet, maar hij bewoog zijn handen onder haar trui om te laten merken dat hij luisterde. Na een paar seconden zei hij: Ja. Als je dat zou willen, ja. Jij laat me altijd van die rare dingen doen.

Hoe bedoel je? vroeg ze. Ik kan jou helemaal niets laten doen.

O jawel. Dacht je dat ik dat soort dingen met iemand anders zou doen? Serieus, denk je dat ik voor iemand anders na school allerlei stiekems zou doen en zo?

Wat wil je dan? Dat ik je met rust laat?

Hij keek haar aan en leek van zijn stuk gebracht door de wending die het gesprek nam. Hij schudde zijn hoofd en zei: Als je dat deed...

Ze keek hem aan, maar hij ging niet verder.

Als ik dat deed, wat dan? vroeg ze.

Ik weet niet. Als je wilde dat we elkaar niet meer zagen, bedoel je? Dat zou ik eerlijk gezegd vreemd vinden, want je lijkt het fijn te vinden.

En als ik nu eens iemand tegenkwam die me leuker vond?

Hij lachte. Nijdig maakte ze zich los uit zijn omhelzing en ze sloeg haar armen om haar bovenlijf heen. Hé, zei hij, maar ze keek hem niet aan. Ze stond met haar gezicht naar de walgelijke matras met de roestkleurige vlekken. Hij kwam zacht naar haar toe en tilde haar haar op om haar in haar hals te kussen.

Sorry dat ik lachte, zei hij. Ik word onzeker van het idee dat je me niet meer zou willen zien. Ik dacht dat je me leuk vond.

Ze sloot haar ogen. Dat is ook echt zo, zei ze.

Nou, als je iemand tegenkwam die je leuker vond, dan zou ik dat niet fijn vinden, oké? Nu je het vraagt. Ik zou niet blij zijn. Oké?

Je vriend Eric zei vandaag dat ik plat ben. Waar iedereen bij was.

Connell zweeg. Ze voelde zijn ademhaling. Dat heb ik niet gehoord, zei hij toen.

Je was naar de wc of zo. Hij zei dat ik wel een strijkplank lijk.

Godsamme, wat een lul. Ben je daarom zo chagrijnig?

Ze haalde haar schouders op. Connell sloeg zijn armen om haar buik heen.

Hij probeert je gewoon op de kast te krijgen, zei hij. Als hij dacht dat hij ook maar zo'n klein kansje bij je maakte, zou hij wel anders piepen. Hij denkt dat je op hem neerkijkt.

Weer haalde ze haar schouders op. Ze beet op haar onderlip.

Je hoeft je echt geen zorgen over je uiterlijk te maken, zei Connell.

Hm.

Ik ben heus niet alleen op je intellect gevallen.

Ze lachte, voelde zich belachelijk.

Hij wreef zijn neus tegen haar oor en voegde eraan toe: Ik zou je missen als je me niet meer zou willen zien.

Zou je het missen als we niet meer naar bed gingen? vroeg ze.

Hij legde zijn hand tegen haar heupbeen, trok haar naar achteren, tegen zich aan, en zei zacht: Ja, heel erg.

Zullen we naar jouw huis gaan?

Hij knikte. Even bleven ze stil staan, hij met zijn armen om haar heen en zijn adem in haar oor. De meeste mensen leven hun hele leven zonder zich ooit zo dicht bij iemand te voelen, dacht Marianne.

Eindelijk, na haar derde gin-tonic, zwiept de deur open en komen de jongens binnen. De meisjes van het comité staan op en beginnen hen te plagen met verwijten dat ze zo laat zijn en zo. Marianne blijft achter, zoekt oogcontact met Connell, die haar blik niet beantwoordt. Hij heeft een wit overhemd aan en draagt dezelfde Adidas-sneakers als altijd. De andere jongens hebben ook een overhemd aan, maar netter, glanzender, met gepoetste leren schoenen. Er hangt een zware, verontrustende aftershavegeur in de lucht. Eric vangt Mariannes blik en laat Karen plotseling los, zo opvallend dat alle anderen ook kijken.

Zó, Marianne, zegt Eric.

Ze weet niet meteen of hij het meent of haar in de maling neemt. Alle jongens kijken nu naar haar, behalve Connell.

Nee, serieus, zegt Eric. Coole jurk, heel sexy.

Rachel begint te lachen en buigt zich naar Connell toe om iets in zijn oor te fluisteren. Hij draait zich een stukje af en lacht niet mee. Marianne voelt een druk in haar hoofd die ze wil verlichten door te gillen of te huilen.

Kom, we gaan dansen, zegt Karen.

Ik heb Marianne nooit zien dansen, zegt Rachel.

Dan kun je dat nu zien, zegt Karen.

Ze pakt Mariannes hand en trekt haar mee naar de dansvloer. Er staat een track van Kanye West op, het nummer met de sample van Curtis Mayfield. Marianne heeft het lootjesboek nog in haar hand en voelt de andere hand klam worden in Karens greep. De dansvloer is vol en de dreunende beat trekt baslijntjes door haar schoenen heen in haar benen. Karen legt een dronken arm om Mariannes schouders en zegt in haar oor: let maar niet op Rachel, ze heeft een rotbui. Marianne knikt en beweegt op het ritme van de muziek. Ze voelt zich dronken en kijkt om zich heen, ze wil weten waar Connell is. Ze ziet hem meteen, hij staat boven aan het trapje. Hij kijkt naar haar. De muziek staat zo hard dat haar hele lichaam ervan bonkt. Om hem heen praten en lachen de anderen. Hij kijkt alleen naar haar en zegt niets. Onder zijn blik voelen haar bewegingen vergroot aan, schandalig, en het gewicht van Karens arm om haar schouders is sensueel en warm. Ze gooit haar heupen naar voren en strijkt losjes met haar hand door haar haar.

In haar oor zegt Karen: Hij staat al de hele tijd naar je te kijken.

Marianne kijkt naar hem en dan weer naar Karen, maar zegt

niets en probeert haar gezicht ook niets te laten zeggen.

Zie je nu waarom Rachel zo chagrijnig tegen je doet, zegt Karen.

Ze ruikt de witte wijn met spuitwater in Karens adem als ze praat, ze ziet de vullingen in haar kiezen. Ze vindt haar op dit moment zó aardig. Ze dansen nog wat en gaan dan weer samen naar boven, hand in hand, buiten adem, grinnikend om niets. Eric en Rob doen alsof ze ruzie hebben. Connell schuift haast onmerkbaar naar Marianne toe en hun armen raken elkaar. Ze wil zijn hand pakken en zijn vingertoppen een voor een afsabbelen.

Op dat moment kijkt Rachel haar aan en zegt: Je zou misschien eens kunnen proberen een paar lootjes te verkopen?

Marianne glimlacht, en de glimlach die eruit komt is zelfvoldaan, bijna spottend, en ze zegt: Oké.

Ik denk dat die jongens daar er wel een paar willen kopen, zegt Eric.

Hij knikt naar de deur, waar een paar oudere jongens binnenkomen. Die horen hier eigenlijk niet, de club had toegezegd dat alleen genodigden erin kwamen. Marianne weet niet wie het zijn, broers of neven van iemand of zo, of gewoon twintigers die graag naar inzamelingsfeestjes van middelbare scholen gaan. Ze zien Eric zwaaien en komen naar hem toe. Marianne zoekt in haar tas naar het geldzakje voor het geval dat ze lootjes willen kopen.

Hoe gaat-ie, Eric? vraagt een van de jonge mannen. Wie is je vriendin?

Marianne Sheridan, zegt Eric. Je kent haar broer waarschijnlijk wel, Alan, die zat in dezelfde klas als Mick.

De man knikt alleen en bekijkt Marianne van top tot teen. Zijn aandacht laat haar onverschillig. De muziek is te hard om te horen wat Rob in Erics oor zegt, maar ze heeft het gevoel dat het met haar te maken heeft.

Drink iets van me, zegt de man. Wat wil je?

Niets, dank je, zegt Marianne.

De man slaat een arm om haar schouders. Hij is heel lang, valt haar op. Langer dan Connell. Zijn vingers wrijven over haar blote arm. Ze probeert hem af te schudden, maar hij laat niet los. Een van zijn vrienden begint te lachen en Eric lacht mee.

Leuk jurkje, zegt de man.

Laat eens los? zegt ze.

Behoorlijk diep decolleté, hè?

In één beweging laat hij zijn hand van haar schouder glijden en knijpt ermee in haar rechterborst, waar iedereen bij is. In een flits rukt ze zich los, trekt haar jurk op naar haar sleutelbeen en voelt het bloed naar haar hoofd stijgen. Haar ogen prikken en ze voelt pijn waar hij haar heeft geknepen. Achter haar lachen de anderen. Dat hoort ze. Rachel lacht, een hoog fluitgeluid in Mariannes oren.

Zonder om te kijken loopt Marianne naar de deur en laat hem hard achter zich dichtvallen. Nu is ze in de gang bij de garderobe en weet niet meer of de uitgang links of rechts is. Ze trilt over haar hele lijf. Het meisje van de garderobe vraagt of het wel gaat. Marianne weet niet meer hoe dronken ze is. Ze loopt een paar stappen naar een deur links, leunt met haar rug tegen de muur en laat zich omlaag glijden tot ze op de grond zit. Haar borst doet pijn waar die man haar heeft geknepen. Het was geen grap, hij wilde haar pijn doen. Ze zit nu op de grond met haar knieën tegen haar borst.

De deur gaat weer open en Karen komt naar buiten met Eric, Rachel en Connell in haar kielzog. Ze zien Marianne op de grond zitten en Karen rent naar haar toe terwijl de andere drie blijven staan, misschien weten ze niet wat ze moeten doen of willen ze niets doen. Karen hurkt neer bij Marianne en raakt haar hand aan. Mariannes ogen doen pijn en ze weet niet waar ze moet kijken.

Gaat het? vraagt Karen.

Ja hoor, zegt Marianne. Sorry. Ik heb gewoon te veel gedronken, denk ik.

Laat haar, zegt Rachel.

Hé, het was maar een grapje, zegt Eric. Pat is echt oké als je hem beter kent.

Ik vond het grappig, zegt Rachel.

Karen draait zich bliksemsnel om en kijkt hen aan. Wat doen jullie hier dan als jullie het zo grappig vonden? vraagt ze. Waarom gaan jullie niet gezellig naar jullie vriendje Pat? Als jullie het zo grappig vinden dat iemand een jong meisje lastigvalt?

Marianne, jong? Hoezo? vraagt Eric.

We moesten er allemaal om lachen, zegt Rachel.

Niet waar, zegt Connell.

Iedereen kijkt hem aan. Marianne kijkt hem aan. Hun blikken ontmoeten elkaar.

Gaat het echt wel? vraagt hij.

Wilde je er een kusje op geven? vraagt Rachel.

Hij wordt vuurrood en brengt een hand naar zijn voorhoofd. Iedereen kijkt nog steeds naar hem. De muur voelt koud tegen Mariannes rug.

Rachel, zegt hij, sodemieter op.

Karen en Eric wisselen een blik, met wijd open ogen, dat ziet Marianne. Op school doet of praat Connell nooit zo. In al die jaren heeft ze hem nooit agressief zien doen, zelfs niet als hij werd uitgedaagd. Rachel geeft alleen een rukje met haar hoofd en gaat weer naar binnen. De deur valt zwaar achter haar dicht. Connell wrijft nog even over zijn voorhoofd. Karen vormt met haar lippen een paar woorden tegen Eric, Marianne ziet niet wat ze zegt. Dan kijkt Connell naar Marianne en zegt: Wil je naar huis? Ik ben met de auto, ik kan je wel brengen. Ze knikt. Karen helpt haar overeind. Connell steekt zijn handen in zijn zakken alsof hij wil voorkomen dat hij haar per ongeluk aanraakt. Sorry voor het gedoe, zegt Marianne tegen Karen. Ik voel me zo stom, ik ben geen drank gewend.

Het is jouw schuld niet, zegt Karen.

Lief van je, bedankt, zegt Marianne.

Ze knijpen weer in elkaars hand. Marianne volgt Connell naar de uitgang en dan langs het hotel naar zijn auto. Buiten is het koel en donker en de muziek uit de club bonkt nog zacht achter hen. Ze gaat voorin zitten en doet haar gordel om. Hij trekt zijn portier dicht en steekt de sleutel in het contact.

Sorry voor het gedoe, zegt ze weer.

Het was geen gedoe. Ik vind het heel erg dat die anderen zo deden. Ze vinden Pat cool omdat hij feesten geeft. Dan is het blijkbaar oké om mensen lastig te vallen, weet ik veel.

Het deed echt pijn. Wat hij deed.

Connell geeft geen antwoord. Hij kneedt het stuur met zijn handen. Hij kijkt naar zijn schoot en ademt snel uit, bijna alsof hij hoest. Sorry, zegt hij. Dan start hij. Ze rijden een paar minuten zwijgend door en Marianne koelt haar voorhoofd tegen de ruit.

Heb je zin om even naar mijn huis te gaan? vraagt hij.

Is Lorraine niet thuis?

Hij haalt zijn schouders op en trommelt met zijn vingers op het stuur. Ze ligt waarschijnlijk al in bed, zegt hij. Ik bedoel, we kunnen gewoon een beetje hangen voordat ik je naar huis breng. Maar als je geen zin hebt is het ook goed.

En als ze nog op is?

Ze is nogal relaxed in die dingen. Ik denk echt niet dat ze het erg zou vinden.

Marianne staart naar buiten, naar de langsglijdende stad. Ze weet wel wat hij bedoelt: dat hij het niet erg vindt als zijn moeder het weet, van hen. Misschien weet ze het al.

Lorraine lijkt me een erg goede moeder, merkt Marianne op.

Ja, vind ik wel.

Ze zal wel trots op je zijn. Je bent de enige jongen op school die goed is uitgepakt.

Connell werpt haar een blik toe. Hoezo goed uitgepakt? vraagt hij.

Hoe bedoel je? Iedereen vindt je leuk. En anders dan de meeste mensen ben jij echt aardig.

Hij trekt een gezicht dat ze niet kan plaatsen, hij trekt zijn wenkbrauwen een beetje op, een frons of zo. Bij hem thuis brandt nergens meer licht, Lorraine is al naar bed. In Connells kamer gaan ze samen liggen fluisteren. Hij zegt dat ze mooi is. Dat heeft ze nog nooit gehoord, al heeft ze het zelf weleens gedacht, maar het voelt anders als je het van iemand anders hoort. Ze brengt zijn hand naar haar borst waar het pijn doet en hij kust haar. Haar gezicht is nat, ze heeft gehuild. Hij kust haar in haar hals. Gaat het weer? vraagt hij. Als ze knikt, strijkt hij haar haar naar achteren en zegt: Het is helemaal niet gek dat je overstuur bent. Ze ligt met haar gezicht tegen zijn borst. Ze voelt zich net een zacht lapje, uitgewrongen en druipend.

Jij zou nooit een meisje slaan, hè? vraagt ze.

God nee. Natuurlijk niet. Waarom vraag je dat?

Weet ik niet.

Dacht je nou echt dat ik zo iemand ben die meisjes slaat? vraagt hij.

Ze drukt haar gezicht hard tegen zijn borst. Mijn vader sloeg mijn moeder, zegt ze. Een paar seconden, het lijkt onvoorstelbaar lang, zegt Connell niets. Dan zegt hij: Jezus. Wat erg. Dat wist ik niet.

Geeft niet, zegt ze.

Sloeg hij jou weleens?

Soms.

Weer zwijgt Connell. Hij buigt zich naar haar toe en kust haar op haar voorhoofd. Ik zou jou nooit pijn doen, oké? zegt hij. Nooit. Ze knikt en zegt niets. Jij maakt me echt gelukkig, zegt hij. Zijn hand strijkt over haar haar en hij voegt eraan toe: Ik hou van je. Dat zeg ik niet zomaar, het is echt zo. Haar ogen vullen zich weer met tranen en ze doet ze dicht. Zelfs in haar herinnering zal ze dit moment ondraaglijk intens blijven vinden en dat beseft ze al terwijl het gebeurt. Ze had nooit gedacht dat zij geschikt zou zijn om door iemand te worden liefgehad. Maar nu heeft ze een nieuw leven en dit is het eerste ogenblik daarvan, en zelfs vele jaren later zal ze nog steeds denken: Dat, ja, dat was het begin van mijn leven.

TWEE DAGEN LATER

(APRIL 2011)

Hij staat naast het bed terwijl zijn moeder een van de verpleegkundigen zoekt. Heb je alleen dat? vraagt zijn grootmoeder.

Hm? vraagt Connell.

Heb je alleen die trui aan?

O, zegt hij. Ja.

Je vriest dood zo. Straks lig jij ook hier.

Zijn grootmoeder is die ochtend op het parkeerterrein van de Aldi uitgegleden en op haar heup gevallen. Ze is niet oud, zoals sommige andere patiënten, ze is pas achtenvijftig. Net zo oud als Mariannes moeder, denkt Connell. Maar hoe dan ook, zo te zien is de heup van zijn grootmoeder kapot, misschien gebroken, en Connell moest Lorraine naar Sligo rijden, naar het ziekenhuis. In een bed aan de andere kant van de zaal hoest iemand.

Nee hoor, zegt hij. Buiten is het warm.

Zijn grootmoeder zucht alsof zijn opmerking over het weer haar pijn doet. Dat is waarschijnlijk ook zo, want alles wat hij doet, doet haar pijn, ze vindt het verschrikkelijk dat hij bestaat. Ze bekijkt hem kritisch van top tot teen.

Nou, je lijkt in elk geval niet op je moeder, hè? zegt ze.

Ja, zegt hij. Nee.

Uiterlijk zijn Lorraine en Connell heel verschillende types.

Lorraine is blond met een zacht gezicht zonder scherpe lijnen. De jongens op school vinden haar aantrekkelijk en zeggen dat vaak tegen Connell. En dat is ze waarschijnlijk ook, nou en, dat vindt Connell geen punt. Hij heeft donkerder haar en een hard gezicht, als een kunstenaarsimpressie van een crimineel. Maar hij weet wel dat de opmerking van zijn grootmoeder niet op zijn uiterlijk slaat, maar op zijn vader. En oké, daar heeft hij niets over te zeggen.

Alleen Lorraine weet wie Connells vader is. Ze zegt dat hij het mag vragen als hij het wil weten, maar hij hoeft niet zo nodig. Als ze uit zijn, beginnen zijn vrienden soms over zijn vader, alsof het om iets dieps en betekenisvols gaat waar ze alleen over kunnen praten als ze dronken zijn. Dat vindt Connell deprimerend. Hij denkt nooit aan de man die Lorraine zwanger heeft gemaakt. Waarom zou hij? Zijn vrienden lijken zo geobsedeerd met hun eigen vader, met hun pogingen hem na te volgen of zich juist in bepaalde opzichten van hem te onderscheiden. Als ze ruzie met hun vader hebben lijkt die ruzie altijd aan de oppervlakte over een bepaald iets te gaan, maar daaronder verbergt zich een andere, geheime betekenis. Als Connell ruzie met Lorraine heeft, gaat dat meestal over een natte handdoek op de bank of zoiets, meer niet, dan gaat het echt over die handdoek of hoogstens over de vraag of Connell fundamenteel slordige neigingen heeft, want hij wil dat Lorraine hem ziet als een mens met verantwoordelijkheidsgevoel, ondanks zijn gewoonte overal handdoeken te laten slingeren, en dan zegt Lorraine: als hij het zo belangrijk vindt om als iemand met verantwoordelijkheidsgevoel te worden gezien, dan moet dat ook blijken uit zijn doen en laten. Dat soort dingen.

Eind februari heeft hij Lorraine naar het stembureau gebracht en onderweg vroeg ze op wie hij ging stemmen. Op een van de onafhankelijke kandidaten, zei hij vaag. Ze lachte. Zeg maar niets, zei ze. Op die communist, Declan Bree. Connell liet zich niet uit zijn tent lokken en bleef op de weg letten. Wat meer communisme zou dit land geen kwaad doen, als je het mij vraagt, zei hij. Uit zijn ooghoek zag hij Lorraines glimlach. Kom op, kameraad, zei ze. Ik was degene die je met je goede socialistische waarden heeft opgevoed, weet je nog? En het is waar, Lorraine heeft waarden. Ze is geïnteresseerd in Cuba en in de Palestijnse kwestie. Uiteindelijk heeft Connell inderdaad op Declan Bree gestemd, die later bij de vijfde telling is afgevallen. Twee zetels gingen naar Fine Gael en de rest naar Sinn Féin. Lorraine vond het een schande. We verruilen de ene criminele bende voor de andere, zei ze. Hij stuurde Marianne een berichtje: fg in de regering, kut. Ze schreef terug: De partij van Franco. Hij moest opzoeken wat ze bedoelde.

De avond daarvoor had Marianne hem verteld dat ze vond dat hij als mens goed was uitgepakt. Ze zei dat hij aardig was en dat iedereen dat vond. Hij merkte dat hij daar vaak aan dacht. Het was fijn om in gedachten te houden. *Je bent echt aardig, dat vindt iedereen.* Om zichzelf te testen probeerde hij er een tijdje niet aan te denken en dan weer wel, om te kijken of hij er nog steeds een fijn gevoel van kreeg, en dat was zo. Om de een of andere reden wilde hij dat hij Lorraine kon vertellen wat ze had gezegd. Hij dacht dat ze het wel geruststellend zou vinden, maar in welk opzicht? Dat haar enige zoon dus geen waardeloos mens was? Dat ze haar leven niet voor niets had weggegooid?

En ik hoor dat je naar Trinity College gaat, zegt zijn grootmoeder nu.

Ja, als mijn cijfers goed genoeg zijn.

Hoe kwam je bij Trinity?

Hij haalt zijn schouders op. Ze lacht, maar het is een minachtend lachje. O, goed genoeg voor jou, zegt ze. Wat ga je studeren?

Connell weerstaat de impuls om zijn telefoon uit zijn zak te halen om te kijken hoe laat het is. Engels, zegt hij. Zijn ooms en tantes zijn allemaal diep onder de indruk van zijn besluit om Trinity als eerste keus op te geven en daar voelt hij zich opgelaten onder. Als hij wordt toegelaten, komt hij in aanmerking voor een volledige beurs, maar zelfs dan moet hij in de zomervakantie voltijds werken en tijdens het studiejaar toch minstens in deeltijd. Lorraine zegt dat ze niet wil dat hij tijdens zijn studie te veel moet werken, ze wil dat hij zich op zijn studie concentreert. Daar voelt hij zich schuldig over, want Engels is toch eigenlijk geen echte studie waar je een goede baan aan overhoudt, het is een grote grap, en dan denkt hij dat hij waarschijnlijk toch beter rechten had kunnen kiezen.

Lorraine komt de zaal weer in. Haar schoenen maken een plat, klappend geluid op de tegels. Ze begint tegen zijn grootmoeder over de specialist die vrij heeft en over dokter O'Malley en de röntgenfoto. Ze brengt alle informatie heel zorgvuldig over en schrijft de belangrijkste dingen op een blaadje. Eindelijk geeft zijn grootmoeder hem een zoen op zijn gezicht en kunnen ze weg. Hij desinfecteert zijn handen op de gang terwijl Lorraine wacht. Dan gaan ze de trap af en het ziekenhuis uit, de stralende, klamme zonneschijn in.

Na het inzamelingsfeest die bewuste avond had Marianne hem over haar familie verteld. Hij had niet geweten wat hij terug moest zeggen. Hij had gezegd dat hij van haar hield. Dat gebeurde gewoon, net zoals je je hand terugtrekt als je iets heets hebt aangeraakt. Ze huilde en zo en hij zei het zonder erbij na te denken. Was het waar? Hij wist nog niet genoeg om dat met zekerheid te kunnen zeggen. Eerst dacht hij dat het wel waar moest zijn, want hij had het gezegd en waarom zou hij liegen? Maar toen bedacht hij dat hij toch weleens loog, zonder dat van plan te zijn en zonder te begrijpen waarom. Het was niet de eerste keer dat hij aandrang voelde om tegen Marianne te zeggen dat hij van haar hield, of het waar was of niet, maar het was de eerste keer dat hij eraan had toegegeven en het echt had gezegd. Het viel hem op hoelang ze erover deed om antwoord te geven, en dat zat hem dwars, alsof ze het niet terug wilde zeggen, en toen ze het eindelijk zei, voelde hij zich iets beter, maar misschien betekende dat niets. Connell wilde dat hij wist hoe andere mensen hun privéleven leidden, dan had hij een voorbeeld om te volgen.

De volgende ochtend werden ze wakker van het geluid van Lorraines sleutels in de deur. Het was mooi weer buiten, hij had een droge mond en Marianne was zich al aan het aankleden. Ze zei alleen: Sorry, sorry. Ze waren kennelijk in slaap gevallen zonder dat het de bedoeling was. Hij was van plan geweest haar de vorige avond naar huis te brengen. Ze trok haar schoenen aan en hij kleedde zich ook aan. Toen ze bij de trap waren, stond Lorraine in de gang met twee plastic tassen vol boodschappen. Marianne had haar jurkje van de vorige avond aan, het zwarte met de spaghettibandjes.

Hallo lieverd, zei Lorraine.

Mariannes gezicht straalde als een gloeilamp. Sorry voor de overlast, zei ze.

Connell raakte haar niet aan en zei niets. Zijn borst deed pijn. Ze liep naar de voordeur en zei: Dag, sorry, bedankt, sorry. Ze trok de deur achter zich dicht voordat hij zelfs maar beneden was.

Lorraine klemde haar lippen op elkaar alsof ze haar lachen moest inhouden. Help me maar even met de boodschappen, zei ze. Ze gaf hem een van de tassen aan. Hij volgde haar naar de keuken en zette de tas op tafel zonder ernaar te kijken. Hij wreef in zijn nek en keek toe terwijl zij alles uitpakte en opborg.

Valt er iets te lachen? vroeg hij.

Ze hoeft toch niet weg te rennen omdat ik thuis ben, zei Lorraine. Ik vind het alleen maar leuk om haar te zien, je weet dat ik dol op Marianne ben.

Hij keek toe terwijl zijn moeder de herbruikbare tas opvouwde.

Dacht je dat ik het niet wist? vroeg ze.

Hij sloot even zijn ogen en deed ze weer open. Hij haalde zijn schouders op.

Ik wist dat er hier 's middags iemand op bezoek kwam, zei Lorraine. En ik werk nu eenmaal in haar huis.

Hij knikte, niet in staat om iets te zeggen.

Je bent zeker wel heel dol op haar, zei Lorraine.

Waarom zeg je dat?

Wil je daarom naar Trinity?

Hij sloeg zijn handen voor zijn gezicht. Lorraine lachte, dat hoorde hij. Als je zo doet, wil ik er niet meer heen, zei hij.

Hou toch op.

Hij keek in de tas die hij op tafel had gezet en haalde er een pakje droge spaghetti uit. Hij voelde zich bekeken. Hij legde het in de kast naast de ijskast, bij de andere pasta.

Dus nu is Marianne je vriendin? vroeg Lorraine.

Nee.

Hoe bedoel je? Je hebt seks met haar maar ze is niet je vriendin?

Nu bemoei je je met mijn leven, zei hij. Dat vind ik vervelend, het gaat je niets aan.

Hij liep weer naar de tas en haalde er een doos eieren uit, die hij op het aanrecht naast de zonnebloemolie zette.

Heeft het met haar moeder te maken? vroeg Lorraine. Denk je dat die je niet moet?

Wat?

Want dat zou kunnen, weet je.

Dat ze mij niet zou moeten? zei Connell. Wat is dat voor waanzin, wat heb ik ooit misdaan?

Ik denk dat ze ons een beetje beneden haar stand vindt.

Hij staarde naar zijn moeder, die aan de andere kant van de keuken een pak huismerkcornflakes in de kast zette. Het idee dat Mariannes familie zich te goed zou voelen voor Lorraine en hem, te goed om met hen om te gaan, was nog nooit bij hem opgekomen. Tot zijn verbazing merkte hij dat hij woedend werd bij die gedachte.

Wat, vindt ze ons niet goed genoeg? vroeg hij.

Ik weet niet. Misschien komen we daar wel achter.

Ze vindt het niet erg dat jij hun huis schoonmaakt, maar ze wil niet dat jouw zoon met haar dochter omgaat? Belachelijk. Dat is iets uit de negentiende eeuw, daar lach ik om.

Zo klink je anders niet, zei Lorraine.

Het is toch echt zo. Om je gek te lachen.

Lorraine deed de kast dicht, draaide zich om en keek hem nieuwsgierig aan.

Vanwaar dan het geheimzinnige gedoe? vroeg ze. Als het niet om Denise Sheridan gaat. Heeft Marianne soms al een vriend en mag hij het niet weten?

Je wordt nogal bemoeizuchtig met je vragen.

Dus ze heeft al een vriend.

Nee, zei hij. Maar dat is de laatste vraag waarop je antwoord krijgt.

Lorraines wenkbrauwen gingen omhoog en weer omlaag, maar ze zei niets. Hij verfrommelde de lege plastic tas op de tafel en bleef toen met de prop plastic in zijn hand staan.

Je gaat het tegen niemand zeggen, hè? vroeg hij.

Het begint nu wel heel verdacht te klinken. Waarom mag ik het tegen niemand zeggen?

Hij voelde zich hardvochtig toen hij antwoordde: Omdat jij er niets aan hebt en omdat het voor mij heel vervelend kan worden. Hij dacht even na en voegde er toen sluw aan toe: En voor Marianne ook.

O god, zei Lorraine. Ik geloof dat ik het niet eens wil weten.

Hij bleef wachten, want hij vond dat ze nog niet ondubbelzinnig had toegezegd dat ze het voor zich zou houden, en zij gooide haar handen geërgerd in de lucht en zei: Ik heb wel wat interessanters om over te roddelen dan jouw seksleven, oké? Maak je geen zorgen.

Toen ging hij in zijn kamer op bed zitten. Hij wist niet hoelang hij zo had gezeten. Hij dacht aan Mariannes familie, aan het idee dat ze te goed voor hem was en aan alles wat ze hem de vorige avond had verteld. Van de jongens op school had hij gehoord dat meisjes die om aandacht verlegen zaten soms verhalen over zichzelf verzonnen, over dingen die hun waren overkomen en zo. En het was best een sensationeel verhaal dat Marianne had verteld, over haar vader die haar in elkaar sloeg toen ze klein was. En haar vader was dood, hij kon zich niet meer verdedigen. Connell zag wel dat het mogelijk was dat Marianne had gelogen om zijn medeleven op te wekken, maar hij wist ook, zo duidelijk als maar mogelijk was, dat ze dat niet had gedaan. Ze had zich naar zijn gevoel eerder ingehouden om maar niet te zeggen hoe erg het echt was geweest. Hij kreeg er een unheimisch gevoel van dat hij dat over haar wist, dat hij daarin met haar verbonden was.

Dat was gisteren. Vanmorgen was hij al vroeg op school, zoals gewoonlijk, en Rob en Eric begonnen ironisch te juichen toen hij zijn boeken in zijn kastje legde. Hij liet zijn tas op de grond vallen en negeerde hen. Eric sloeg een arm om zijn schouders en zei: Vertel op. Heb je haar gedaan? Connell tastte in zijn zak naar de sleutel van zijn kastje en schudde Erics arm af. Haha, zei hij.

Ik heb gehoord dat het er erg gezellig uitzag toen jullie weggingen, zei Rob.

Is er nog wat gebeurd? vroeg Eric. Eerlijk zeggen.

Nee, natuurlijk niet, zei Connell.

Wat is daar zo natuurlijk aan? vroeg Rachel. Iedereen weet dat ze op je valt.

Rachel zat in de vensterbank en liet haar benen langzaam heen en weer bungelen, lang en inktzwart in een ondoorzichtige panty. Connell keek haar niet aan. Lisa zat op de grond met haar rug tegen de kastjes haar huiswerk af te maken. Karen was er nog niet. Hij wilde dat Karen binnenkwam.

Hij heeft vast een leuke avond gehad, zei Rob. Maar dat vertelt hij nooit.

Ik zou het je niet kwalijk nemen, zei Eric, ze is niet lelijk als ze een beetje haar best doet.

Ja, ze spoort alleen niet, zei Rachel.

Connell deed alsof hij iets in zijn kastje zocht. Hij had dun glinsterend zweet op zijn handen en onder zijn boord.

Wat doen jullie vals, zei Lisa. Wat heeft ze jullie ooit misdaan?

Waar het om gaat is wat ze met Waldron heeft gedaan, zei Eric. Moet je hem in zijn kastje zien wegkruipen. Vooruit, zeg op. Heb je haar gedaan?

Nee, zei hij.

Ik heb met haar te doen, zei Lisa.

Ik ook, zei Eric. Ik vind dat je het goed met haar moet maken, Connell. Ik vind dat je haar mee moet vragen naar het slotfeest.

Iedereen barstte in lachen uit. Connell deed zijn kastje dicht en liep de gang in, met zijn schooltas slap in zijn rechterhand. Hij hoorde dat de anderen hem riepen, maar hij keek niet om. Op de wc sloot hij zich op in een hokje. De gele muren leken op hem af te komen en zijn gezicht was nat van het zweet. Hij moest er steeds maar aan denken dat hij in bed Ik hou van je tegen Marianne had gezegd. Angstaanjagend, net als wanneer je jezelf op beelden van een bewakingscamera een verschrikkelijk misdrijf ziet plegen. En straks kwam ze naar school, deed haar boeken in haar tas, glimlachte bij zichzelf en wist nergens van. *Iedereen vindt je leuk en jij bent echt aardig.* Hij haalde diep, ongemakkelijk adem en begon te braken.

Hij rijdt weg bij het ziekenhuis en geeft aan dat hij linksaf de N16 op gaat. Achter zijn ogen heeft de pijn zich genesteld. Ze rijden langs het winkelcentrum met aan weerskanten rijen donkere bomen.

Gaat het? vraagt Lorraine.

Jawel.

Zo zie je er anders niet uit.

Hij ademt diep in, zodat zijn gordel een beetje om zijn ribben spant, en ademt dan weer uit.

Ik heb Rachel meegevraagd naar het slotfeest, zegt hij.

Wat?

Ik heb Rachel Moran gevraagd of ze met mij naar het slotfeest wil.

Ze naderen een garage en Lorraine tikt snel op het raam en zegt: Stop hier maar. Connell kijkt haar verward aan. Wat? vraagt hij. Ze tikt weer op het raampje, harder nu, haar nagels klikken op het glas. Hier stoppen, zegt ze weer. Hij geeft snel richting aan, kijkt in de achteruitkijkspiegel, stuurt naar de kant en stopt. Naast de garage staat iemand een busje schoon te spuiten, er lopen donkere riviertjes water af.

Moet je iets uit het winkeltje hebben? vraagt hij.

Met wie gaat Marianne nu naar het slotfeest?

Connell knijpt afwezig in het stuur. Dat weet ik niet, zegt hij. Wilde je hier stoppen om met me in discussie te gaan?

Dus nu wordt ze misschien door niemand gevraagd, zegt Lorraine. En dan gaat ze helemaal niet.

Ja, misschien. Dat weet ik niet.

Vanmiddag na de lunchpauze was hij even achtergebleven. Hij wist dat Rachel hem zou zien en op hem zou wachten, dat wist hij. En toen dat inderdaad gebeurde kneep hij zijn ogen bijna dicht, zodat de hele wereld wittig grijs leek, en vroeg: Heb je al iemand om mee naar het slotfeest te gaan? Nee, zei ze. Hij vroeg of ze dan met hem wilde gaan. Oké, zei ze. Maar ik moet wel zeggen dat ik iets romantischers had verwacht. Daar gaf hij geen antwoord op, want hij had het gevoel dat hij van een hoge klip af was gesprongen en dood was gevallen, en hij was blij dat hij dood was, hij wilde nooit meer levend worden.

Weet Marianne dat je iemand anders hebt gevraagd? vraagt Lorraine.

Nog niet. Ik zal het tegen haar zeggen.

Lorraine slaat haar hand voor haar mond zodat hij haar gezichtsuitdrukking niet kan zien: misschien is ze verbaasd, of bezorgd, of misselijk.

En je denkt niet dat je haar misschien had moeten vragen? informeert ze. Nu je haar alle dagen na schooltijd neukt.

Wat een taal.

Lorraine spert haar neusvleugels bij het inademen zo ver open dat ze wit worden. Hoe moet ik het dan formuleren? vraagt ze. Misschien moet ik zeggen dat je haar voor seks gebruikt, komt dat meer in de richting?

Doe even rustig, oké? Er wordt helemaal niemand gebruikt.

Hoe heb je haar zover gekregen dat ze het aan niemand vertelt? Heb je gezegd dat er nare dingen gebeuren als ze je verklikt?

Jezus, zegt hij. Natuurlijk niet. Het was een afspraak tussen ons, oké? Je blaast het op buiten elke proportie.

Lorraine knikt in zichzelf en staart naar de voorruit. Zenuwachtig wacht hij tot ze weer iets zegt.

Op school moeten ze niets van haar hebben, hè? zegt Lorraine. Dus waarschijnlijk was je bang voor wat ze over jou zouden zeggen als ze het wisten.

Hij reageert niet.

Dan zal ik je zeggen wat ik van jou vind, zegt Lorraine. Ik vind het schandalig. Ik schaam me voor je.

Hij veegt zijn voorhoofd af met zijn mouw. Lorraine, zegt hij.

Ze maakt haar portier open.

Waar ga je naartoe? vraagt hij.

Ik ga wel met de bus naar huis.

Waar heb je het over? Doe even normaal, ja?

Als ik in de auto blijf zitten, zeg ik alleen maar dingen waar ik later spijt van krijg.

Wat is dit? vraagt hij. Wat kan het jou schelen of ik iemand meevraag of niet? Daar heb je niks mee te maken.

Ze duwt het portier wijd open en stapt uit. Je doet raar, zegt hij. Bij wijze van antwoord slaat ze het portier hard dicht. Hij knijpt pijnlijk hard in het stuur, maar zegt niets. Het is godverdomme mijn auto! had hij kunnen zeggen. Heb ik gezegd dat je met de deuren mag slaan? Lorraine loopt al weg, haar tas slaat bij elke stap tegen haar heup. Hij kijkt haar na tot ze de hoek om is. Tweeënhalf jaar heeft hij na school in de garage gewerkt om zijn auto te kunnen kopen en hij gebruikt hem alleen om zijn moeder overal heen te brengen omdat ze geen rijbewijs heeft. Hij zou achter haar aan kunnen gaan, zijn raampje naar beneden draaien en roepen dat ze weer moet instappen. Hij heeft er bijna zin in, maar ze zou hem gewoon negeren. Hij blijft zitten, met zijn hoofd tegen de hoofdsteun, en luistert naar zijn eigen idiote ademhaling. Op het voorplein pikt een kraai in een weggegooid chipszakje. Er komt een gezin met ijsjes uit het winkeltje. De benzinelucht komt de auto in, zwaar als hoofdpijn. Hij start weer.

VIER MAANDEN LATER

(AUGUSTUS 2011)

Ze ligt in de tuin met een zonnebril op. Het is al een paar dagen mooi weer en ze krijgt sproeten op haar armen. Ze hoort de achterdeur opengaan, maar verroert zich niet. Alans stem klinkt vanaf de patio: Annie Kearney heeft vijfhonderdzeventig! Marianne reageert niet. Ze tast in het gras naast haar ligstoel naar de zonnebrand en als ze overeind gaat zitten om zich in te smeren, ziet ze dat Alan staat te bellen.

Hé, iemand in jouw klas heeft zes tienen! roept hij.

Ze giet wat zonnebrandlotion in haar linkerhand.

Marianne! roept Alan. Iemand heeft zes tienen gehaald, zei ik!

Ze knikt. Ze smeert de lotion langzaam over haar rechterarm tot die glinstert. Alan probeert erachter te komen wie die zes tienen heeft gehaald. Marianne weet meteen wie het moet zijn, maar zegt niets. Ze smeert haar linkerarm in, laat zich dan weer achterover zakken met haar gezicht naar de zon en sluit haar ogen. Achter haar oogleden bewegen lichtgolven in groen en rood.

Ze heeft niet ontbeten of geluncht, op twee koppen zoete koffie met melk na. Ze heeft deze zomer weinig eetlust. Als ze 's morgens wakker wordt, klapt ze haar laptop op het andere kussen open en wacht tot haar ogen aan het rechthoekig oplichtende scherm gewend zijn om het nieuws te lezen. Ze leest lange artikelen over Syrië en zoekt dan de ideologische achtergrond op van de journalisten die ze hebben geschreven. Ze leest lange artikelen over de schuldencrisis in Europa en zoomt in om de kleine lettertjes op de grafieken te kunnen lezen. Dan valt ze weer in slaap of neemt een douche of gaat liggen en vingert zichzelf klaar. De rest van de dag verloopt volgens een vergelijkbaar patroon met kleine variaties: misschien trekt ze de gordijnen open, misschien niet, misschien ontbijt ze, misschien neemt ze alleen koffie, op haar kamer om de rest van het gezin niet te hoeven zien. Vanmorgen was het natuurlijk anders.

Hé, Marianne, zegt Alan. Het was Waldron! Connell Waldron had die zes tienen!

Ze verroert zich niet. Tegen de telefoon zegt Alan: Nee, zij had maar vijf-negentig. Ze kan het vast niet uitstaan dat iemand het beter heeft gedaan dan zij. Dat kun je niet uitstaan, hè Marianne? Ze hoort hem wel maar zegt niets. Achter de glazen van haar zonnebril voelen haar oogleden vettig aan. Een insect zoemt langs haar oor en is weer weg.

Is Waldron daar bij je? vraagt Alan. Geef hem even.

Waarom zeg je 'Waldron' alsof het een vriend van je is? vraagt Marianne. Je kent hem nauwelijks.

Alan kijkt op van zijn telefoon en grijnst. Ik ken hem heel goed, zegt hij. Ik zag hem nog bij die toestand van Eric op de laatste schooldag.

Ze heeft alweer spijt dat ze iets heeft gezegd. Alan ijsbeert over de patio, ze hoort het knerpende geluid van zijn voetstappen als hij naar het gras toe loopt. Aan de andere kant begint er iemand te praten en Alan schiet in een stralende grijns die hem zo te zien moeite kost. Hoe gaat-ie? vraagt hij. Goed man, gefeliciteerd. Connell praat zacht, Marianne verstaat hem niet. Alan glimlacht nog steeds gespannen. Zo doet hij altijd tegen andere mensen, onderdanig en slijmerig.

Ja, zegt Alan. Ze heeft het goed gedaan. Maar niet zo goed als jij! Vijf-negentig. Wil je haar spreken?

Marianne kijkt op. Het is een grapje. Alan denkt dat Connell nee zal zeggen. Hij kan zich niet voorstellen waarom Connell Marianne zou willen spreken, een loser zonder vrienden, en al helemaal niet op deze bijzondere dag. Maar hij zegt ja. Alans glimlach trekt weg. Ja hoor, zegt hij, geen moeite. Hij steekt Marianne de telefoon toe. Ze schudt haar hoofd. Alans ogen gaan wijd open. Hij zwaait de telefoon onder haar neus. Hier, zegt hij. Hij wil je spreken. Weer schudt ze haar hoofd. Alan duwt de telefoon nu ruw tegen haar borst. Ik heb hem aan de telefoon voor je, Marianne, zegt hij.

Ik wil hem niet spreken, zegt Marianne.

Alans gezicht is vertrokken van een wilde woede en zijn oogwit is helemaal rond zijn irissen te zien. Hij port harder met de telefoon tegen haar borstbeen, het doet pijn. Zeg hallo, zegt hij. Ze hoort Connells stem zoemen. De zon brandt op haar gezicht. Ze pakt de telefoon uit Alans hand en drukt het gesprek weg. Alan staat naast haar ligstoel en staart. Een paar seconden is het doodstil in de tuin. Dan vraagt hij zacht: Fuck, waarom deed je dat?

Ik wil hem niet spreken, zegt ze. Dat zei ik toch.

Hij wilde jou spreken.

Ja, weet ik.

Het is vandaag ongewoon licht en Alans schaduw op het gras tekent zich fel, scherp af. Ze houdt hem nog steeds de telefoon voor, losjes in haar handpalm, en wacht tot haar broer hem aanpakt.

In april zei Connell dat hij Rachel Moran mee had gevraagd naar het slotfeest. Marianne zat op de rand van zijn bed en reageerde kil en humeurig, zodat hij zich opgelaten voelde. Hij zei dat het niet 'romantisch' bedoeld was en dat hij gewoon bevriend was met Rachel.

Net zoals wij gewoon bevriend zijn, zei ze.

Nou nee, zei hij. Anders.

Maar ga je met haar naar bed?

Nee. Wanneer zou ik daar tijd voor hebben?

Zou je het willen? vroeg Marianne.

Ik vind het geen geweldig idee. Ik geloof niet dat ik zo onverzadigbaar ben, ik heb jou toch al.

Marianne staarde naar haar nagels.

Dat was een grapje, zei Connell.

Ik zie er de grap niet van in.

Ik weet wel dat je kwaad op me bent.

Het maakt me niet zoveel uit, zei ze. Ik vind alleen dat je het moet zeggen als je met haar naar bed wilt.

Ja, dat zou ik heus wel doen als het zo was. Maar jij zegt dat het daarom gaat en ik denk eerlijk gezegd niet dat dat het is.

Wat is het dan wel? snauwde Marianne. Hij gaapte haar alleen maar aan. Zij staarde weer naar haar nagels, verhit. Hij zei niets. Uiteindelijk lachte ze, want ze had wel gevoel voor humor en het had ook wel iets grappigs dat hij haar zo verschrikkelijk had vernederd en niet in staat was zijn excuses aan te bieden of zelfs maar toe te geven dat het zo was. Ze ging naar huis en meteen naar bed, waar ze dertien uur sliep zonder één keer wakker te worden.

De volgende ochtend ging ze van school af. Het was onmogelijk daar nog naartoe te gaan, hoe je het ook bekeek. Niemand anders zou haar meevragen naar het slotfeest, dat was wel duidelijk. Zij had de inzamelingsacties georganiseerd en de zaal geboekt, maar ze kon er zelf niet heen. Dat zou iedereen weten, en sommigen zouden er blij om zijn en zelfs de meest empathische mensen zouden zich alleen plaatsvervangend verschrikkelijk opgelaten voelen. Ze bleef de hele dag op haar kamer met de gordijnen dicht en studeerde en sliep op de raarste tijden. Haar moeder was razend. Er werd met deuren geslagen. Mariannes avondeten werd tot twee keer toe in de vuilnisbak geschraapt. Maar ze was een volwassen vrouw en niemand kon haar nog dwingen een schooluniform aan te trekken en zich bloot te stellen aan starende blikken of gefluister.

Een week nadat ze van school was gegaan, liep ze de keuken in en trof daar Lorraine, die op haar knieën op de grond de oven schoonmaakte. Lorraine kwam een stukje overeind en veegde haar voorhoofd af met het stukje pols dat boven de rubber handschoen uitstak. Marianne slikte.

Hé lieverd, zei Lorraine. Ik hoor dat je al een paar dagen van school bent. Is alles goed met je?

Ja hoor, prima, zei Marianne. Ik ga ook niet meer terug. Ik heb gemerkt dat ik veel meer afkrijg als ik thuis studeer.

Lorraine knikte en zei: Dat is aan jou. Toen ging ze weer door met de oven. Marianne deed de ijskast open om sinaasappelsap te pakken.

Volgens mijn zoon negeer je zijn telefoontjes, voegde Lorraine eraan toe.

Marianne bleef roerloos staan en de stilte in de keuken klonk luid in haar oren als het witte geraas van ruisend water. Ja, zei ze, dat klopt.

Goed van je, zei Lorraine. Hij verdient je niet.

Mariannes opluchting was zo overweldigend en onverwacht dat het wel een paniekaanval leek. Ze zette het sinaasappelsap op het aanrecht en deed de ijskast dicht.

Lorraine, zei ze, wil je hem vragen of hij hier nooit meer komt? Als hij je komt halen, is het oké dat hij dan niet binnenkomt?

O, wat mij betreft is hij voorgoed verbannen. Maak je geen zorgen. Ik heb eigenlijk wel zin om hem ook mijn eigen huis uit te gooien.

Marianne glimlachte en voelde zich opgelaten. Zo erg was het nou ook weer niet, zei ze. Vergeleken met de anderen op school was hij eerlijk gezegd zelfs heel aardig.

Daarop stond Lorraine op en trok ze haar handschoenen uit. Zonder iets te zeggen sloeg ze haar armen om Marianne heen en trok haar dicht tegen zich aan. Met een vreemd, verkrampt stemmetje zei Marianne: Het is oké. Met mij is alles goed. Maak je geen zorgen.

Het was waar wat ze over Connell had gezegd. Wat hij had gedaan was niet zo erg. Hij had nooit geprobeerd haar wijs te maken dat ze nu sociaal acceptabel was, dat had ze zichzelf wijsgemaakt. Hij had haar alleen als een soort privé-experiment gebruikt en waarschijnlijk was hij geschokt door haar bereidheid zich te laten gebruiken. Op het laatst had hij medelijden met haar gekregen, maar ze stootte hem ook af. Ergens had ze nu met hem te doen, want hij moest leven met het feit dat hij seks met haar had gehad, uit eigen vrije wil, en dat fijn had gevonden. Dat zei meer over hem, die zogenaamd normale, gezonde jongen, dan over haar. Ze is nooit meer naar school geweest, behalve om examen te doen. Inmiddels beweerden ze daar dat ze in een psychiatrische inrichting opgenomen is geweest. Maar dat maakte nu allemaal niets meer uit.

Ben je kwaad omdat hij betere cijfers had dan jij? vraagt haar broer.

Marianne lacht. Waarom zou ze niet lachen? Haar leven hier in Carricklea is afgelopen en nu begint er een nieuw leven, of niet. Binnenkort pakt ze van alles in haar koffers: wollen truien, rokken, haar twee zijden jurken. Gebloemde kop-en-schotels.

Een föhn, een koekenpan, vier witte badstof handdoeken. Een koffiepot. Voorwerpen voor een nieuw bestaan.

Nee, zegt ze.

Waarom wilde je hem dan niet spreken?

Vraag het hem zelf. Als je zo goed met hem bevriend bent, dan moet je het hem zelf maar vragen. Hij weet het wel.

Alan balt zijn linkerhand tot een vuist. Het maakt niet uit, het is afgelopen. De laatste tijd loopt Marianne door Carricklea en bedenkt hoe mooi het er is in de zon, met die witte wolken als krijtstof boven de bibliotheek, die lange lanen met bomen aan weerskanten. De boog van een tennisbal door de blauwe lucht. De auto's die met de raampjes open langzamer gaan rijden bij de verkeerslichten terwijl de muziek uit de speakers dreunt. Marianne vraagt zich af hoe het zou zijn om hier thuis te horen, om over straat te lopen en mensen te begroeten en te lachen. Het gevoel te hebben dat het leven zich hier afspeelt, in dit stadje, en niet ergens ver weg.

Wat bedoel je daarmee? vraagt Alan.

Vraag maar aan Connell Waldron waarom we elkaar niet meer spreken. Bel hem nu terug als je wilt, ik zou wel willen weten wat hij daarover te zeggen heeft.

Alan bijt op zijn wijsvinger. Zijn arm trilt. Over een paar weken woont Marianne bij andere mensen en wordt het leven anders. Maar zijzelf wordt niet anders. Zij blijft dezelfde, gevangen in haar eigen lijf. Ze kan nergens heen om zich daarvan te bevrijden. Een andere omgeving, andere mensen, wat maakt het uit? Alan haalt zijn vinger uit zijn mond.

Alsof het hem wat kan schelen, zegt hij. Ik vind het al heel wat dat hij weet hoe je heet.

O, vroeger waren we heel close. Vraag hem daar ook maar naar als je wilt. Maar misschien voelt dat een beetje ongemakkelijk voor je.

Voordat Alan antwoord kan geven, horen ze iemand in huis roepen en een deur dichtslaan. Hun moeder is thuis. Alan kijkt op, zijn gezichtsuitdrukking verandert en Marianne voelt haar eigen gezicht ook onwillekeurig bewegen. Hij kijkt op haar neer. Je moet geen leugens over andere mensen verspreiden, zegt hij. Marianne knikt, zegt niets. Niets tegen mam zeggen, zegt hij. Marianne schudt haar hoofd. Nee, bevestigt ze. Maar eigenlijk zou het niets uitmaken als ze wel iets zei. Denise heeft al heel lang geleden besloten dat het acceptabel is dat mannen zich agressief tegen Marianne uiten. Als kind verzette Marianne zich daartegen, maar nu neemt ze er afstand van, alsof het voor haar van geen belang is, wat het ergens ook niet is. Denise beschouwt dat als een teken van de kille, liefdeloze persoonlijkheid van haar dochter. Ze gelooft dat het Marianne aan 'warmte' ontbreekt, waarmee ze bedoelt dat ze niet in staat lijkt om liefde te bedelen bij mensen die haar haten. Alan gaat naar binnen. Marianne hoort de deur van de patio dichtglijden.

DRIE MAANDEN LATER

(NOVEMBER 2011)

Connell kent niemand op het feest. Degene die hem heeft uitgenodigd is niet degene die heeft opengedaan en hem onverschillig schouderophalend heeft binnengelaten. Degene die hem heeft uitgenodigd, ene Gareth, van zijn werkgroep Kritische Theorie, ziet hij nog nergens. Connell wist wel dat het een slecht idee was om in zijn eentje naar een feest te gaan, maar Lorraine had aan de telefoon gezegd dat het juist goed was. Maar ik ken daar niemand, had hij gezegd. En zij had geduldig geantwoord: Maar je leert ook nooit iemand kennen als je niet uitgaat en mensen ontmoet. Nu staat hij in zijn eentje in een drukke ruimte en weet niet of hij zijn jas moet uittrekken of niet. Het doet bijna onbehoorlijk aan om hier eenzaam rond te hangen. Hij heeft het gevoel dat de anderen zich aan zijn aanwezigheid storen en hij probeert niet te staren.

Eindelijk, net als hij heeft besloten weg te gaan, komt Gareth binnen. Connells intense opluchting als hij Gareth ziet, zorgt voor een hernieuwde vlaag zelfhaat, want hij kent Gareth niet eens zo goed en vindt hem ook niet bijzonder aardig. Gareth steekt zijn hand uit en Connell merkt tot zijn wanhoop en verbijstering dat hij die hand aanneemt. Een dieptepunt in zijn volwassen leven. De anderen kijken terwijl zij elkaar de hand schudden, dat weet hij zeker. Goed je te zien, man, zegt Gareth. Goed je te zien. Goeie rugzak, helemaal nineties. Connell heeft een effen marineblauwe rugzak die zich in geen enkel opzicht onderscheidt van de talloze andere rugzakken hier.

Eh, ja, dank je, zegt hij.

Gareth is zo'n populaire jongen die overal lid van is. Hij heeft op een van de grote particuliere scholen in Dublin gezeten en iedereen groet hem op de campus: Hé, Gareth! Gareth, hé! Ze groeten hem helemaal vanaf de andere kant van het plein, alleen om door hem te worden toegezwaaid. Dat heeft Connell gezien. Vroeger vonden ze mij ook leuk, wil hij bij wijze van grap zeggen. Ik zat op school in het voetbalelftal. Niemand zou hier om dat grapje lachen.

Wil je iets drinken? vraagt Gareth.

Connell heeft een sixpack cider meegebracht, maar hij wil niet nog meer aandacht op zijn rugzak vestigen, want dan voelt Gareth zich misschien geroepen er nog iets over te zeggen. Graag, zegt hij. Gareth laveert naar de tafel langs de muur en komt terug met een flesje Corona. Is dit oké? vraagt hij. Connell kijkt hem even aan en vraagt zich af of de vraag ironisch of oprecht gedienstig is. Hij kan niet besluiten en zegt: Ja, prima, bedankt. Zo doen de mensen hier, het ene moment onaangenaam zelfvoldaan en meteen daarna haast nederig en nadrukkelijk welgemanierd. Hij neemt een slokje bier terwijl Gareth naar hem kijkt. Zo te zien zonder sarcasme grijnst Gareth. Proost, zegt hij.

Zo gaat het hier in Dublin. Al Connells jaargenoten hebben dezelfde tongval en lopen met hetzelfde formaat MacBook onder hun arm. Tijdens de workshops ventileren ze hartstochtelijk hun mening en voeren onvoorbereide discussies. Connell is niet in staat zulke directe meningen te vormen of ze zo vol overtuiging te verkondigen, en in het begin voelde hij zich verpletterend de mindere van zijn studiegenoten, alsof hij per ongeluk bij een intellectueel niveau was ingedeeld dat het zijne ver te boven ging en op zijn tenen moest lopen om de meest elementaire begrippen te kunnen bevatten. Hij begon zich wel geleidelijk af te vragen waarom alle discussies in de werkgroep zo abstract waren en nooit over details in de tekst gingen, totdat tot hem doordrong dat de meesten niet echt lazen. Ze kwamen elke dag naar college om verhit te discussiëren over boeken die ze niet hadden gelezen. Inmiddels begrijpt hij dat zijn studiegenoten anders zijn dan hij. Voor hen is het makkelijk om een mening te hebben en die vol zelfvertrouwen uit te spreken. Ze zijn niet bang om onwetend of verwaand over te komen. Ze zijn niet dom, maar ook niet zoveel slimmer dan hij. Ze bewegen zich alleen anders door de wereld en waarschijnlijk zal hij hen nooit echt begrijpen, maar hij weet dat zij hem ook nooit zullen begrijpen en het niet eens proberen.

Hij heeft maar een paar uur college per week, dus de rest van de tijd vult hij met lezen. 's Avonds zit hij tot laat in de bibliotheek om de opgegeven teksten te lezen, romans, literaire kritiek. Omdat hij geen vrienden heeft om mee te eten, leest hij in de lunchpauze door. In het weekend, als er voetballen is, kijkt hij even naar het laatste nieuws over de spelers en gaat dan weer lezen in plaats van de voorbeschouwing te volgen. Op een avond ging de bibliotheek dicht terwijl hij net bij de passage in *Emma* was waar het ernaar uitziet dat Mr Knightley met Harriet gaat trouwen, en hij moest het boek dichtslaan en liep daarna wonderlijk emotioneel geagiteerd naar huis. Hij kijkt geamuseerd naar zichzelf als hij zich zo laat meeslepen door de dramatische ontwikkelingen in een roman. Het voelt intellectueel niet serieus, die betrokkenheid bij fictieve mensen die al dan niet met elkaar trouwen. Maar het valt niet te ontkennen: literatuur raakt hem. Een van zijn docenten omschrijft dat als 'het genot van de aanraking met grote kunst'. Als je het zo formuleert, klinkt het haast seksueel. En in zekere zin is het gevoel dat bij Connell wordt opgeroepen als Mr Knightley Emma's hand kust niet vrij van seksualiteit, al is de relatie indirect. Voor Connell suggereert dit dat hij het inlevingsvermogen dat hij bij het lezen inzet ook nodig heeft om echte mensen te begrijpen en intimiteit met hen te ervaren.

Jij komt niet uit Dublin, hè? vraagt Gareth.

Nee, uit Sligo.

Echt? Mijn vriendin komt ook uit Sligo.

Connell weet niet goed wat voor antwoord Gareth daarop verwacht.

O, zegt hij zwakjes. Zo zie je maar.

De mensen in Dublin praten vaak op die merkwaardige toon over het westen van Ierland, alsof het een ander land is, maar wel een land waar ze veel over menen te weten. Een paar avonden geleden zei Connell in The Workmans tegen een meisje dat hij uit Sligo kwam, waarop ze een gek gezicht trok en zei: Ja, zo zie je er wel uit. Connell lijkt zich steeds meer tot zulke hooghartige mensen aangetrokken te voelen. Soms, als ze uit zijn, wijst zijn huisgenoot Niall tussen een heel stel vrolijk ogende vrouwen met strakke jurkjes en perfect opgebrachte lipstick één meisje aan en zegt dan: die vind jij vast wel aantrekkelijk. Het is altijd een meisje met een platte boezem en lelijke schoenen dat met een minachtend air een sigaret rookt. En dan moet Connell toegeven dat hij haar inderdaad aantrekkelijk vindt, en misschien probeert hij een gesprekje met haar aan te knopen en als hij naar huis gaat, voelt hij zich nog ellendiger dan eerst.

Een tikje opgelaten kijkt hij om zich heen en vraagt: Dus jij woont hier?

Ja, zegt Gareth. Niet slecht voor een studentenhuis op de campus, hè?

Nee, inderdaad. Erg mooi.

Waar woon jij?

Connell noemt zijn adres. Een flatje in de buurt van zijn instituut, vlak bij Brunswick Place. Hij en Niall delen één kamertje met twee eenpersoonsbedden tegenover elkaar tegen de muur. De keuken delen ze met twee Portugese studenten die nooit thuis zijn. Het is er nogal vochtig en 's nachts wordt het er vaak zo koud dat Connell zijn adem in het donker kan zien, maar Niall is tenminste aardig. Hij komt uit Belfast en hij vindt de mensen aan Trinity ook vreemd, wat Connell geruststelt. Sommige vrienden van Niall kent hij inmiddels min of meer, net als de meesten van zijn jaargenoten, maar er is niemand met wie hij een echt gesprek kan voeren.

Vroeger thuis leek zijn verlegenheid nooit een echt obstakel voor zijn sociale leven, want iedereen wist al wie hij was en hij hoefde zich nooit voor te stellen of zijn persoonlijkheid te profileren. Als er al sprake van een persoonlijkheid was, leek die iets wat buiten hemzelf stond en eerder werd bepaald door de mening van anderen dan door iets wat hijzelf deed of maakte. Nu heeft hij een gevoel van onzichtbaarheid, nietsheid, hij heeft geen reputatie die bij anderen tot aanbeveling kan strekken. Zijn uiterlijk is niet veranderd, maar objectief heeft hij het gevoel dat hij er slechter uitziet dan vroeger. Hij voelt zich opgelaten vanwege zijn kleren. Alle jongens in zijn jaar dragen dezelfde waxcoats en paars katoenen broeken; niet dat Connell het een probleem vindt dat mensen aantrekken wat ze willen, maar als hij zoiets aantrok, zou hij het gevoel hebben dat hij voor lul stond. Tegelijkertijd moet hij toegeven dat zijn eigen kleren goedkoop en onmodieus zijn. Zijn enige schoenen zijn de oeroude Adidassneakers die hij altijd draagt, zelfs in de sportschool.

In het weekend gaat hij nog steeds naar huis, want op zaterdagmiddag en zondagmorgen werkt hij in de garage. De meeste mensen van school zijn inmiddels weggetrokken om te gaan werken of studeren. Karen woont bij haar zus in Castlebar, Connell heeft haar sinds de diploma-uitreiking niet meer gezien. Rob en Eric studeren allebei zakelijke dienstverlening in Galway en lijken nooit meer in Sligo te komen. Er gaan weekends voorbij dat Connell helemaal niemand van school ziet. Dan zit hij 's avonds thuis met zijn moeder tv te kijken. Hoe bevalt het alleen wonen? had hij haar vorige week gevraagd. Ze glimlachte. O, fantastisch, zei ze. Nooit meer handdoeken op de bank, geen vuile borden in de gootsteen, heerlijk. Hij knikte, niet geamuseerd. Ze gaf hem een speels duwtje. Wat moet ik dan zeggen? vroeg ze. Dat ik me elke avond in slaap huil? Hij rolde met zijn ogen. Tuurlijk niet, mompelde hij. Ze zei dat ze blij was dat hij het huis uit was, het leek haar goed voor hem. Wat is er zo goed aan om weg te gaan? vroeg hij. Jij woont hier al je hele leven en er is niets mis met jou. Ze gaapte hem aan. O, en jij was van plan om me hier te begraven? vroeg ze. Jezus, ik ben pas vijfendertig. Hij probeerde niet te glimlachen, maar hij vond het wel grappig. Ik kan hier morgen weg als ik wil, voegde ze eraan toe. Dan hoef ik ook niet meer elk weekend tegen die chagrijnige kop van jou aan te kijken. Toen moest hij wel lachen, tegen wil en dank.

Gareth zegt iets wat Connell niet verstaat. *Watch the Throne* klinkt keihard door een stel blikkerige speakertjes. Connell buigt zich een stukje naar Gareth toe en vraagt: Wat?

Mijn vriendin, die moet je leren kennen, zegt Gareth. Ik zal je even voorstellen.

Connell volgt Gareth, blij met de pauze in het gesprek, door de voordeur naar de stoep. Het gebouw ligt tegenover de tennisbaan, die nu gesloten is en er griezelig koel uitziet in de leegte, rossig onder de straatverlichting. Buiten op de stoep roken en praten een paar mensen.

Hé, Marianne, zegt Gareth.

Ze kijkt op van haar sigaret, midden in een zin. Ze heeft een corduroy jackje aan over haar jurk en haar haar is naar achteren gestoken. Haar hand met de sigaret ziet er lang en etherisch uit in het licht.

O, ha, zegt Connell. Hoi.

Onmiddellijk, ongelooflijk genoeg, breekt er een enorme glimlach door op Mariannes gezicht, waarbij ze haar scheve voortanden ontbloot. Ze heeft lipstick op. Iedereen kijkt naar haar. Ze was iets aan het zeggen, maar valt stil om hem aan te staren.

Jezus christus, zegt ze. Connell Waldron! Opgestaan uit de dood.

Hij kucht en vraagt in een panische poging om normaal te doen: Sinds wanneer rook jij?

Tegen Gareth en tegen haar vrienden voegt ze eraan toe: We hebben samen op school gezeten. Ze richt haar blik weer op Connell, stralend tevreden, en zegt: Hoe gaat het met je? Hij haalt zijn schouders op en mompelt: Ja, oké, goed. Ze kijkt hem aan alsof haar ogen een boodschap overbrengen. Wil je iets drinken? vraagt ze. Hij houdt het flesje omhoog dat hij van Gareth heeft gekregen. Ik haal een glas voor je, zegt ze. Kom mee naar binnen. Ze loopt de treden van het stoepje op. Over haar schouder zegt ze: Zo terug. Uit die opmerking en uit haar houding maakt hij op dat al die mensen op het feest vrienden van haar zijn, dat ze veel vrienden heeft en gelukkig is. Dan valt de voordeur achter hen dicht en staan ze alleen in de gang.

Hij volgt haar naar de keuken, waar het hygiënisch leeg en stil is. Bij elkaar passende blauwgroene oppervlakken en keukenspullen met etiketten erop. De dichte ramen weerspiegelen het verlichte interieur, blauw met wit. Hij heeft geen glas nodig, maar ze pakt er toch een uit de kast en hij protesteert niet. Ze trekt haar jackje uit en vraagt waar hij Gareth van kent. Connell zegt dat ze in dezelfde werkgroep zitten. Ze hangt haar jackje over een stoel. Ze heeft een vrij lange grijze jurk aan waarin haar lichaam er smal en teer uitziet.

Het lijkt wel alsof iedereen hem kent, zegt ze. Hij is extravert.

Hij is echt een beroemdheid op de campus, zegt Connell.

Daar moet ze om lachen en het lijkt alsof alles goed is tussen hen, alsof ze in een licht verschoven universum leven waarin nooit iets ergs is voorgevallen, alleen heeft zij nu opeens een cool vriendje en is hij de eenzame, de impopulaire.

Dat vindt hij vast geweldig, zegt Marianne.

Hij zit geloof ik in allerlei commissies voor van alles.

Ze glimlacht en knijpt haar ogen tot spleetjes. Haar lipstick is heel donker, een wijnkleur, en ze heeft haar ogen opgemaakt.

Ik heb je gemist, zegt ze.

Die directheid, zo snel, zo onverwacht, maakt dat hij bloost. Hij schenkt zijn bier in het glas om zijn aandacht af te leiden.

Ja, ik jou ook, zegt hij. Ik maakte me een beetje zorgen toen je niet meer op school kwam en zo. Ik was er best depri van.

Ach, op school gingen we nauwelijks met elkaar om.

Nee. Ja. Inderdaad.

En jij en Rachel? vraagt Marianne. Zijn jullie nog bij elkaar?

Nee, we hebben het van de zomer uitgemaakt.

Op een toon die net vals genoeg is om bijna oprecht te klinken zegt Marianne: Ach. Wat jammer.

Toen Marianne in april van school was gegaan, begon er voor Connell een neerslachtige periode. Docenten spraken hem erover aan. De studiebegeleidster zei tegen Lorraine dat ze 'zich zorgen maakte'. De anderen op school hadden het er waarschijnlijk ook over, dat wist hij niet. Hij kon de energie niet opbrengen om normaal te doen. In de lunchpauze zat hij op dezelfde plek als altijd, nam trieste happen en luisterde niet als zijn vrienden iets zeiden. Soms viel het hem niet eens op als ze zijn naam riepen en moesten ze iets naar hem toe gooien of hem een tik op zijn hoofd geven om zijn aandacht te trekken. Iedereen moet hebben geweten dat er iets aan de hand was. Hij voelde een verlammende schaamte om het soort mens dat hij bleek te zijn en hij miste het gevoel dat Marianne hem had gegeven, hij miste haar gezelschap. Hij belde haar de hele tijd, hij stuurde haar elke dag berichtjes, maar ze reageerde nooit. Zijn moeder zei dat hij niet meer in haar huis mocht komen, al zou hij dat uit zichzelf waarschijnlijk ook niet hebben geprobeerd.

Een tijdlang probeerde hij zich eroverheen te zetten door te veel te drinken en verzenuwde, verwarrende seks met andere meisjes te hebben. Op een feest in mei was hij naar bed geweest met Sinead, de zus van Barry Kenny, die drieëntwintig en gediplomeerd logopedist was. Na afloop had hij zich zo ellendig gevoeld dat hij moest overgeven en hij had tegen Sinead gezegd dat het kwam doordat hij dronken was, al was dat niet waar. En er was niemand met wie hij erover kon praten. Hij was hartverscheurend eenzaam. Hij droomde vaak dat hij weer met Marianne was, dat ze vredig in zijn armen lag zoals vroeger als ze moe waren en zacht met hem praatte. Dan wist hij weer wat er was gebeurd en werd hij zo depressief wakker dat hij niet in staat was zich te verroeren.

Op een avond in juni kwam hij dronken thuis en vroeg hij aan Lorraine of ze Marianne vaak zag als ze daar werkte.

Soms, zei Lorraine. Hoezo?

En gaat het goed met haar, of?

Zoals ik al zei, ik denk dat ze erg van slag is.

Ze reageert nooit op mijn berichtjes of zo, zei hij. Als ik haar bel en ze ziet dat ik het ben, neemt ze niet op.

Ja, je hebt haar gekwetst.

Ja, maar dit is toch wat overdreven, hè?

Lorraine haalde haar schouders op en keek weer naar de tv.

Vind je niet? vroeg hij.

Vind ik niet wat?

Dat het een beetje overdreven is, zoals ze doet?

Lorraine bleef strak naar de tv kijken. Connell was dronken, hij weet niet meer waar ze naar keek. Langzaam zei ze: Marianne is heel kwetsbaar, zie je. En jij hebt haar gebruikt en haar echt pijn gedaan. Dus misschien is het wel goed dat je je schuldig voelt.

Ik zeg niet dat ik me schuldig voel, zei hij.

In juli kreeg hij iets met Rachel. Iedereen op school wist allang dat ze hem leuk vond en zij leek de toenadering als een persoonlijk succes te beschouwen. De relatie zelf bestond er voornamelijk uit dat ze 's avonds samen uitgingen, dat zij make-up opdeed en over haar vriendinnen klaagde terwijl Connell uit blikjes zat te drinken. Soms keek hij op zijn telefoon terwijl ze praatte en dan zei ze: Je *luistert* niet eens. Hij vond het vreselijk dat hij zo tegen haar deed, want ze had gelijk, hij luisterde niet, maar als hij wel luisterde, beviel hem niets van wat hij hoorde. Hij had maar twee keer seks met haar gehad, het was geen van beide keren fijn en als ze samen in bed lagen, voelde hij een benauwende pijn in zijn borst en keel die zijn ademhaling bemoeilijkte. Hij had gedacht dat hij zich met haar minder eenzaam zou voelen, maar zijn eenzaamheid kreeg alleen een nieuwe hardnekkigheid, alsof die zich in hem had geplant en niet kapot te krijgen was.

Eindelijk kwam de avond van het slotfeest. Rachel had een krankzinnig dure jurk aan en Connell stond bij haar in de voortuin terwijl haar moeder een foto van hen maakte. Rachel zei telkens weer dat hij naar Trinity ging en haar vader liet hem zijn golfclubs zien. Toen gingen ze naar het hotel voor het diner. Iedereen werd verschrikkelijk dronken en Lisa ging al voor het toetje tegen de vlakte. Onder tafel liet Rob Eric en Connell naaktfoto's van Lisa op zijn telefoon zien. Eric lachte en tikte met zijn vinger op lichaamsdelen van Lisa. Connell zat naar de telefoon te kijken en zei toen zacht: Best *fucked up* om dat aan andere mensen te laten zien, hè? Met een luide zucht zette Rob zijn telefoon uit en stopte hem weer in zijn zak. Wat een mietje ben jij tegenwoordig, zei hij.

Rond middernacht, slingerend dronken maar schijnheilig walgend van de dronkenschap van alle anderen om hem heen, slenterde Connell uit de danszaal door een gang naar de rooktuin. Hij had een sigaret opgestoken en was een paar laaghangende blaadjes van een boom aan snippers aan het scheuren toen de deur openschoof en Eric bij hem kwam staan. Eric lachte veelbetekenend toen hij hem zag, ging op een omgekeerde bloempot zitten en stak ook een sigaret op.

Jammer dat Marianne toch niet is gekomen, zei hij.

Connell knikte, hij vond het vreselijk haar naam te horen en keurde die geen antwoord waardig.

Wat was daar aan de hand? vroeg Eric.

Connell keek hem zwijgend aan. Een straal wit licht van het peertje boven de deur bescheen Erics gezicht, dat spookachtig wit leek.

Hoe bedoel je? vroeg Connell.

Met haar en jou.

Connell herkende zijn eigen stem haast niet toen hij zei: Ik weet niet waar je het over hebt.

Eric grijnsde en zijn tanden glinsterden vochtig in het licht.

Dacht je dat we niet wisten dat je haar deed? vroeg hij. Dat weet toch iedereen.

Connell zweeg en nam nog een trek van zijn sigaret. Dit was waarschijnlijk het afschuwelijkste wat Eric tegen hem had kunnen zeggen, niet omdat dat het eind van zijn leven betekende, maar juist omdat het niet zo was. Op dat moment wist hij dat het geheim waarvoor hij zijn eigen geluk en dat van een ander had opgeofferd al van meet af aan niets had voorgesteld, waardeloos was. Hij had op school hand in hand met Marianne door de gang kunnen lopen en wat zouden de consequenties zijn geweest? Die waren er niet. Het kon niemand iets schelen.

Oké, zei hij.

Hoelang heeft dat geduurd?

Ik weet niet. Een tijdje.

Wat was het idee? vroeg Eric. Gewoon om te lachen, of?

Je kent me toch.

Hij maakte zijn sigaret uit en ging weer naar binnen om zijn jasje te pakken. Hij ging weg zonder afscheid te nemen, ook niet van Rachel, die het kort daarna uitmaakte. Dat was het dan, mensen trokken weg, hij trok weg. Hun leven in Carricklea, waaraan ze zoveel drama en betekenis hadden toegekend, eindigde zomaar, zonder conclusie, en zou nooit meer worden opgepakt, niet op dezelfde manier.

Ja, ach, zegt hij tegen Marianne. Ik paste niet zo bij Rachel, geloof ik.

Nu glimlacht Marianne, een gereserveerd lachje. Hm, zegt ze.

Wat?

Dat had ik je ook wel kunnen vertellen.

Had je moeten doen, zegt hij. Je reageerde toen niet echt op mijn berichtjes.

Ik voelde me een beetje in de steek gelaten.

Ik voelde me ook in de steek gelaten, hè? zegt Connell. Jij was verdwenen. En ik was trouwens pas veel later heel even met Rachel. Niet dat het nu nog iets uitmaakt, maar het was echt zo.

Marianne zucht en beweegt twijfelend haar hoofd heen en weer.

Dat was niet de reden waarom ik van school ging, zegt ze.

Precies. Het was gewoon beter voor je.

Het was meer de laatste druppel.

Ja, zegt hij. Ik vroeg me al af of dat het was.

Ze glimlacht weer, een scheef lachje, alsof ze met hem flirt. Echt? zegt ze. Misschien ben je telepathisch begaafd.

Ik dacht soms dat ik je gedachten kon lezen, zegt Connell.

In bed, bedoel je.

Hij neemt een slokje uit zijn glas. Het bier is koud, maar het glas is op kamertemperatuur. Voor vanavond had hij niet geweten hoe Marianne zou reageren als hij haar ooit op de universiteit tegenkwam, maar nu lijkt het onvermijdelijk, natuurlijk moest het zo zijn. Natuurlijk zou ze geamuseerd over hun seksleven praten, alsof het een lief grapje tussen hen is, niets ongemakkelijks. En ergens vindt hij het fijn, hij vindt het fijn dat hij weet hoe hij zich tegenover haar moet gedragen.

Ja, zegt hij. En daarna. Maar misschien is dat normaal.

Nee hoor.

Ze glimlachen allebei, een half onderdrukt, geamuseerd lachje. Hij zet het lege flesje op het aanrecht en kijkt naar Marianne. Ze strijkt haar jurkje glad.

Je ziet er echt goed uit, zegt hij.

Weet ik. Typisch ik, ik ga studeren en word mooi.

Hij begint te lachen. Hij wil niet eens lachen, maar door iets in de vreemde dynamiek tussen hen gebeurt het toch. 'Typisch ik' is echt een Marianne-uitdrukking, met wat zelfspot en toch verwijzend naar het wederzijdse begrip tussen hen, het besef dat ze bijzonder is. Haar jurk is aan de voorkant laag uitgesneden en haar bleke sleutelbeenderen lijken twee gedachtestreepjes.

Je bent altijd al mooi geweest, zegt hij. En ik kan het weten, als oppervlakkige gast. Je bent heel mooi, je bent prachtig.

Nu lacht ze niet meer. Ze trekt een gek gezicht en strijkt haar haar van haar voorhoofd.

Ach ja, zegt ze. Die heb ik een tijd niet gehoord.

Zegt Gareth dan niet tegen je hoe mooi je bent? Of heeft hij het te druk met, eh, amateurtoneel of zo?

Met debatteren. En dat was een valse opmerking.

Debatteren? Jezus, vertel me nu niet dat hij bij die nazitoestand betrokken is?

Mariannes mond wordt een smalle streep. Connell leest de universiteitsbladen niet vaak, maar hij heeft wel meegekregen dat de debatingclub een neonazi had uitgenodigd om een lezing te geven. De sociale media stonden er bol van. Er heeft zelfs een artikel in *The Irish Times* gestaan. Connell heeft geen reacties bij de posts op Facebook geplaatst, maar wel een like gezet bij een aantal opmerkingen waarin de club werd opgeroepen de uitnodiging in te trekken, waarschijnlijk de meest gewaagde politieke actie van zijn hele leven.

We zijn het niet over alles eens, zegt ze.

Connell lacht. Om de een of andere reden is hij blij dat ze zo atypisch zwak en onscrupuleus is.

Ik dacht dat ik erg was, toen met Rachel Moran, zegt hij. Maar jouw vriendje is een Holocaustontkenner.

Hij is alleen voor vrijheid van meningsuiting.

Ja, dat is mooi. God zij gedankt voor gematigde blanken. Dat heeft Martin Luther King ooit geschreven, geloof ik.

Dan lacht ze, oprecht. Haar tandjes flitsen weer en ze legt een hand over haar mond. Hij neemt nog een slok uit zijn glas en neemt haar lieve gezicht in zich op, want dat heeft hij gemist, en het voelt als een fijn moment tussen hen, al krijgt hij later vast spijt als haren op zijn hoofd van alles wat hij tegen haar heeft gezegd. Oké, zegt ze, voor ideologische zuiverheid zijn we allebei gezakt. Connell overweegt te zeggen: Ik hoop dat hij erg goed in bed is, Marianne. Dat zou ze vast grappig vinden. Om de een of andere reden, waarschijnlijk uit verlegenheid, zegt hij het niet. Ze kijkt hem met toegeknepen ogen aan en zegt: Heb jij momenteel een problematisch iemand?

Nee, zegt hij. Niet eens een goed iemand.

Marianne schenkt hem een vreemd lachje. Moeite om mensen te leren kennen? vraagt ze.

Hij haalt zijn schouders op en knikt dan vaag. Wel anders dan thuis, hè? zegt hij.

Ik heb wel vriendinnen die ik aan je kan voorstellen.

Ja?

Ja. Die heb ik tegenwoordig, zegt ze.

Ik weet niet of ik hun type wel ben.

Ze kijken elkaar aan. Ze is een beetje verhit en haar lipstick is op haar onderlip een tikje uitgesmeerd. Haar blik brengt hem van zijn stuk, net als vroeger, alsof je in de spiegel kijkt en iets ziet wat geen geheimen voor je heeft.

Hoe bedoel je? vraagt ze.

Ik weet niet.

Wat is er dan niet goed aan jou?

Hij glimlacht en kijkt in zijn glas. Als Niall Marianne zou zien, zou hij zeggen: Zeg maar niks. Je vindt haar leuk. En ze is inderdaad Connells type, misschien zelfs zijn oertype: elegant, verveeld kijkend, volmaakt zelfverzekerd. En hij voelt zich tot haar aangetrokken, dat geeft hij toe. Nu hij een paar maanden uit huis is, lijkt het leven veel groter en zijn persoonlijke drama's minder belangrijk. Hij is niet meer dezelfde gespannen, ingehouden jongen die hij op school was, toen die aantrekkingskracht angstaanjagend aanvoelde, als een aanstormende trein waar hij haar onder heeft gegooid. Hij weet dat ze schertsend en flirterig doet omdat ze hem wil laten zien dat ze niet verbitterd is. Hij zou kunnen zeggen: ik heb echt spijt van wat ik toen heb gedaan, Marianne. Hij heeft altijd gedacht: als ik haar weer zie, dan zeg ik dat. Op de een of andere manier lijkt ze die mogelijkheid niet toe te laten, of misschien is hij laf, of allebei.

Ik weet niet, zegt hij. Goeie vraag, dat weet ik niet.

DRIE MAANDEN LATER

(FEBRUARI 2012)

Marianne gaat op de passagiersplaats naast Connell zitten en trekt het portier dicht. Haar haar is ongewassen en ze trekt haar voeten op de stoel om haar veters vast te maken. Ze ruikt naar vruchtenlikeur, niet smerig maar ook niet helemaal goed. Connell stapt in en start. Ze kijkt even naar hem.

Heb je je gordel om? vraagt hij.

Hij kijkt in de achteruitkijkspiegel alsof het een doodgewone dag is. Maar het is de ochtend na een feestje in Swords en Connell heeft niet gedronken en Marianne wel, dus er is niets doodgewoons aan. Ze klikt gehoorzaam haar gordel vast om te laten zien dat ze nog steeds vrienden zijn.

Sorry voor gisteravond, zegt ze.

Ze probeert het zo uit te spreken dat ze er verschillende dingen mee overbrengt: excuses, pijnlijke gêne, nog wat extra gespeelde gêne om de pijnlijke soort te ironiseren en te verdunnen, het besef dat ze weet dat ze vergiffenis zal krijgen of al heeft gekregen en het verlangen het ‘niet te veel op te blazen’.

Niks aan de hand, zegt hij.

Maar toch sorry.

Het is oké.

Connell rijdt de oprit af. Hij heeft het incident ogenschijnlijk weggewuifd, maar om de een of andere reden vindt ze dat niet genoeg. Ze wil dat hij bevestigt wat er is gebeurd voordat hij haar ermee laat wegkomen, of misschien wil ze zichzelf onnodig laten lijden.

Dat was fout, zegt ze.

Je was nogal dronken.

Dat is geen excuus.

En knetterstoned, zegt hij, maar daar kwam ik later pas achter.

Ja. Ik voelde me net een aanrander.

Nu lacht hij. Ze trekt haar knieën op tegen haar borst met haar handen om haar ellebogen.

Je hebt me niet aangerand, zegt hij. Die dingen gebeuren.

Wat er is gebeurd: Marianne was met Connell naar een verjaardagsfeestje bij een gemeenschappelijke kennis meegereden. Ze hadden afgesproken dat ze daar bleven slapen en dat hij haar de volgende ochtend met de auto terug zou brengen. Onderweg luisterden ze naar Vampire Weekend en Marianne dronk gin uit een zilveren heupflesje en had het over de regering-Reagan. Je wordt dronken, zei Connell nog in de auto. Je hebt een erg mooi gezicht, zei ze. Dat zeggen andere mensen zelfs tegen me, over jouw gezicht.

Tegen middernacht was Connell op het feest ergens naartoe geslenterd en had Marianne in de schuur haar vriendinnen Peggy en Joanna gevonden. Ze dronken Cointreau uit de fles en rookten. Peggy had een verweerd leren jack en een gestreepte linnen broek aan. Haar haar hing los om haar schouders en ze schudde het de hele tijd opzij en kamde het met haar vingers. Joanna was op sokken en zat op de vriezer. Ze droeg een lang, vormloos gewaad, een soort positiejurk, met een shirt eronder. Marianne leunde tegen de wasmachine en haalde haar heupfles gin uit haar zak. Peggy en Joanna hadden het over mannenmode, met name de modebewustheid van hun mannelijke kennissen. Marianne stond er alleen maar bij en liet de wasmachine het grootste deel van haar lichaamsgewicht dragen terwijl ze haar mond met gin spoelde en naar haar vriendinnen luisterde.

Peggy en Joanna studeren geschiedenis en politicologie, net als Marianne. Joanna is al bezig met haar eindscriptie over James Connolly en de geschiedenis van de Ierse vakbonden. Ze beveelt altijd boeken en artikelen aan, die Marianne dan leest of half leest of er een samenvatting van leest. Iedereen beschouwt Joanna als erg serieus en dat is ze wel, maar ze kan ook heel grappig zijn. Peggy snapt Joanna's humor nooit helemaal, want Peggy's charisma is eerder intimiderend en sexy dan geestig. Op een feestje voor Kerstmis bij hun vriend Declan heeft Peggy in de badkamer een lijntje coke voor Marianne gelegd en dat heeft ze toen opgesnoven, althans grotendeels. Het had geen merkbare invloed op haar humeur, maar de dagen daarna vond ze het wel leuk dat ze het had gedaan, maar voelde zich dan weer schuldig. Ze heeft het niet aan Joanna verteld. Ze weet dat Joanna het verkeerd vindt, want Marianne vindt het zelf ook verkeerd, maar als Joanna iets verkeerd vindt, dan doet ze het ook niet.

Joanna wil journalist worden en Peggy lijkt helemaal niet te willen werken. Tot nu toe is ze daar helemaal niet mee bezig, want ze ontmoet veel mannen die met plezier haar manier van leven financieren en tassen en dure drugs voor haar kopen. Ze heeft een voorkeur voor iets oudere mannen die voor beleggingsbanken en accountantskantoren werken, mannen van zevenentwintig met veel geld en thuis een vaste relatie met een verstandige advocate. Joanna heeft Peggy een keer gevraagd of ze zich weleens heeft voorgesteld dat zijzelf zevenentwintig was en een vriendje had dat de hele nacht met tienermeisjes aan de coke zat. Peggy was niet eens beledigd, ze vond het zelfs grappig.

Ze zei dat ze tegen die tijd met een Russische oligarch getrouwd zou zijn en dat het haar niet kon schelen hoeveel vriendinnetjes hij had. Ondertussen vraagt Marianne zich af wat zij na haar studie gaat doen. Er lijken nog geen mogelijkheden definitief afgesloten, zelfs niet die van een huwelijk met een oligarch. Als ze 's avonds uitgaat, roepen mannen op straat de vulgairste dingen tegen haar, dus ze schamen zich er kennelijk niet voor dat ze haar begeerlijk vinden, integendeel. Wat de studie betreft heeft ze vaak het gevoel dat haar hersenen geen grenzen kennen en alles kunnen analyseren wat ze erin stopt, alsof ze een krachtige machine in haar hoofd heeft. Ze heeft alles mee. Ze heeft nog geen idee wat ze met haar leven gaat doen.

In de schuur vroeg Peggy waar Connell was.

Boven, zei Marianne. Bij Teresa waarschijnlijk.

Connell spreekt weleens af met een vriendin van hen, Teresa. Marianne heeft niet echt een probleem met Teresa, maar betrapt zich er weleens op dat ze Connell zonder aanleiding negatieve uitspraken over haar probeert te ontlokken, waar hij nooit op ingaat.

Hij kleedt zich wel leuk, merkte Joanna op.

Niet echt, zei Peggy. Hij heeft wel een *look*, maar meestal loopt hij in joggingbroek. Volgens mij heeft hij niet eens een pak.

Joanne zocht weer oogcontact met Marianne en deze keer reageert ze. Peggy keek naar hen, nam demonstratief een grote slok Cointreau en veegde met de hand waarmee ze de fles vasthield haar mond af. Wat? vroeg ze.

Hij komt niet uit een rijke familie, hè? zei Joanna.

Doe niet zo overgevoelig, zei Peggy. Dus vanwege iemands sociaaleconomische status mag ik niets over zijn kledingsmaak zeggen?

Nee, dat bedoelt ze niet, zei Marianne.

Want we zijn allemaal echt heel aardig tegen hem, zei Peggy.

Op dat moment merkte Marianne dat ze haar vriendinnen geen van beiden kon aankijken. Wie zijn 'we'? wilde ze vragen. Maar ze pakte alleen de fles Cointreau uit Peggy's hand en nam twee slokken, lauw en walgelijk zoet.

Om een uur of twee, toen ze verschrikkelijk dronken was en zich door Peggy had laten overhalen om op de wc samen met haar een joint te roken, zag ze Connell op de tweede verdieping in de gang. Er was verder niemand. Hé, zei hij. Ze leunde tegen de muur, dronken en verlangend naar zijn aandacht. Hij stond boven aan de trap.

Je was er met Teresa vandoor, zei ze.

O ja? zei hij. Interessant. Je bent compleet van de wereld, hè? Je ruikt naar parfum.

Teresa is er niet, zei Connell. Ze is helemaal niet op dit feest.

Toen lachte Marianne. Ze voelde zich dom, maar op een fijne manier. Kom hier, zei ze. Hij kwam tegenover haar staan.

Wat? zei hij.

Vind je haar leuker dan mij? vroeg Marianne.

Hij streek een lok haar achter haar oor.

Nee, zei hij. Eerlijk gezegd ken ik haar niet zo goed.

Maar is ze beter in bed dan ik?

Je bent dronken, Marianne. Als je nuchter was, zou je het antwoord op die vraag niet eens willen weten.

Dus het is niet het antwoord dat ik wil horen, zei ze.

Ze voerde het gesprek op een lineaire manier en probeerde tegelijkertijd een knoopje van Connells overhemd los te maken, niet eens op een sexy manier, alleen omdat ze zo dronken en stoned was. Het was haar nog niet gelukt het helemaal open te krijgen.

Natuurlijk wel, zei hij.

Toen kuste ze hem. Hij deinsde niet vol afgrijzen terug, maar maakte zich wel vrij vastberaden los en zei: Nee, kom op.

Zullen we naar boven gaan, zei ze.

We zijn al boven.

Ik wil dat je me neukt.

Hij bekeek haar met een soort frons waarin ze in nuchtere toestand aanleiding zou hebben gezien te doen alsof het maar een grapje was.

Nu niet, zei hij. Je bent lam.

Is dat de enige reden?

Hij keek op haar neer. De opmerking over de volmaakte vorm van zijn mond die ze al een tijdje opspaarde, hield ze binnen, want ze wilde antwoord op haar vraag.

Ja, zei hij.

Dus anders zou je het doen.

Je moet naar bed.

We kunnen drugs doen, zei ze.

Je hebt niet eens... Marianne, je hebt niet eens drugs. En dat is nog maar één ding wat hier niet aan klopt. Ga naar bed.

Eerst zoenen.

Hij kuste haar. Een lieve kus, maar vriendschappelijk. Toen zei hij welterusten en liep licht de trap af, zijn lichte nuchtere lijf liep kaarsrecht. Marianne ging op zoek naar de badkamer, waar ze uit de kraan dronk tot haar hoofd geen pijn meer deed en daarna op de grond in slaap viel. Daar werd ze twintig minuten geleden wakker toen Connell aan een van de meisjes vroeg of ze haar wilde zoeken.

Nu zapt hij langs de radiokanalen terwijl ze voor het stoplicht staan. Hij stuit op een nummer van Van Morrison en laat dat aanstaan.

Hoe dan ook, sorry, zegt Marianne weer. Ik wilde geen scheve situatie met Teresa.

Ze is mijn vriendin niet.

Oké. Maar het was respectloos tegenover onze vriendschap.

Ik wist niet dat jullie zo close waren.

Ik bedoel mijn vriendschap met jou.

Hij kijkt naar haar. Ze slaat haar armen strakker om haar knieën en drukt haar kin tegen haar schouder. Connell en zij zien elkaar de laatste tijd vaak. In Dublin kunnen ze voor het eerst samen door de lange, statige straten lopen in de zekerheid dat ze niemand tegenkomen die weet wie ze zijn en dat het hoe dan ook niemand iets kan schelen. Marianne woont alleen in een tweekamerappartementje van haar grootmoeder en 's avonds zitten zij en Connell vaak samen bij haar in de huiskamer aan de wijn. Kennelijk zonder zich in te houden klaagt hij dat het zo moeilijk is om hier op Trinity vrienden te maken. Een paar dagen geleden lag hij bij haar op de bank, liet het bezinksel in zijn glas heen en weer walsen en zei: Iedereen is hier zo snobistisch. Zelfs als ze me wel mochten zou ik niet echt bevriend met ze willen zijn. Hij zette zijn glas neer en keek Marianne aan. Daarom is het voor jou zo makkelijk, zei hij. Jij komt uit een rijke familie, daarom vinden ze je leuk. Ze fronste en knikte en Connell schoot in de lach. Ik neem je in de maling, zei hij. Hun blikken ontmoetten elkaar. Ze wilde lachen, maar wist niet of het een grap ten koste van haar was.

Hij komt altijd op haar feestjes, al zegt hij dat hij haar vriendenkring niet goed begrijpt. Haar vriendinnen vinden hem heel leuk en voelen zich op de een of andere manier helemaal op hun gemak bij hem, gaan bij hem op schoot zitten en aaien door zijn haar. De jongens zijn minder toeschietelijk. Hij wordt getolereerd omdat hij een vriend van Marianne is, maar op zich vinden ze hem niet bijzonder interessant. Hij is niet eens slim! riep een van haar vrienden op een avond toen Connell er niet bij was. Hij is slimmer dan ik, zei Marianne. Toen wist niemand meer wat hij moest zeggen. Het is waar dat Connell op feestjes nogal stil is, koppig stil zelfs, hij hoeft er niet zo nodig mee te koop te lopen hoeveel boeken hij heeft gelezen of hoeveel oorlogen hij kan opnoemen. Maar diep in haar hart weet Marianne wel dat dat niet de reden is waarom mensen hem voor dom aanzien.

Hoezo respectloos tegenover onze vriendschap? vraagt hij.

Ik denk dat het moeilijk zou zijn om vrienden te blijven als we samen naar bed gingen.

Hij trekt een duivelse grijns. In verwarring verbergt ze haar gezicht achter haar arm.

Denk je? zegt hij.

Ik weet niet.

Oké.

Op een avond waren twee vrienden van Marianne in de kelder bij Bruxelles onhandig aan het poolen terwijl de anderen al drinkend zaten toe te kijken. Toen Jamie had gewonnen, zei hij: Wie speelt er tegen de winnaar? Connell zette rustig zijn bier neer en zei: Oké. Jamie begon, maar stootte niet één bal in de zak. Zonder zich in de gesprekken te mengen potte Connell achter elkaar vier gele ballen. Marianne begon te lachen, maar Connell bleef uitdrukkingsloos, alleen geconcentreerd. In de korte pauze na zijn beurt dronk hij zwijgend en keek naar Jamie, die een rode bal tollend over de tafel joeg. Toen krijtte Connell snel zijn keu en stootte de drie resterende gele ballen in de zak. Zoals hij de tafel bestudeerde en zijn stoten legde, de zachte kus van de keu op het gladde oppervlak van de bal, het gaf een intense voldoening. De meisjes zaten allemaal te kijken terwijl hij stootte, zich over de tafel boog met zijn harde, stille gezicht onder de lamp. Het lijkt wel een reclamespot voor cola Zero, zei Marianne. Iedereen lachte, zelfs Connell. Toen alleen de zwarte bal nog over was, wees hij naar de zak rechtsboven en zei tot haar blijdschap: Oké, Marianne, let op. De bal ging erin. Iedereen klapte.

Die avond liep Connell niet naar huis, maar ging hij met haar mee. Ze lagen in haar bed naar het plafond te kijken en te praten. Tot dan toe hadden ze elk gesprek over de gebeurtenissen van het vorige jaar vermeden, maar die avond vroeg Connell: Weten je vrienden het van ons?

Marianne zweeg. Wat van ons? vroeg ze toen.

Wat er op school is gebeurd en zo.

Nee, ik denk het niet. Misschien hebben ze wel iets opgepikt, maar ik heb het nooit verteld.

Een paar seconden lang zei Connell niets. Ze luisterde in het donker naar zijn stilte.

Zou je het pijnlijk vinden als ze erachter kwamen? vroeg hij.

In sommige opzichten wel.

Hij draaide zich op zijn zij, zodat hij niet meer naar het plafond keek maar naar haar.

Waarom? vroeg hij.

Omdat het vernederend was.

Zoals ik je heb behandeld, bedoel je?

Ja, zei ze. En dat ik het heb laten gebeuren.

Voorzichtig tastte hij onder het dekbed naar haar hand en ze liet toe dat hij die pakte. Haar kaak trilde en ze deed haar best haar stem luchtig en geamuseerd te laten klinken.

Heb je ooit overwogen me te vragen voor het slotfeest? vroeg ze. Het is stom, maar ik ben wel benieuwd of je eraan hebt gedacht.

Eerlijk gezegd niet. Had ik het maar gedaan.

Ze knikte. Ze bleef naar het donkere plafond kijken, slikte, hoopte dat hij de uitdrukking op haar gezicht niet zag.

Zou je ja hebben gezegd? vroeg hij.

Ze knikte weer. Ze probeerde een spottend gezicht naar zichzelf te trekken maar dat voelde lelijk en vol zelfmedelijden, niet grappig.

Daar heb ik spijt van, zei hij. Dat heb ik verkeerd gedaan. En weet je, kennelijk wisten ze het op school toch wel min of meer van ons. Ik weet niet of je dat hebt gehoord.

Ze steunde op haar elleboog en staarde naar hem in het donker.

Wat wisten ze? vroeg ze.

Dat we wat met elkaar hadden en zo.

Ik heb het aan niemand verteld, Connell, dat zweer ik.

Zelfs in het donker zag ze dat hij zijn gezicht vertrok.

Nee, weet ik, zei hij. Maar ik bedoel dat het niets had uitgemaakt als je het wel had verteld. Maar dat heb je niet gedaan.

Deden ze er moeilijk over?

Nee, nee. Eric zei het alleen, op het slotfeest, dat ze het wisten. Het kon eigenlijk niemand iets schelen.

Weer viel er een korte stilte.

Ik voel me schuldig over alles wat ik toen tegen je heb gezegd, voegde hij eraan toe. Hoe erg het zou zijn als ze erachter kwamen en zo. Daar was ik kennelijk erg mee bezig. Ik bedoel, er was geen enkele reden waarom iemand zich er druk over zou maken. Maar ik heb nogal last van onzekerheid in die dingen. Ik probeer het niet goed te praten, maar ik denk dat ik die onzekerheid ook op jou projecteerde, als je snapt wat ik bedoel. Ik weet niet. Ik denk er nog veel aan, waarom ik zo fucked-up deed.

Ze kneep in zijn hand en hij kneep terug, zo hard dat het bijna pijn deed, en ze moest glimlachen om dat kleine gebaar van wanhoop.

Ik vergeef je, zei ze.

Dank je. Ik denk wel dat ik ervan heb geleerd. En hopelijk ben ik veranderd, als mens bedoel ik. Maar echt, als dat zo is, dan komt het door jou.

Ze bleven elkaars hand onder het dekbed vasthouden, zelfs in hun slaap.

Als ze nu bij haar appartement zijn, vraagt ze of hij mee naar binnen gaat. Hij zegt dat hij iets moet eten en zij zegt dat er ontbijt in de ijskast staat. Ze gaan samen naar boven. Connell kijkt in de ijskast en zij gaat douchen. Ze trekt al haar kleren uit, zet de kraan helemaal open en doucht bijna twintig minuten. Daarna voelt ze zich beter. Als ze eruit komt, met drooggewreven haar en een witte badjas aan, heeft hij al gegeten. Zijn bord is schoon en hij checkt zijn mail. Het ruikt naar koffie en gebakken eieren. Ze loopt naar hem toe en hij veegt met zijn handrug zijn mond af, alsof hij ineens zenuwachtig is. Ze staat naast zijn stoel en hij kijkt omhoog en maakt de ceintuur van haar badjas los. Het is bijna een jaar geleden. Hij drukt zijn lippen op haar huid en ze voelt zich heilig, bijna als een altaar. Kom mee naar bed, zegt ze. Hij gaat mee.

Na afloop zet ze de föhn aan en gaat hij douchen. Dan gaat ze naar het geluid van het water liggen luisteren. Ze glimlacht. Als Connell uit de douche komt, gaat hij naast haar liggen, ze kijken elkaar aan en hij raakt haar aan. Mmm, zegt ze. Ze hebben weer seks, zonder veel te zeggen. Daarna voelt ze zich vredig en wil ze slapen. Hij kust haar gesloten oogleden. Zo is het niet met anderen, zegt ze. Weet ik, zegt hij. Ze heeft het gevoel dat er dingen zijn die hij niet zegt. Ze kan niet bepalen of hij de behoefte bedwingt om zich van haar los te maken of zich juist kwetsbaarder wil maken. Hij kust haar in haar hals. Haar ogen worden zwaar. Het komt wel goed met ons, zegt hij. Ze weet niet, of herinnert zich niet, wat hij bedoelt. Ze valt in slaap.

TWEE MAANDEN LATER

(APRIL 2012)

Hij komt net terug van de bibliotheek. Marianne heeft bezoek gehad, maar dat gaat weg als hij binnenkomt, ze pakken hun jas van de kapstok in de gang. Peggy zit als enige nog aan tafel en schenkt een fles rosé leeg in een enorm glas. Marianne veegt met een vochtig doekje het aanrecht schoon. Het raam boven de gootsteen vertoont een rechthoekje lucht, denimblauw. Connell gaat aan tafel zitten en Marianne haalt een biertje uit de ijskast en maakt het voor hem open. Ze vraagt of hij honger heeft en hij zegt nee. Buiten is het warm en de koelte van het flesje voelt goed aan. De tentamens beginnen binnenkort en hij blijft tegenwoordig meestal in de bibliotheek tot de man met de bel langskomt om te zeggen dat ze gaan sluiten.

Mag ik iets vragen? vraagt Peggy.

Hij merkt dat ze dronken is en dat Marianne graag wil dat ze weggaat. Hij wil ook graag dat ze weggaat.

Ja hoor, zegt Marianne.

Jullie neuken met elkaar, hè? zegt Peggy. Jullie doen het met elkaar.

Connell zegt niets. Hij strijkt met zijn duim over het etiket van het bierflesje op zoek naar een hoekje om het los te trekken. Hij heeft geen idee waar Marianne mee zal komen: iets grappigs, denkt hij, iets om Peggy aan het lachen te maken zodat ze de vraag vergeet. Maar Marianne zegt onverwacht: O ja. Hij glimlacht bij zichzelf. Het hoekje van het etiket komt onder zijn duim los van het glas.

Peggy lacht. Oké, zegt ze. Goed om te weten. Iedereen vraagt het zich trouwens af.

Ja, zegt Marianne. Maar het is niet nieuw, we deden het op school ook al.

Echt? zegt Peggy.

Marianne schenkt voor zichzelf een glas water in. Als ze zich met het glas in de hand omdraait, kijkt ze Connell aan.

Ik hoop dat je het niet erg meer vindt dat ik dat zeg, zegt ze.

Hij haalt zijn schouders op, maar glimlacht, en zij lacht terug. Ze lopen niet met de relatie te koop, maar zijn vrienden weten ervan. Hij houdt alleen niet van openbaar vertoon. Marianne heeft hem een keer gevraagd of hij zich voor haar 'schaamde', maar dat was een grapje. Gek, zei hij. Niall vindt juist dat ik te veel over je opschep. Dat vond ze prachtig. Hij schept niet echt over haar op, maar ze is toevallig wel heel populair en massa's andere jongens willen ook wel met haar naar bed. Misschien schept hij soms wel over haar op, maar alleen op een smaakvolle manier.

Jullie zijn een erg leuk stel, zegt Peggy.

Dank je, zegt Connell.

Ik zei niet dat we een stel zijn, zegt Marianne.

O, zegt Peggy. Bedoel je dat jullie niet exclusief zijn? Cool. Ik wilde ook een open relatie met Lorcan proberen, maar daar was hij heel erg tegen.

Marianne trekt een stoel bij en gaat zitten. Mannen kunnen zo bezitterig zijn, zegt ze.

Ja, nou! zegt Peggy. Krankzinnig. Je zou toch denken dat ze dolblij zouden zijn als ze meer partners mochten.

Doorgaans zie ik dat mannen veel meer bezig zijn met het inperken van de vrijheid van vrouwen dan met hun eigen persoonlijke vrijheid, zegt Marianne.

Is dat zo? vraagt Peggy aan Connell.

Hij kijkt Marianne aan en knikt even, hij wil liever dat zij verder gaat. Hij heeft Peggy leren kennen als de luidruchtige vriendin die iedereen in de rede valt. Marianne heeft ook andere, sympathiekere vriendinnen, maar die blijven nooit zo lang en praten niet zoveel.

Ik bedoel, als je naar het leven kijkt dat mannen echt leiden, zo triest, zegt Marianne. Ze beheersen het hele sociale systeem en dan kunnen ze voor zichzelf niets beters verzinnen? Ze hebben het niet eens naar hun zin.

Peggy lacht. Heb jij het naar je zin, Connell? vraagt ze.

Hm, zegt hij. Ja, redelijk, denk ik. Maar ik ben het er wel mee eens.

Zou je liever in een matriarchaat leven? vraagt Peggy.

Moeilijk te zeggen. Maar ik zou het wel proberen, kijken hoe het bevalt.

Peggy lacht aldoor, alsof Connell ongelooflijk geestig is. Geniet je dan niet van je mannelijke privileges? vraagt ze.

Het is zoals Marianne zegt, antwoordt hij. Zo fijn zijn die niet. Ik bedoel, het is wat het is, ik beleef er niet veel plezier aan.

Peggy grijnst, met veel vertoon van tanden. Als ik een man was, zou ik wel drie vriendinnen hebben. Zo niet meer.

Het laatste hoekje van het etiket laat los van Connells bierflesje. Het komt er makkelijker af als het flesje heel koud is, want de lijm lost op in het condensvocht. Hij zet zijn biertje op tafel en begint het etiket tot een klein vierkantje op te vouwen. Peggy praat door, maar het lijkt niet meer belangrijk genoeg om te luisteren.

Het gaat op het ogenblik behoorlijk goed tussen hem en Marianne. Als de bibliotheek 's avonds dichtgaat, loopt hij naar haar huis en neemt soms onderweg iets te eten of een fles wijn van vier euro mee. Bij goed weer voelt de hemel heel ver weg en koersen de vogels boven door lucht en licht zonder grenzen. Als het regent, sluit de stad zich om hem heen, verzamelt zich met nevels; auto's bewegen trager, hun koplampen gloeien duister en de passerende gezichten zijn roze van de kou. Marianne maakt het avondeten klaar, spaghetti of risotto, en dan wast hij af en ruimt de keuken op. Hij veegt de kruimels onder de broodrooster op en zij leest grappen van Twitter voor. Dan gaan ze naar bed. Hij komt graag heel diep in haar, langzaam, totdat ze luid, hard ademt en met één hand het kussensloop vastklemt. Dan voelt haar lichaam zo klein en open aan. Zo? vraagt hij. En zij knikt en haar hand slaat soms op het kussen en haar adem stokt telkens even als hij beweegt.

De gesprekken daarna geven Connell veel voldoening, ze nemen vaak onverwachte wendingen en geven hem aanleiding om ideeën te formuleren die hij nog nooit bewust onder woorden had gebracht. Ze praten over de romans die hij leest, het onderzoek dat zij bestudeert, het exacte historische moment waarin ze op dat moment leven en hoe moeilijk het is zo'n moment te observeren terwijl het zich afspeelt. Soms heeft hij het gevoel dat hij en Marianne kunstschaatsers zijn en hun discussies zo behendig en volmaakt synchroon improviseren dat ze er zelf versteld van staan. Zij gooit zich sierlijk in de lucht en elke keer vangt hij haar op zonder te weten hoe hij het gaat doen. De wetenschap dat ze waarschijnlijk weer seks zullen hebben voordat ze gaan slapen maakt het praten waarschijnlijk nog prettiger en hij vermoedt dat de intimiteit van hun gesprekken, die vaak heen en weer gaan tussen het conceptuele en het persoonlijke, de seks ook fijner maakt. Toen ze vrijdag na afloop naast elkaar lagen, zei ze: Dat was intens, hè? Hij zei dat hij het altijd nogal intens vond. Maar ik bedoel bijna romantisch, zei Marianne. Ik geloof dat ik op een gegeven moment verliefd op je werd. Hij glimlachte naar het plafond. Dat soort dingen moet je onderdrukken, Marianne, zei hij. Doe ik ook altijd.

Marianne weet wat hij werkelijk voor haar voelt. Dat hij tegenover haar vriendinnen verlegen is, betekent niet dat het tussen hen niet serieus is – dat is het wel degelijk. Soms is hij bang dat hij daar niet duidelijk genoeg in is, en als hij daar een paar dagen over heeft lopen tobben en zich heeft afgevraagd hoe hij de kwestie kan benaderen, zegt hij uiteindelijk iets schaapachtigs als: Je weet toch wel dat ik je echt leuk vind? Om de een of andere reden klinkt het bijna geïrriteerd, en dan lacht ze alleen. Marianne heeft veel meer keuzemogelijkheden, zoals iedereen weet. Politicologiestudenten die met een fles Moët en verhalen over hun zomer in India op haar feestjes komen. Bestuursleden van disputen, vaak in smoking, die om onnaspeurlijke redenen lijken te denken dat de interne gang van zaken bij studentenverenigingen ook voor normale mensen interessant is. Jongens die er een gewoonte van maken Marianne bij een gesprek terloops aan te raken, haar haar gladstrijken of een hand op haar rug leggen. Connell heeft Marianne eens in een rare dronken bui gevraagd waarom die mensen altijd aan haar moesten zitten, waarop zij zei: Dus omdat jij me nooit aanraakt, mag ook niemand anders aan me komen? Daarvan ging zijn humeur er bepaald niet op vooruit.

Hij gaat in het weekend niet meer naar huis, want via hun vriendin Sophie heeft hij een nieuw baantje in het restaurant van haar vader. Nu zit hij in het weekend boven op kantoor om mails te beantwoorden en boekingen in het grote leren boek te schrijven. Soms komt er een plaatselijke beroemdheid, iemand van de Ierse publieke omroep of zo, maar door de week is het er uitgestorven. Connell ziet dat het bedrijf zwaar verlies lijdt en binnenkort zal moeten sluiten, maar hij is zo makkelijk aan zijn baantje gekomen dat dat vooruitzicht hem niet echt zorgen baart. Als hij zonder werk mocht komen te zitten, dan vindt een andere rijke kennis van Marianne wel weer iets voor hem. Rijke mensen zorgen voor elkaar en als Mariannes beste vriend en vermoedelijke sekspartner is Connell gepromoveerd tot adjunct-rijke: iemand voor wie op zijn verjaardag een surpriseparty wordt georganiseerd en voor wie uit het niets makkelijke baantjes worden geregeld.

Voor het eind van het trimester moest hij een presentatie over de *Morte Darthur* geven en terwijl hij aan het woord was, trilden zijn handen en durfde hij niet van zijn papier op te kijken om te zien of er wel iemand luisterde. Zijn stem trilde een paar keer en hij bedacht dat het maar goed was dat hij zat, anders was hij door zijn knieën gezakt. Pas later kwam hij erachter dat zijn presentatie als indrukwekkend werd beschouwd. Een van zijn jaargenoten noemde hem na afloop zelfs een 'genie', in zijn gezicht en op wegwerpende toon, alsof genieën eigenlijk een beetje verachtelijk waren. In hun jaar is algemeen bekend dat Connell in alle vakken op één na de meeste punten heeft, en hij merkt dat hij het prettig vindt om intelligent te worden gevonden, al was het alleen maar omdat zijn interacties met andere mensen daardoor makkelijker te interpreteren zijn. Hij vindt het fijn als iemand niet op de titel van een boek of de naam van een schrijver kan komen, want dan kan hij de ander vlot op streek helpen, maar niet opschepperig, hij weet het gewoon nog. Hij vindt het fijn als Marianne tegen vrienden – kinderen van rechters en ministers, die op krankzinnig dure scholen hebben gezeten – zegt dat ze 'nooit meer zo'n intelligent iemand als Connell zullen ontmoeten'.

En jij, Connell? vraagt Peggy.

Hij heeft niet geluisterd en kan alleen een wedervraag stellen: Wat?

Vind jij meerdere partners een aantrekkelijk idee? vraagt ze.

Hij kijkt naar haar. Ze kijkt hem ondeugend aan.

Eh, zegt hij. Ik weet niet. Hoe bedoel je?

Fantaseer je nooit over een eigen harem? vraagt Peggy. Ik dacht dat alle mannen dat deden.

O, op die manier. Nee, eigenlijk niet.

Of twee dan, zegt Peggy.

Twee wat? Twee vrouwen?

Peggy kijkt naar Marianne en maakt een kirrend giechelgeluidje. Marianne neemt kalm een slokje water.

Kan best, als je wilt, zegt Peggy.

Sorry. Wacht, zegt Connell. Wat kan best?

Nou, hoe heet dat, zegt ze. Een triootje of zo.

O, zegt hij. En hij lacht om zijn eigen domheid. O ja, zegt hij. Op die manier, sorry. Hij vouwt het etiket nog een keer dubbel en weet niet wat hij anders moet zeggen. Dat had ik even gemist, voegt hij eraan toe. Nee, dat kan hij niet. Hij aarzelt niet over de vraag of hij het zou willen, hij kan het gewoon niet. Om de een of andere reden, hij kan het voor zichzelf niet verklaren, denkt hij dat hij Peggy wel zou kunnen neuken als Marianne toekeek, al zou het gênant en niet per se aangenaam zijn. Maar hij weet meteen zeker dat hij nooit iets met Marianne zou kunnen doen terwijl Peggy keek, of een andere vriendin van haar, of wie dan ook. Bij de gedachte wordt hij overvallen door schaamte en verwarring. Dat is iets wat hij in zichzelf niet begrijpt. Als de privacy tussen hem en Marianne door Peggy of door iemand anders zou worden geschonden, dan zou dat iets in hem kapotmaken, een deel van zijn eigenheid dat geen naam lijkt te hebben en dat hij nooit eerder heeft proberen te identificeren. Hij vouwt het vochtige etiket nog een keer dubbel, zodat het nu heel klein en hard is. Hm, zegt hij.

O nee, zegt Marianne. Ik zou me doodschamen. Ik zou door de grond gaan.

Echt? zegt Peggy. Ze zegt het op een vriendelijke, geïnteresseerde manier alsof ze een gesprek over Mariannes verlegenheid net zo leuk vindt als groepsseks. Connell doet zijn best om zijn opluchting niet te laten zien.

Ik heb allerlei complexen, zegt Marianne. Heel neurotisch.

Peggy geeft Marianne een routineus, vrouwelijk compliment over haar uiterlijk en vraagt wat ze dan voor complexen heeft.

Marianne bijt op haar onderlip en zegt dan: Ik voel me niet aantrekkelijk. Ik geloof dat ik een onsympathiek soort... Dat ik iets kils heb, dat het niet meevalt om mij leuk te vinden. Ze gebaart met een lange, smalle hand in de lucht alsof ze alleen bij benadering kan uitdrukken wat ze bedoelt en er niet de vinger op kan leggen.

Ik geloof er niks van, zegt Peggy. Is ze kil tegen jou?

Connell kucht. Nee, zegt hij.

Zij en Marianne praten door en hij rolt nerveus het opgevouwen etiket tussen zijn vingers.

Marianne is deze week een paar dagen naar huis geweest en toen ze de vorige avond weer in Dublin terugkwam, leek ze stilletjes. Ze keken bij haar samen naar *Les Parapluies de Cherbourg*. Aan het eind huilde Marianne, maar ze wendde haar gezicht af zodat het leek alsof ze niet huilde. Connell vond het verwarrend. Het slot was inderdaad nogal triest, maar hij zag niet goed wat er te huilen viel. Gaat-ie? vroeg hij. Ze knikte, met afgewend gezicht, zodat hij een gespannen witte pees in haar hals zag.

Hé, zei hij. Wat is er?

Ze schudde haar hoofd, maar draaide haar hoofd niet om. Hij ging thee voor haar zetten en toen hij ermee binnenkwam, huilde ze niet meer. Hij raakte haar haar aan en ze glimlachte zwakjes. De hoofdpersoon in de film was onbedoeld zwanger geraakt en hij probeerde zich te herinneren wanneer Marianne voor het laatst ongesteld was geweest. Hoe langer hij erover nadacht, hoe langer geleden het leek. Uiteindelijk vroeg hij paniekerig: Hé, je bent toch niet zwanger of zo? Marianne lachte. Dat stelde hem gerust.

Nee, zei ze. Ik ben vanmorgen ongesteld geworden.

Oké. Mooi.

Wat zou je doen als ik zwanger was?

Hij glimlachte en ademde in door zijn mond. Hangt ervan af wat jij zou willen, zei hij.

Ik moet toegeven dat ik wel in de verleiding zou komen om het te houden. Maar dat zou ik je nooit aandoen, wees maar niet bang.

Echt? Wat voor verleiding dan? Sorry als dat een botte vraag is.

Ik weet niet, zei ze. Ergens wel een spannend idee dat zoiets dramatisch met mij zou gebeuren. Het zou wel leuk zijn om tegen ieders verwachtingen in te gaan. Zou ik een slechte moeder zijn, denk je?

Nee, geweldig juist. Alles wat jij doet, doe je geweldig.

Ze glimlachte. Je zou er niet bij betrokken hoeven zijn, zei ze.

Ik zou je hoe dan ook steunen, wat je ook besloot te doen.

Hij wist niet waarom hij zei dat hij haar zou steunen, want hij had vrijwel geen inkomsten en geen vooruitzicht op meer. Het voelde gewoon als iets wat je hoort te zeggen. Hij had er eigenlijk nooit over nagedacht. Marianne leek hem een praktisch iemand die alles zelf zou regelen, hij zou hoogstens als achtervanger optreden.

Stel je voor wat ze in Carricklea zouden zeggen, zei ze.

O ja. Lorraine zou het me nooit vergeven.

Marianne keek snel op. Hoezo, heeft ze iets tegen me? vroeg ze.

Nee, ze is gek op je. Ik bedoel, ze zou me nooit vergeven als ik je zoiets aandeed. Ze is dol op je, maak je geen zorgen. Dat weet je best. Ze vindt je veel te goed voor mij.

Marianne glimlachte weer en raakte zijn gezicht met haar hand aan. Dat vond hij fijn en hij schoof een stukje naar haar toe en streelde de bleke binnenkant van haar pols.

En jouw familie? vroeg hij. Die zouden me waarschijnlijk ook nooit vergeven.

Ze haalde haar schouders op en liet haar hand weer in haar schoot vallen.

Weten ze dat we weer met elkaar omgaan? vroeg hij.

Ze schudde haar hoofd. Ze keek weg en legde haar hand tegen haar wang.

Niet dat je het moet vertellen, zei hij. Misschien zien ze me helemaal niet zitten. Ze willen vast veel liever dat je met een arts of een advocaat gaat.

Ik denk niet dat het ze veel kan schelen wat ik doe.

Ze hield haar vlakke handen even voor haar gezicht, wreef toen energiek over haar neus en snoof. Connell wist dat ze met haar familie op gespannen voet stond. Dat was hem voor het eerst opgevallen toen ze nog op school zaten en toen vond hij het niet zo vreemd, want in die tijd stond Marianne met iedereen op gespannen voet. Haar broer Alan was een paar jaar ouder en wat Lorraine noemde 'een zwakke persoonlijkheid'. Connell kon zich eigenlijk moeilijk voorstellen hoe Alan bij een ruzie overeind bleef tegenover Marianne. Maar nu zijn ze allebei volwassen en nog steeds gaat ze bijna nooit naar huis, en als ze gaat, komt ze in zo'n stemming terug, afwezig en humeurig, en zegt dat ze weer ruzie met haar familie heeft gehad en er niet over wil praten.

Was het weer mis? vroeg hij.

Ze knikte. Ze zijn niet zo dol op me, zei ze.

Ik weet wel dat het waarschijnlijk zo lijkt, zei hij. Maar het blijft toch je familie, ze houden wel van je.

Marianne zei niets. Ze knikte niet en schudde haar hoofd niet, ze zat alleen maar. Niet lang daarna gingen ze naar bed. Ze had kramp in haar buik en zei dat het misschien pijn zou doen als ze seks hadden, dus raakte hij haar alleen aan totdat ze klaarkwam. Daarna was ze vrolijk, ze maakte genotvolle geluidjes en zei: God, wat was dat lekker. Hij stond op om zijn handen te wassen in de badkamer, een vertrekje met roze tegels, een plant in de hoek en overal potjes crème en flesjes parfum. Hij spoelde zijn handen onder de kraan en vroeg of Marianne zich nu beter voelde. Heerlijk, dank je, riep ze vanuit bed. Hij zag in de spiegel dat er een veeg bloed op zijn onderlip zat. Daar was zijn hand zeker per ongeluk tegenaan gekomen. Hij veegde het met een natte vinger af en in de andere kamer zei Marianne: Kun je je voorstellen hoe erg ik het zal vinden als je iemand anders tegenkomt en verliefd wordt. Dat soort grapjes maakte ze vaker. Hij droogde zijn handen af en deed het licht in de badkamer uit.

Ik weet niet, hoor, zei hij. Deze regeling bevalt mij uitstekend.

Ik doe mijn best.

Hij kwam weer in bed en kuste haar gezicht. Daarnet, na de film, was ze verdrietig geweest, maar nu was ze vrolijk. Het lag in zijn macht om haar vrolijk te maken. Dat was iets wat hij haar gewoon kon geven, zoals geld of seks. Bij andere mensen leek ze zo onafhankelijk en afstandelijk, maar bij hem was ze anders, een ander mens. Hij was de enige die haar zo kende.

Eindelijk heeft Peggy haar wijn op en gaat ze weg. Connell blijft aan tafel zitten terwijl Marianne haar uitlaat. De buitendeur gaat dicht en Marianne komt de keuken weer in. Ze spoelt haar waterglas uit en zet het ondersteboven op het aanrecht. Hij wacht tot ze hem aankijkt.

Je hebt mijn leven gered, zegt hij.

Ze draait zich om, glimlacht en trekt haar mouwen weer omlaag.

Ik had er ook geen zin in, zegt ze. Ik zou het voor jou wel hebben gedaan, maar ik zag dat jij het ook niet wilde.

Hij kijkt haar aan. Hij blijft kijken totdat ze vraagt: Wat?

Je moet geen dingen doen waar je geen zin in hebt, zegt hij.

O, maar zo bedoelde ik het niet.

Ze gooit haar handen in de lucht alsof het niet belangrijk is. In directe zin begrijpt hij dat het dat ook niet is. Hij probeert vriendelijker te doen, want tenslotte ergert hij zich niet aan haar.

Het was in elk geval een goeie ingreep van je, zegt hij. Heel attent tegenover mij.

Daar streef ik wel naar.

Dat lukt dan aardig. Kom eens hier.

Ze gaat bij hem zitten en hij raakt haar wang aan. Ineens overvalt hem het verschrikkelijke gevoel dat hij haar in haar gezicht zou kunnen slaan, heel hard zelfs, en dat ze gewoon zou blijven zitten zonder zich te verzetten. Dat is zo'n angstaanjagend idee dat hij zijn stoel naar achteren schuift en opstaat. Zijn handen trillen. Hij snapt niet hoe hij op die gedachte kwam. Misschien wil hij dat wel. Maar hij wordt er misselijk van.

Wat is er? vraagt ze.

Hij voelt een soort getintel in zijn vingers en hij kan geen lucht krijgen.

O, ik weet niet, zegt hij. Ik weet niet, sorry.

Heb ik iets verkeerd gedaan?

Nee, nee. Sorry, ik had zo'n raar... Ik voel me raar. Ik weet niet.

Ze staat niet op. Maar als hij het zei zou ze wel opstaan, hè. Zijn hart bonkt en hij wordt duizelig.

Ben je misselijk? vraagt ze. Je ziet zo wit.

Hé, Marianne. Jij bent niet kil, weet je. Zo ben jij niet, helemaal niet.

Ze kijkt hem vreemd aan en trekt een grimas. Ach, misschien was kil niet het juiste woord, zegt ze. Maakt niet uit.

Maar je hebt niets onsympathieks. Dat weet je toch? Iedereen vindt je leuk.

Ik heb het niet goed uitgelegd. Laat ook maar.

Hij knikt. Zijn ademhaling is nog steeds niet normaal. Wat bedoelde je dan? vraagt hij. Nu kijkt ze hem aan en ze staat ook eindelijk op. Je bent echt griezelig bleek, zegt ze. Ben je duizelig? Nee, zegt hij. Ze pakt zijn hand en zegt dat die vochtig aanvoelt. Hij knikt, haalt moeilijk adem. Zacht zegt ze: Als je zo van streek bent door iets wat ik heb gedaan, dan spijt me dat. Hij lacht geforceerd en trekt zijn hand terug. Nee, ik kreeg ineens zo'n raar gevoel, zegt hij. Ik snap het zelf ook niet. Maar het gaat wel weer.

DRIE MAANDEN LATER

(JULI 2012)

Marianne leest de achterkant van een potje yoghurt in de supermarkt. Met haar andere hand houdt ze haar telefoon vast, waarin Joanna een anekdote over haar baantje vertelt. Als Joanna eenmaal aan een anekdote begint, kan ze een hele tijd alleen aan het woord blijven, dus Marianne kan zich rustig even laten afleiden door het etiket van de yoghurt. Buiten is het warm, ze heeft een luchtig topje en een rok aan en ze krijgt kippenvel op haar armen van de koude lucht uit het koelvak. Ze heeft eigenlijk niets in de supermarkt te zoeken, maar in haar ouderlijk huis is ze niet graag en er zijn weinig ruimtes in Carricklea waar iemand onopvallend zonder gezelschap kan rondhangen. Ze kan niet in haar eentje iets gaan drinken of in Main Street een kop koffie halen. Zelfs het nut van de supermarkt is beperkt als de mensen in de gaten krijgen dat ze geen boodschappen doet of als ze iemand ziet die ze kent en niet onder de plichtplegingen van een gesprekje uit kan.

Er is bijna niemand op kantoor, dus er wordt eigenlijk niets gedaan, zegt Joanna. Maar zolang ik betaald word, maakt het mij niet uit.

Nu Joanna een baan heeft, spreken ze elkaar voornamelijk nog telefonisch, al wonen ze allebei in Dublin. Marianne is alleen voor het weekend hier, maar Joanna heeft alleen dan vrij. Aan de telefoon beschrijft Joanna vaak het kantoor waar ze werkt, de personages die daar rondlopen en de drama's die zich tussen hen afspelen, en dan lijkt het alsof ze in een land woont waar Marianne nooit is geweest, het land van de betaalde arbeid. Marianne zet het potje yoghurt weer in de koeling en vraagt of Joanna het niet vreemd vindt om geld te krijgen voor haar uren op dat kantoor – met andere woorden, dat ze hele stukken van haar beperkte tijd op aarde inwisselt voor de menselijke uitvinding die geld heet.

Die tijd krijg je nooit meer terug, voegt Marianne eraan toe. Ik bedoel, die tijd is echt.

Dat geld is ook echt.

Ja, maar tijd is echter. Tijd is een natuurkundig fenomeen, geld is alleen een sociaal construct.

Ja, maar ik leef ook als ik op mijn werk ben, zegt Joanna. Ik ben nog steeds dezelfde, het zijn mijn eigen ervaringen. Oké, jij werkt dan niet, maar ook voor jou gaat de tijd voorbij. Jij krijgt die tijd ook nooit meer terug.

Maar ik maak tenminste zelf uit wat ik ermee doe.

Daar kan ik tegen inbrengen dat jouw beslissingen daarover ook een sociaal construct zijn.

Marianne lacht. Ze loopt van de koeling naar de snacks.

Ik ga niet mee in de arbeidsmoraal, zegt ze. Sommige soorten arbeid misschien, maar jij schuift alleen maar met papier op een kantoor, je draagt niet bij aan het welzijn van de mensheid.

Ik had het niet over de morele kant van de zaak.

Marianne pakt een zakje gedroogd fruit en inspecteert het, maar er zitten rozijnen in, dus ze legt het terug en pakt iets anders.

Denk je dat ik een oordeel over je heb omdat je niets doet? vraagt Joanna.

Soms denk ik van wel. Je hebt ook een oordeel over Peggy.

Peggy denkt niet, dat is iets anders.

Marianne klakt met haar tong alsof ze Joanna haar wreedheid verwijt, maar zonder veel overtuiging. Ze leest de achterkant van een zakje gedroogde appel.

Ik zou niet graag willen dat jij werd zoals Peggy, zegt Joanna. Ik vind je leuk zoals je bent.

O, maar zo erg is het toch niet met Peggy. Ik ga nu naar de kassa, dus ik moet ophangen.

Oké. Als je morgen na die toestand wilt praten, dan bel je maar.

Dank je, zegt Marianne. Je bent een schat. Doei.

Marianne loopt met de gedroogde appeltjes naar de zelfscankassa en pikt onderweg een fles ijsthee op. Bij de rij voor de zelfscan ziet ze Lorraine een karretje met verschillende spullen uitpakken. Daar houdt ze mee op als ze Marianne ziet. Hallo! zegt ze. Marianne drukt de gedroogde appeltjes tegen haar ribben en zegt: hoi.

Hoe gaat het? vraagt Lorraine.

Goed, dank je. En met jou?

Volgens Connell ben je de beste van je jaar. Je wint prijzen en alles. Verbaast me niks, natuurlijk.

Marianne glimlacht. Het voelt kinderlijk, alsof ze te veel tandvlees laat zien. Ze knijpt in het pakje gedroogd fruit, voelt het kraken in haar vochtige greep en scant het. De verlichting in de supermarkt is bleekwaterwit en ze heeft geen make-up op.

O, zegt ze. Niets belangrijks, hoor.

Connell komt de hoek om, ja, natuurlijk. Hij draagt een zak met zes kleine zakjes chips, *salt and vinegar*. Hij heeft een wit T-shirt aan en de joggingbroek met de strepen langs de zijkant. Zijn schouders lijken breder. Hij kijkt naar haar. Hij is al de hele tijd in de supermarkt, misschien heeft hij haar zelfs bij de koeling gezien en is hij snel doorgelopen om oogcontact te vermijden. Misschien heeft hij haar telefoongesprek zelfs gehoord.

Hallo, zegt Marianne.

O, hé. Ik wist niet dat je in de stad was.

Hij kijkt even naar zijn moeder, scant de chips en legt ze op de paktafel. Zijn verrassing Marianne te zien lijkt oprecht, of althans zijn aarzeling om haar aan te kijken en met haar te praten.

Ik hoor dat je in Dublin heel populair bent, zegt Lorraine. Ik ben tegenwoordig op de hoogte van de roddels van Trinity.

Connell kijkt niet op. Hij scant de andere spullen uit het karretje: een doos theezakjes, een gesneden brood.

Je zoon is gewoon complimenteus, zegt Marianne.

Ze pakt haar portemonnee en rekent af, drie euro negenentachtig. Lorraine en Connell stoppen hun boodschappen in herbruikbare plastic tassen.

Kunnen we je een lift naar huis aanbieden? vraagt Lorraine.

O nee, ik loop wel, zegt Marianne. Maar bedankt.

Lopen! zegt Lorraine. Naar Blackfort Road? Niks ervan. Je krijgt een lift.

Connell neemt de beide tassen in zijn armen en gebaart met een hoofdknikje naar de deur.

Kom, zegt hij.

Marianne heeft hem sinds mei niet meer gezien. Na de tentamens is hij weer thuis gaan wonen en zij is in Dublin gebleven. Hij zei dat hij ook andere mensen wilde zien en zij heeft oké gezegd. En omdat ze nooit echt zijn vriendin is geweest, is ze nu niet eens zijn ex-vriendin. Ze is niets. Ze stappen allemaal in de auto. Marianne zit achterin en Connell en Lorraine hebben het over een kennis die overleden is, maar die was al oud, dus het is niet tragisch. Marianne staart naar buiten.

Wat leuk om je te zien, zegt Lorraine. En wat zie je er goed uit.

O, dank je.

Hoelang blijf je?

Alleen dit weekend, zegt Marianne.

Connell geeft richting aan bij de afslag naar Foxfield en stopt voor zijn huis. Lorraine stapt uit. Connell kijkt in de achteruitkijkspiegel naar Marianne en zegt: Kom je voorin zitten? Ik ben geen taxichauffeur. Zonder iets te zeggen doet ze wat hij vraagt. Lorraine doet de kofferbak open en Connell draait zich om. Laat die tassen maar, zegt hij. Die neem ik straks wel mee als ik terugkom. Ze heft haar handen als teken van overgave, slaat de kofferbak dicht en zwaait.

Het is maar een klein eindje van Connells huis naar dat van Marianne. Hij slaat links af, zijn buurt uit, naar de rotonde. Nog maar een paar maanden geleden bleven hij en Marianne de hele nacht wakker om te praten en te seksen. 's Morgens trok hij de dekens van haar af en ging hij op haar liggen met een klein lachje van: O, hé, hallo. Ze waren elkaars beste vriend. Dat zei hij toen ze vroeg wie zijn beste vriend was. Jij, zei hij. Toen, tegen eind mei, zei hij dat hij voor de zomer naar huis ging.

Hoe gaat het trouwens? vraagt hij.

Prima, dank je. En met jou?

Ja, goed.

Hij schakelt met een autoritair handgebaar.

Werk je nog in de garage? vraagt ze.

Nee, nee. Waar ik vroeger werkte, bedoel je? Die bestaat niet meer.

Echt?

Ja, zegt hij. Nee, ik werk nu in de Bistro. Daar was je moeder trouwens laatst met haar, eh. Haar vriendje of wat het ook is.

Marianne knikt. Ze rijden nu langs het voetbalveld. Er daalt een dunne sluier van regendruppels op de voorruit en Connell zet de ruitenwissers aan, die onder het rijden in een mechanisch ritme heen en weer schrapen.

Toen Connell dat voorjaar in de voorbereidingsweek voor de tentamens naar huis ging, had hij Marianne gevraagd of ze hem naaktfoto's van zichzelf wilde sturen. Ik zal ze natuurlijk wissen wanneer je wilt, zei hij. Waar je bij bent. Dat suggereerde voor Marianne een compleet erotisch ritueel waar ze nog nooit van had gehoord. Waarom zou ik dat willen? vroeg ze. Ze zaten aan de telefoon, Connell thuis in Foxfield en Marianne op haar bed aan Merrion Square. Hij legde in het kort de etiquette rond naaktfoto's uit, niet aan anderen laten zien, op verzoek meteen wissen enzovoort.

Krijg je van veel meisjes zulke foto's? vroeg ze.

Nu niet. En ik heb er nog nooit om gevraagd, maar soms sturen ze ze toch.

Ze vroeg of hij dan foto's van zichzelf aan haar zou sturen en hij maakte een hm-geluidje.

Ik weet niet, zei hij. Zou je echt een foto van mijn pik willen?

Grappig genoeg voelde ze dat haar mond nat werd.

Ja, zei ze. Maar dan zou ik hem echt nooit wissen, dus misschien moet je dat maar niet doen.

Hij lachte. Nee, het kan me niet schelen of je hem wist, zei hij.

Ze zette haar voeten naast elkaar. Ik bedoel dat ik hem meeneem in het graf, zei ze. Ik zal er waarschijnlijk tot mijn dood elke dag naar kijken.

Toen lachte hij voluit. Marianne, zei hij, ik ben niet gelovig maar ik denk soms wel dat God jou speciaal voor mij heeft gemaakt.

Het sportcentrum flitst door de regensluier langs Connells raampje. Hij kijkt weer naar Marianne en dan naar de weg.

En jij bent nu met die Jamie, hè? zegt hij. Heb ik gehoord.

Ja.

Hij ziet er niet slecht uit.

O, zegt ze. Oké. Dank je.

Ze is inmiddels een paar weken met Jamie. Hij heeft bepaalde neigingen. Ze hebben bepaalde gedeelde neigingen. Soms schiet haar midden op de dag iets te binnen wat Jamie tegen haar heeft gezegd of met haar heeft gedaan en dan trekt al haar energie uit haar weg, zodat haar lichaam aanvoelt als een karkas, als iets onmetelijk zwaars en verschrikkelijks dat ze met zich mee moet sjouwen.

Ja, zegt Connell. Ik heb hem eens verslagen bij een potje pool. Dat weet je waarschijnlijk niet meer.

Jawel.

Connell knikt en voegt eraan toe: Hij vond je altijd al leuk. Marianne staart voor zich uit naar de auto voor hen. Het is waar, Jamie heeft haar altijd al leuk gevonden. Hij heeft haar een keer een berichtje gestuurd waarin hij impliceerde dat Connell haar niet serieus nam. Ze had Connell het berichtje laten zien en ze hadden er samen om gelachen. Ze lagen op dat moment samen in bed en Connells gezicht werd verlicht door het schermpje van haar telefoon. Jij moet iemand hebben die je serieus neemt, stond er.

En jij, heb jij iemand? vraagt ze.

Niet echt. Niets serieus.

Je gaat voor het singlebestaan.

Je kent me, zegt hij.

Ja, vroeger.

Hij fronst zijn wenkbrauwen. Dat is me te filosofisch, zegt hij. Ik ben de afgelopen maanden niet zoveel veranderd.

Ik ook niet. Helemaal niet, eigenlijk.

Op een avond in mei gaf Mariannes vriendin Sophie een feest om het eind van de tentamenweek te vieren. Haar ouders zaten op Sicilië of zoiets. Connell moest nog een tentamen, maar daar maakte hij zich geen zorgen over, dus hij was meegegaan. Al hun vrienden waren er, deels omdat ze bij Sophie thuis een verwarmd zwembad in het souterrain hadden. Het grootste deel van de avond waren ze daar, in badpak, doken af en toe in het water, praatten en dronken. Marianne zat op de rand met een plastic bekertje wijn terwijl een paar anderen in het zwembad met een spel bezig waren. Zo te zien was het de bedoeling dat mensen op elkaars schouders gingen zitten en probeerden anderen het water in te gooien. Sophie klom bij de tweede ronde op Connells schouders en zei waarderend: Je hebt een lekker stevig lijf. Marianne keek toe, een beetje dronken, en bewonderde het beeld dat Sophie en Connell samen boden, hij met zijn handen om haar gladde bruine schenen, met een vreemd nostalgisch gevoel over iets wat nu gebeurde. Op dat moment keek Sophie naar haar.

Wees maar niet bang, riep ze. Ik pik hem heus niet in.

Marianne had verwacht dat Connell in het water zou kijken en doen alsof hij het niet had gehoord, maar hij keek haar glimlachend aan.

Daar is ze niet bang voor, zei hij.

Ze wist eigenlijk niet wat dat betekende, maar ze glimlachte terug en het spel begon. Ze voelde zich gelukkig, omringd door mensen die ze aardig vond en die haar aardig vonden. Ze wist dat iedereen naar haar zou kijken en oprecht geïnteresseerd zou luisteren als ze iets zou zeggen, en ook dat maakte haar gelukkig, al had ze helemaal niets te melden.

Na afloop van het spel kwam Connell naar haar toe. Hij stond in het water waar haar benen in bungelden. Ze keek welwillend op hem neer. Ik zat je te bewonderen, zei ze. Hij streek zijn natte haar van zijn voorhoofd. Dat doe je toch altijd, zei hij. Ze schopte speels naar hem en hij sloot zijn hand om haar enkel en streelde hem met zijn vingers. Jij en Sophie zijn een atletisch team, zei ze. Hij bleef onder water haar been strelen. Het voelde erg fijn. De anderen riepen hem weer naar het diepe, ze wilden nog een potje. Dat kan best zonder mij, zei hij. Ik neem even pauze. Toen hupte hij naast haar op de kant. Zijn lichaam was glinsterend nat. Hij leunde met zijn vlakke hand op de tegels achter haar.

Kom eens hier, zei hij.

Hij sloeg zijn arm om haar middel. Hij had haar nog nooit aangeraakt waar anderen bij waren. Zo hadden hun vrienden hen nooit samen gezien, niemand. In het zwembad spetterden en joelden de anderen.

Fijn, zei ze.

Hij keerde zijn gezicht naar haar toe en kuste haar blote schouder. Ze lachte weer, geschokt en genietend. Hij keek weer naar het water en toen naar haar.

Je bent blij, zei hij. Je lacht.

Ja, ik ben blij.

Hij knikte naar het zwembad, waar Peggy net in het water was gevallen en de anderen lachten.

Is dit het leven? vroeg Connell.

Ze keek naar zijn gezicht, maar kon niet zien of hij tevreden of juist ongelukkig was. Hoe bedoel je? vroeg ze. Maar hij haalde alleen zijn schouders op. Een paar dagen later zei hij dat hij voor de zomer naar huis ging.

Je had helemaal niet gezegd dat je hier was, zegt hij nu.

Ze knikt langzaam, alsof ze daarover nadenkt, alsof ze nu pas bedenkt dat ze Connell inderdaad niet had verteld dat ze hier was, alsof ze dat een interessante gedachte vindt.

Zijn we dan geen vrienden meer? vraagt hij.

Tuurlijk wel.

Je reageert anders niet vaak op mijn berichtjes.

Ze had hem inderdaad genegeerd. Ze had mensen moeten uitleggen wat er gebeurd was, dat hij het had uitgemaakt en was weggegaan, en dat vond ze vreselijk. Zij had hem aan iedereen voorgesteld en tegen iedereen gezegd dat hij zulk fijn gezelschap was, zo gevoelig en intelligent, en hij had haar bedankt door drie maanden lang bijna elke nacht bij haar te slapen, het bier op te drinken dat ze voor hem in huis haalde en haar toen abrupt te dumpen. Ze voelde zich voor gek gezet. Peggy lachte het natuurlijk weg en zei dat alle mannen hetzelfde waren. Joanna leek de situatie helemaal niet grappig te vinden, alleen verwarrend en triest. Ze vroeg aldoor wie bij het uitmaken wat precies had gezegd en viel dan stil alsof ze zich de scène probeerde voor te stellen en het resultaat te begrijpen.

Joanna vroeg of Connell Mariannes familiegeschiedenis kende. In Carricklea kent iedereen iedereen, zei Marianne. Joanna schudde haar hoofd. Ik bedoel, weet hij hoe ze zijn? vroeg ze. Die vraag kon Marianne niet beantwoorden. Ze heeft het gevoel dat zelfs zijzelf niet weet hoe ze zijn, dat haar pogingen hen te beschrijven nooit adequaat zijn, dat ze hun gedrag ofwel overdrijft, waarna ze zich schuldig voelt, of afvlakt, waarna ze zich ook schuldig voelt, maar dan op een andere manier, meer naar binnen gericht. Joanna denkt dat ze weet hoe Mariannes familie is, maar hoe kan zij of wie dan ook dat weten als Marianne het zelf niet eens weet? Connell natuurlijk al helemaal niet. Hij is een aangepast mens, grootgebracht in een liefdevol gezin. Hij ziet alleen het beste in iedereen en weet van niets.

Ik had gedacht dat je me ten minste een berichtje zou sturen als je naar huis kwam, zegt hij. Het is een beetje vreemd om je hier tegen het lijf te lopen als ik niet weet dat je er bent.

Op dat moment herinnert ze zich dat ze op de aprildag dat ze naar Howth waren gereden een heupfles in Connells auto heeft laten liggen en dat ze die nog steeds niet terug heeft. Misschien ligt hij nog in het handschoenenkastje. Ze kijkt ernaar, maar vindt dat ze het niet open kan maken omdat hij dan zou vragen waarom ze dat doet en dan zou ze over dat ritje naar Howth moeten beginnen. Ze waren in zee gaan zwemmen en daarna had hij op een beschut plekje geparkeerd en hadden ze seks gehad op de achterbank. Het zou nogal schaamteloos zijn om die dag in herinnering te brengen nu ze weer samen in de auto zitten, al wil ze wel graag haar heupfles terug, of misschien gaat het niet eens daarom maar wil ze hem er gewoon aan herinneren dat hij haar ooit heeft geneukt op de achterbank van de auto waar ze nu in zitten, ze weet dat hij dan zou gaan blozen en misschien wil ze hem ook wel dwingen te blozen, als sadistisch machtsvertoon, maar dat zou niets voor haar zijn, dus zegt ze maar niets.

Wat doe jij hier trouwens? vraagt hij. Gewoon familiebezoek?

De mis voor de sterfdag van mijn vader.

O, zegt hij. Hij kijkt even snel naar haar en dan weer naar de weg. Sorry, voegt hij eraan toe. Niet aan gedacht. Wanneer is dat, morgenochtend?

Ze knikt. Halfelf, zegt ze.

Sorry, Marianne. Dom van me.

Geeft niet. Ik had er eigenlijk geen zin in maar mijn moeder stond er nogal op. Ik ben niet zo van de missen.

Nee, zegt hij. Inderdaad.

Hij kucht. Zij staart naar buiten. Ze zijn nu aan het begin van haar straat. Zij en Connell hebben nooit veel over haar vader gepraat, of over de zijne.

Zal ik meegaan? vraagt Connell. Als je niet wilt dat ik erbij ben, dan natuurlijk niet. Maar ik vind het niet erg, als je het zou willen.

Ze kijkt naar hem en voelt dat iets in haar lichaam zich verzacht.

Dank je wel, zegt ze, lief dat je het aanbiedt.

Ik wil het best.

Hoeft echt niet.

Geen moeite, zegt hij. Ik zou het eerlijk gezegd graag willen.

Hij geeft richting aan en rijdt het grind van haar oprit op. De auto van haar moeder staat er niet, dus die is niet thuis. De enorme witte voorgevel van het huis kijkt verblindend op hen neer. Iets in de plaatsing van de ramen maakt dat Mariannes huis altijd misprijzend lijkt te kijken. Connell zet de motor af.

Sorry dat ik nooit op je sms'jes reageerde, zegt Marianne. Dat was kinderachtig van me.

Geeft niet. Als je geen vrienden meer wilt zijn, dan hoeft dat niet.

Natuurlijk wil ik nog wel vrienden zijn.

Hij knikt, trommelt op het stuur. Zijn lichaam is zo groot en vriendelijk, net een labrador. Ze wil hem van alles vertellen. Maar nu is het te laat en bovendien heeft het haar nooit iets opgeleverd als ze het aan iemand vertelde.

Oké, zegt Connell. Dan zie ik je morgenochtend bij de kerk, goed?

Ze slikt. Heb je zin om even mee naar binnen te gaan? vraagt ze. Voor een kop thee of zo.

Dat zou ik wel willen, maar ik heb ijs bij me.

Marianne kijkt naar achteren, herinnert zich de tassen met boodschappen en voelt zich plotseling gedesoriënteerd.

Lorraine zou me vermoorden, zegt hij.

O ja. Natuurlijk.

Ze stapt uit. Hij zwaait met zijn arm uit het raampje. En morgenochtend komt hij, en dan heeft hij een marineblauw sweatshirt aan met een wit overhemd eronder, ziet er zo onschuldig als een lammetje uit en staat na afloop zonder veel te zeggen bij haar in het voorportaal van de kerk en werpt haar af en toe een blik van verstandhouding toe. Er zullen lachjes worden uitgewisseld, opgeluchte lachjes. En dan zijn ze weer vrienden.

ZES WEKEN LATER

(SEPTEMBER 2012)

Hij is laat. De bus zat vast in het verkeer want er was een betoging in de stad en nu is hij acht minuten te laat en hij weet niet waar het café is. Hij heeft nog nooit met Marianne in de stad afgesproken 'voor een kop koffie'. Het is te warm voor de tijd van het jaar, een prikkerig soort hitte. Hij vindt het café aan Capel Street en loopt langs de kassa naar de deur achterin. Hij kijkt op zijn telefoon. Het is negen over drie. Marianne zit achter in de rooktuin en heeft al een kop koffie voor zich. Er is verder niemand, het is stil. Ze staat niet op als ze hem ziet.

Sorry dat ik zo laat ben, zegt hij. Er was een demonstratie, de bus zat vast.

Hij gaat tegenover haar zitten. Hij heeft nog niets besteld.

Geeft niet, zegt ze. Waar demonstreerden ze tegen? Toch niet abortus of zo?

Hij schaamt zich dat hij daar niet op heeft gelet. Nee, dat dacht ik niet, zegt hij. Gemeentebelasting of zoiets.

Nou, succes ermee. Dat de revolutie maar snel en hard mag toeslaan.

Hij heeft haar sinds juli niet meer gezien, toen ze thuis was voor de mis voor haar vader. Haar lippen zijn bleek en een beetje gebarsten en ze heeft donkere kringen onder haar ogen. Hij vindt het fijn als ze er goed uitziet, maar voelt een speciaal soort medelijden als ze er ziek uitziet of als haar huid niet goed is, net als wanneer iemand die normaal erg goed is een keer een slechte wedstrijd speelt. Op de een of andere manier maakt het haar menselijker. Ze heeft een heel elegante zwarte blouse aan, haar polsen zien er rank en wit uit en haar haar is losjes in haar nek opgestoken.

Ja, zegt hij. Ik zou eerlijk gezegd wel meer energie hebben om te demonstreren als het er wat harder aan toeging.

Je wilt in elkaar worden geslagen door de Gardaí.

Er zijn ergere dingen dan in elkaar geslagen worden.

Marianne neemt net een slok koffie als hij dat zegt, en ze lijkt even te stokken met het kopje tegen haar lippen. Hij weet niet precies waaraan hij ziet dat dit afwijkt van haar natuurlijke drinkbeweging, maar het valt hem op. Dan zet ze het kopje terug.

Dat is waar, zegt ze.

Hoe bedoel je?

Ik ben het met je eens.

Ben je dan onlangs door de politie in elkaar geslagen, heb ik iets gemist? vraagt hij.

Ze tikt nog een beetje suiker uit het zakje in haar kopje en roert. Dan kijkt ze op alsof ze zich ineens herinnert dat hij daar zit.

Wil jij geen koffie? vraagt ze.

Hij knikt. Hij is nog steeds een beetje buiten adem van het lopen vanaf de bushalte, het is te warm onder zijn kleren. Hij staat op en loopt naar binnen. Daar is het koel en veel donkerder. Een vrouw met rode lipstick neemt zijn bestelling op en zegt dat ze het wel komt brengen.

Tot april was Connell van plan geweest die zomer in Dublin te blijven werken voor zijn aandeel in de huur, maar een week voor de tentamens zei de baas dat ze hem minder uren gingen geven. Zo kon hij de huur nog wel blijven betalen, maar dan had hij niets meer om van te leven. Hij had altijd wel geweten dat ze binnenkort zouden moeten sluiten en hij was razend op zichzelf omdat hij nergens anders had gesolliciteerd. Wekenlang kon hij aan niets anders denken. Uiteindelijk besloot hij dat hij voor de zomer naar huis zou moeten. Niall nam het heel goed op en zei dat hij in september gewoon weer in zijn kamer kon en zo. Maar hoe zit het dan met jou en Marianne? had Niall gevraagd. Ja, ja, ik weet niet, ik heb het haar nog niet verteld, zei Connell.

Feit was dat hij toch al meestal bij Marianne sliep. Hij kon haar gewoon de situatie uitleggen en vragen of hij tot september bij haar kon wonen. Hij wist dat ze ja zou zeggen. Hij dacht tenminste van wel, hij kon zich moeilijk voorstellen dat ze geen ja zou zeggen. Maar hij merkte dat hij het gesprek steeds voor zich uit schoof, Nialls vragen ontweek, telkens van plan was erover te beginnen en dan uiteindelijk toch niets zei. Het voelde gewoon te veel alsof hij haar om geld vroeg. Hij en Marianne hadden het nooit over geld. Zo hadden ze het er nooit over gehad dat haar moeder zijn moeder geld gaf om de vloer te boenen en de was op te hangen of over het feit dat dat geld vaak indirect bij Connell terechtkwam en dat hij het dan weer aan Marianne uitgaf. Hij vond het vreselijk om daarbij stil te staan. Hij wist dat Marianne nooit zo dacht. Zij kocht de hele tijd van alles voor hem, eten, kaartjes voor het theater, dingen die zij betaalde en dan meteen voorgoed vergat.

Op een avond aan het eind van de tentamenweek waren ze op een feest bij Sophie Whelan thuis. Hij wist dat hij Marianne eindelijk moest vertellen dat hij niet bij Niall kon blijven en haar op de man af moest vragen of hij zolang bij haar kon. Het grootste deel van de avond hingen ze bij het zwembad en gaven ze zich over aan de betoverende zwaartekracht van het warme water. Hij keek naar Marianne, die in haar strapless rode badpak rondspetterde. Een natte lok had zich uit de knot in haar nek losgemaakt en zich glanzend tegen haar huid gevlijd. Iedereen lachte en dronk. Het leek allemaal in niets op zijn echte leven. Hij kende die mensen helemaal niet, hij geloofde nauwelijks in hen of in zichzelf. Aan de rand van het zwembad kuste hij impulsief Mariannes schouder en ze lachte verrukt naar hem. Niemand keek. Hij dacht dat hij haar die avond in bed wel over de toestand met de huur zou vertellen. Hij was heel bang om haar te verliezen. Toen ze in bed lagen, had ze zin in seks en daarna viel ze in slaap. Hij overwoog haar wakker te maken, maar kon het niet over zijn hart verkrijgen. Hij besloot te wachten tot zijn laatste tentamen voordat hij over thuis wonen begon.

Twee dagen later, meteen na zijn paper over de romance in de middeleeuwen en de renaissance, ging hij naar Marianne en dronken ze koffie aan tafel. Hij luisterde half naar haar verhaal over de gecompliceerde relatie van Teresa en Lorcan, wachtte tot ze uitgesproken was en zei eindelijk: Hé, moet je horen. Het ziet ernaar uit dat ik mijn huur van de zomer niet kan betalen. Marianne keek op van haar koffie en vroeg vlak: Wat?

Ja, zei hij. Ik moet uit Nialls kamer weg.

Wanneer? vroeg Marianne.

Snel, misschien volgende week al.

Er verscheen een hardere uitdrukking op haar gezicht, zonder veel emotie. O, zei ze. Je gaat dus weer naar huis.

Hij wreef over zijn borstbeen, hij had het benauwd. Daar ziet het wel naar uit, ja, zei hij.

Ze knikte, trok heel even haar wenkbrauwen op en staarde in haar koffiekopje. Oké, zei ze. Maar je komt in september wel weer terug, neem ik aan.

Zijn ogen deden pijn en hij sloot ze. Hij begreep niet hoe dit had kunnen gebeuren, hoe hij zijn greep op het gesprek zo had kunnen kwijtraken. Het was te laat om te zeggen dat hij bij haar wilde bivakkeren, dat was duidelijk, maar wanneer was het ineens te laat geweest? Het leek meteen te zijn gebeurd. Hij overwoog zijn hoofd op tafel te leggen en als een kind te gaan huilen. Maar hij deed zijn ogen weer open.

Ja, zei hij. Maar ik ga niet stoppen hoor, wees niet bang.

Dus je blijft maar drie maanden weg.

Ja.

Er viel een lange stilte.

Ik weet niet, zei hij. Je zult zeker ook wel andere mensen willen zien, hè?

Eindelijk, op een toon die hem ijskoud in de oren klonk, zei Marianne: Tuurlijk.

Hij stond op en leegde zijn kopje in de gootsteen, al had hij zijn koffie nog lang niet op. Toen hij buiten stond, huilde hij wel, niet alleen om zijn zielige fantasie dat hij bij haar kon intrekken, maar ook om hun mislukte relatie of wat het ook was.

Binnen een paar weken had ze iemand anders, een vriend van haar, Jamie. Jamies vader was een van de mensen die de financiele crisis hadden veroorzaakt – niet figuurlijk, hij was er letterlijk bij betrokken. Connell moest van Niall horen dat ze een relatie hadden. Hij las het in een sms'je op zijn werk en hij moest bijna een volle minuut in de achterkamer zijn voorhoofd tegen de koeling aan houden. Dus Marianne wilde al die tijd eigenlijk al iemand anders, dacht hij. Ze was waarschijnlijk blij dat hij niet in Dublin kon blijven omdat hij geen geld had. Ze wilde gewoon een vriendje met familie met wie ze op skivakantie kon. En nu het zover was, beantwoordde ze Connells e-mails niet eens meer.

In juli had zelfs Lorraine al gehoord dat Marianne een nieuw vriendje had. Connell kende mensen in Carricklea die het erover hadden, want Jamies vader was in het hele land berucht en verder gebeurde er niets.

Wanneer zijn jullie uit elkaar gegaan? vroeg Lorraine.

We zijn nooit bij elkaar geweest.

Ik dacht dat jullie iets hadden.

Af en toe, antwoordde hij.

Die jeugd van tegenwoordig. Ik snap die relaties van jullie niet.

Zo oud ben je toch niet.

Toen ik op school zat, was je met iemand of niet, zei ze.

Connell stak zijn kin naar voren en staarde uitdrukkingsloos naar de tv.

Waar kom ik dan vandaan? vroeg hij,

Lorraine stootte hem bestraffend aan en hij hield zijn blik strak op de tv gericht. Een reisprogramma, lange zilverwitte stranden en blauw water.

Marianne Sheridan wil toch geen relatie met iemand zoals ik, zei hij.

Wat bedoel je met 'iemand zoals jij'?

Ik denk dat haar nieuwe vriendje wat beter bij haar sociale klasse past.

Lorraine zweeg even. Connell voelde zijn kiezen zacht knarsen.

Ik geloof niet dat Marianne zo denkt, zei Lorraine. Volgens mij is ze niet zo.

Hij stond op. Ik kan je alleen vertellen wat er is gebeurd, zei hij.

Misschien heb je dat dan wel verkeerd uitgelegd.

Maar hij was de kamer al uit.

Weer buiten is het zonlicht zo sterk dat het alle kleuren aan scherven slaat, zodat ze steken. Marianne steekt een sigaret op en laat het doosje open op tafel liggen. Als hij gaat zitten, lacht ze hem door het grijze rookwolkje toe. Hij heeft het gevoel dat ze iets verbergt, maar hij weet niet wat.

Ik geloof niet dat we ooit een koffieafspraak in de stad hebben gemaakt, zegt hij. Of wel?

Niet? Dat moet toch haast wel.

Hij weet dat hij vervelend doet, maar kan er niet mee ophouden. Nee, zegt hij.

Jawel, zegt ze. We hebben koffiegedronken voordat we naar *Rear Window* gingen. Al was dat waarschijnlijk meer een date.

Die opmerking verrast hem en hij reageert met een vlak: Hm.

De deur achter hen gaat open en de serveerster komt naar buiten met zijn koffie. Connell bedankt haar, ze glimlacht en gaat weer naar binnen. De deur valt dicht. Marianne zegt dat ze hoopt dat Connell en Jamie elkaar beter zullen leren kennen. Ik hoop dat je met hem kunt opschieten, zegt ze. En ze kijkt Connell zenuwachtig aan, met een oprechtheid die hem raakt.

Ja, vast wel, zegt hij. Waarom niet?

Ik weet wel dat je beleefd zult zijn. Maar ik hoop dat jullie echt met elkaar kunnen opschieten.

Ik zal mijn best doen.

En dat je hem niet intimideert, zegt ze.

Connell gooit een scheut melk in zijn koffie, laat de kleur opkomen en zet het kannetje weer op tafel.

O, zegt hij. Nou, ik hoop dat je hetzelfde tegen hem zegt.

Alsof hij jou zou kunnen intimideren, Connell. Hij is nog kleiner dan ik.

Het gaat toch niet alleen om lengte?

Vanuit hem gezien ben jij een stuk langer, en bovendien ben jij degene die vroeger zijn vriendin heeft geneukt, zegt ze.

Leuk geformuleerd. Heb je me zo beschreven, Connell is die lange gast die me vroeger neukte?

Nu lacht ze. Nee, zegt ze. Maar dat weet toch iedereen.

Voelt hij zich onzeker over zijn lengte? Ik zal er geen misbruik van maken, ik wil het gewoon weten.

Marianne pakt haar kopje. Connell weet niet goed wat voor soort relatie ze nu zouden moeten hebben. Spreken ze af dat ze elkaar van nu af aan niet aantrekkelijk meer vinden? Wanneer is het precies uit gegaan? Hij vindt geen enkele aanwijzing in Mariannes gedrag. Hij vermoedt zelfs dat ze zich nog steeds tot hem aangetrokken voelt en dat ze dat nu grappig vindt, een soort grapje voor zichzelf, toegeven aan de aantrekkingskracht van iemand die in haar wereld nooit thuis zal zijn.

In juli was hij naar de jaarlijkse mis voor de sterfdag van Mariannes vader geweest. De kleine parochiekerk had gebrandschilderde ramen en het rook er naar regen en wierook. Hij en Lorraine gingen nooit naar de mis, hij kende de kerk alleen van begrafenissen. Hij zag Marianne in het voorportaal staan toen hij binnenkwam. Ze zag eruit als een stuk religieuze kunst. Haar aanblik was veel pijnlijker dan iedereen had voorspeld en hij kreeg zin om iets verschrikkelijks te doen, zichzelf in brand steken of tegen een boom aan rijden. Als hij zo uit zijn doen was bedacht hij altijd in een reflex manieren om zichzelf ernstig te verwonden. Dat leek hem dan even gerust te stellen, de voorstelling van een veel ergere, veel completere pijn dan hij op dat moment voelde, misschien alleen al door de cognitieve energie die daarvoor nodig was, de korte onderbreking van zijn gedachtegang, maar daarna voelde hij zich alleen nog maar ellendiger.

Die avond, toen Marianne terug was naar Dublin, ging hij naar de kroeg met mensen van school, eerst naar Kelleher's, daarna naar McGowan's en ten slotte naar die gruwelijke club Phantom achter het hotel. Er was niemand bij met wie hij echt bevriend was geweest en na een paar glazen realiseerde hij zich dat hij daar niet voor de gezelligheid was, hij was alleen gekomen om zich naar een soort verdoofde bewusteloosheid te drinken. Hij trok zich geleidelijk terug uit de conversatie en concentreerde zich op de inname van zoveel alcohol als hij op kon zonder out te gaan, lachte niet eens meer mee om de grappen, luisterde niet eens.

In de Phantom kwamen ze Paula Neary tegen, hun vroegere lerares economie. Connell was inmiddels zo dronken dat hij dubbel zag en naast elk voorwerp een andere versie van hetzelfde voorwerp zag, een soort geest. Paula trakteerde iedereen op een shot tequila. Ze had een zwart jurkje aan en een zilveren hanger om. Hij likte een lijntje zout van zijn handrug en zag de spookachtige dubbelganger van haar kettinkje, een vaag wit spoor op haar schouder. Toen ze naar hem keek, had ze geen twee ogen, maar veel meer, en ze bewogen op een exotische manier door de lucht, als edelstenen. Daar moest hij om lachen en ze boog zich zo dicht naar hem toe dat hij haar adem in zijn gezicht voelde en vroeg wat er zo grappig was.

Hij weet niet meer hoe hij bij haar thuis was gekomen, of ze zijn gaan lopen of een taxi hebben genomen, dat weet hij nog steeds niet. Haar huis had het vreemd kale, cleane dat eenzame huizen soms hebben. Ze leek geen hobby's te hebben: geen boekenkasten, geen muziekinstrumenten. Hij herinnert zich dat hij met dubbele tong vroeg: Wat doe je zoal in het weekend? Dan ga ik uit, plezier maken, zei ze. Dat vond hij zelfs op het moment zelf al intens deprimerend. Ze schonk twee glazen wijn in. Connell ging op de leren bank zitten en dronk van zijn wijn om maar iets met zijn handen te doen te hebben.

Hoe is het voetbalelftal dit jaar? vroeg hij.

Niet hetzelfde zonder jou, zei Paula.

Ze was naast hem op de bank gaan zitten. Haar jurkje was iets afgezakt, zodat de moedervlek boven haar rechterborst te zien was. Vroeger op school had hij haar kunnen neuken. Iedereen maakte er grappen over, maar als het echt zou zijn gebeurd, zouden ze geschokt zijn geweest, geschrokken. Dan zouden ze hebben gedacht dat zijn verlegenheid een dekmantel was geweest voor iets staalhards, iets angstaanjagends.

De mooiste tijd van je leven, zei ze.

Wat?

Je middelbareschooltijd. De mooiste tijd van je leven.

Hij wilde lachen, maar het kwam er heel dom en zenuwachtig uit. Ik weet niet, hoor, zei hij. Als dat waar is, is het een triest idee.

Ze begon hem te zoenen. Het leek vreemd dat hem dat overkwam, aan de oppervlakte onaangenaam, maar ergens ook interessant, alsof zijn leven een nieuwe wending nam. Haar mond smaakte zuur, naar tequila. Even vroeg hij zich af of dit niet strafbaar was en hij kwam tot de conclusie dat dat waarschijnlijk niet zo was en hij kon niet bedenken waarom niet, want het voelde door en door verkeerd. Telkens als hij zich losmaakte, leek zij hem te volgen, zodat hij op een gegeven moment niet meer begreep hoe dit allemaal kon of wat er gebeurde, hij wist niet of hij rechtop zat of achterover tegen de leuning hing. Bij wijze van experiment probeerde hij rechtop te gaan zitten, zodat hij bevestigd zag dat hij al rechtop zat en het rode lampje waarvan hij dacht dat het aan het plafond brandde het stand-bylichtje van de stereo aan de andere kant van de kamer was.

Vroeger op school werd hij altijd heel ongemakkelijk van Miss Neary. Maar werd hij die ongemakkelijkheid nu de baas door zich op de bank in haar huis te laten zoenen of gaf hij zich er alleen maar aan over? Hij had nog nauwelijks de tijd gehad om die vraag te formuleren toen ze zijn spijkerbroek al los begon te maken. In paniek probeerde hij haar hand weg te duwen, maar het gebaar was zo machteloos dat zij leek te denken dat hij haar wilde helpen. Ze had het bovenste knoopje al los toen hij zei dat hij heel erg dronken was en dat ze misschien beter konden stoppen. Ze liet haar handen in zijn onderbroek glijden en zei dat het oké was, dat ze het niet erg vond. Hij dacht dat hij op dat moment out zou gaan, maar merkte dat dat niet lukte. Hij wilde dat het wel was gebeurd. Hij hoorde Paula zeggen: Wat ben je hard. Dat was een krankzinnige opmerking, want er klopte niets van.

Ik moet overgeven, zei hij.

Toen deinsde ze met een ruk terug en trok haar jurkje mee. Hij greep de gelegenheid aan om op te staan en zijn broek weer dicht te maken. Voorzichtig vroeg ze of hij oké was. Toen hij naar haar keek, zag hij twee Paula's naast elkaar op de bank zitten, zo duidelijk omlijnd dat het niet duidelijk meer was wie de echte Paula was en wie de spookgedaante. Sorry, zei hij. De volgende dag werd hij thuis op de grond in de huiskamer wakker met al zijn kleren aan. Hij weet nog steeds niet hoe hij thuis is gekomen.

Hij moet toch ergens onzeker over zijn, zegt Marianne nu. Ik weet niet waarover. Misschien zou hij cerebraler willen zijn.

Misschien heeft hij gewoon een positief zelfbeeld.

Nee, zeker niet. Het is...

Haar ogen flitsen snel heen en weer. Als ze dat doet, ziet ze eruit als een doorgewinterde wiskundige die in haar hoofd een berekening maakt. Ze zet haar kopje weer neer.

Wat? vraagt Connell.

Een sadist.

Connell gaapt haar over het tafeltje aan en probeert de schrik op zijn gezicht niet te verhullen, waarop zij liefjes glimlacht. Ze laat haar kopje op het schoteltje ronddraaien.

Meen je dat? vraagt Connell

Hij wil me altijd slaan. Alleen bij de seks. Niet als we ruzie hebben.

Ze lacht, een dom lachje dat haar niet staat. Heel even schudt Connells blikveld heftig heen en weer, als bij het begin van een verschrikkelijke migraine, en hij brengt een hand naar zijn voorhoofd. Hij merkt dat hij bang is. Bij Marianne voelt hij zich vaak op de een of andere manier onschuldig, al heeft hij veel meer seksuele ervaring dan zij.

En dat vind je lekker? vraagt hij.

Ze haalt haar schouders op. Haar sigaret brandt op in de asbak. Ze pakt hem snel en neemt nog een trek voordat ze hem uitmaakt.

Ik weet niet, zegt ze. Ik weet niet of ik het wel fijn vind.

Waarom laat je het dan toe?

Het was mijn eigen idee.

Connell pakt zijn kopje en neemt een grote slok kokend hete koffie omdat hij iets efficiënts met zijn handen wil doen. Als hij het kopje terugzet, spat er een golf koffie over het schoteltje.

Hoe bedoel je? vraagt hij.

Het was mijn idee, ik wilde me aan hem onderwerpen. Lastig om uit te leggen.

Probeer het eens als je wilt. Het interesseert me.

Nu lacht ze weer. Je gaat je wel heel ongemakkelijk voelen, zegt ze.

Oké.

Ze kijkt hem aan, misschien om te kijken of hij het echt meent, en dan heft ze haar kin schuin omhoog en hij weet dat ze niet zal terugkrabbelen, dat ze het echt gaat vertellen, anders zou ze toegeven aan iets wat ze niet echt over zichzelf gelooft.

Niet dat ik een kick krijg van vernederd worden, zegt ze. Ik wil gewoon weten of ik mezelf voor iemand zou vernederen als die ander dat zou willen. Snap je wat ik bedoel? Ik weet het eigenlijk niet, ik heb erover nagedacht. Het gaat meer om de dynamiek dan om wat er echt gebeurt. Maar goed, ik had het dus voorgesteld, dat ik kon proberen me onderdaniger te gedragen. En nu blijkt hij het lekker te vinden om me te slaan.

Connell begint te hoesten. Marianne pakt een roerhoutje uit het potje op tafel en draait het rond tussen haar vingers. Hij wacht tot het hoesten ophoudt en vraagt dan: Wat doet hij precies?

O, ik weet niet, zegt ze. Hij slaat me soms met een riem. Hij vindt het ook fijn om me te wurgen, dat soort dingen.

Oké.

Ik bedoel, ik vind het niet fijn. Maar je bent natuurlijk niet echt onderworpen als je je alleen onderwerpt aan dingen die je fijn vindt.

Heb je dat soort ideeën altijd gehad? vraagt Connell.

Ze kijkt hem strak aan. Hij heeft het gevoel dat de angst hem heeft verteerd en iets anders van hem heeft gemaakt, alsof hij door de angst heen is gegaan, en haar aankijken is net als naar haar toe zwemmen over een breed water. Hij pakt het doosje sigaretten en kijkt erin. Zijn tanden beginnen te klapperen en hij legt een sigaret op zijn onderlip en steekt hem aan. Marianne is de enige die zulke gevoelens in hem losmaakt, die vreemde dissociatie, alsof hij verdrinkt en de tijd niet meer echt bestaat.

Je moet niet denken dat Jamie een afschuwelijk iemand is, zegt ze.

Zo klinkt hij anders wel.

Dat is echt niet zo.

Connell neemt een trek van de sigaret en laat zijn ogen even half dichtvallen. De zon is heel warm en hij voelt Mariannes lichaam zo dichtbij, en zijn mond vol rook, en de bittere nasmaak van de koffie.

Misschien wil ik wel slecht behandeld worden, zegt ze. Ik weet niet. Soms denk ik dat ik dat verdien omdat ik een slecht mens ben.

Hij blaast rook uit. Dat voorjaar werd hij 's nachts soms naast Marianne wakker en als zij dan ook wakker was, gleden ze in elkaars armen totdat hij zichzelf in haar voelde. Hij hoefde niets te zeggen, alleen te vragen of het oké was, en ze zei altijd ja. Niets in zijn leven was te vergelijken met wat hij dan voelde. Soms wilde hij dat hij in haar in slaap kon vallen. Dat had hij nooit met iemand anders gehad en dat zou hij ook nooit willen. Na afloop vielen ze gewoon zonder iets te zeggen in elkaars armen in slaap.

Dat heb je me allemaal nooit verteld, zegt hij. Toen we...

Met jou was het anders. We waren, nou ja. Alles was anders.

Ze draait het houtje met beide handen en laat dan één kant los, zodat die terugspringt.

Moet ik me nu beledigd voelen? vraagt hij.

Nee. Als je de simpelste verklaring wilt, dan krijg je die.

Was het gelogen?

Nee, zegt ze.

Ze zwijgt. Voorzichtig legt ze het roerhoutje neer. Ze heeft nu geen rekwisieten meer en raakt haar haar aan.

Met jou hoefde ik geen spelletjes te spelen, zegt ze. Het was echt. Met Jamie is het alsof ik een rol speel, ik doe maar alsof ik dat voel, alsof ik in zijn macht ben. Maar met jou was dat echt de dynamiek, ik voelde dat allemaal echt, ik zou alles hebben gedaan wat je wilde. En nu vind je dat ik een slechte vriendin ben. Niet loyaal. Wie zou mij niet willen slaan?

Ze slaat een hand voor haar ogen. Ze glimlacht, een vermoeid lachje vol zelfhaat. Hij veegt zijn handpalmen af aan zijn broekspijp.

Ik niet, zegt hij. Daar ben ik misschien wat ouderwets in.

Ze laat haar hand zakken en kijkt hem aan, hetzelfde lachje, en haar lippen zien er nog steeds droog uit.

Ik hoop dat wij altijd elkaars kant zullen kiezen, zegt ze. Dat vind ik heel geruststellend.

Dat is mooi.

Ze kijkt hem aan alsof ze hem voor het eerst ziet sinds ze hier samen zitten.

Maar goed, zegt ze. Hoe gaat het met jou?

Hij weet dat de vraag serieus bedoeld is. Hij voelt zich niet op zijn gemak als hij anderen in vertrouwen neemt of iets van hen verlangt. Daarom heeft hij Marianne nodig. Dat feit treft hem voor het eerst. Marianne is iemand aan wie hij dingen kan vragen. Ook al is hun relatie niet zonder bepaalde moeilijkheden en rancunes, de relatie gaat wel door. Dat vindt hij ineens opmerkelijk, bijna ontroerend.

Er is me van de zomer iets heel raars overkomen, zei hij. Mag ik het vertellen?

VIER MAANDEN LATER

(JANUARI 2013)

Ze is thuis met vrienden. De tentamens zijn deze week afgelopen en het nieuwe semester begint maandag. Ze voelt zich helemaal leeg, als een omgekeerd vat. Ze rookt haar vierde sigaret van die avond en krijgt er een wonderlijk zuur gevoel van in haar borst. Bovendien heeft ze vanavond niet gegeten en bij de lunch alleen een mandarijn en een geroosterde boterham zonder boter. Peggy zit op de bank te vertellen over interrailen in Europa en om onnaspeurlijke redenen staat ze erop het verschil tussen Oost- en West-Berlijn uit te leggen. Marianne blaast rook uit en zegt afwezig: Ja, daar ben ik ook geweest.

Peggy draait zich met wijd open ogen om. Ben jij in Berlijn geweest? vraagt ze. Ik wist niet dat mensen uit Connacht zo ver van huis mochten.

Een paar vriendinnen lachen beleefd. Marianne tikt de as van haar sigaret in de aardewerken asbak op de armleuning van de bank. Buitengewoon amusant, zegt ze.

Je mocht zeker een paar dagen vrij van de boerderij, zegt Peggy.

Precies, zegt Marianne.

Peggy gaat verder met haar verhaal. Ze heeft de laatste tijd de gewoonte bij Marianne te blijven slapen als Jamie er niet is, in haar bed te ontbijten en zelfs mee te lopen naar de badkamer als ze gaat douchen, daar doodleuk haar teennagels te knippen en over mannen te klagen. Marianne vindt het fijn dat ze als haar speciale vriendin is uitgekozen, al gaan er wel veel vrije uurtjes in zitten. Maar de laatste tijd begint Peggy haar op sommige feestjes tegenover anderen belachelijk te maken. Voor hun vrienden probeert Marianne mee te lachen, maar je ziet aan haar gezicht dat het moeite kost en dat is voor Peggy aanleiding om haar nog meer te plagen. Als iedereen naar huis is, vlijt ze zich tegen Marianne aan en zegt: Niet boos op me zijn. Dan zeg Marianne met een ijl, defensief stemmetje: Ik ben niet boos op je. Nu werken ze weer naar precies datzelfde gesprekje toe, voor de zoveelste keer, in een paar uur tijd.

Als het verhaal over Berlijn afgelopen is, haalt Marianne een nieuwe fles wijn uit de keuken en schenkt de glazen bij.

Hoe gingen je tentamens trouwens? vraagt Sophie.

Marianne haalt overdreven haar schouders op en wordt met een zacht gelach beloond. Haar vrienden lijken soms onzeker te worden van de dynamiek tussen haar en Peggy en lachen extra als Marianne grappig probeert te zijn, maar dan zo dat het eerder meelevend of zelfs medelijdend dan geamuseerd overkomt.

Eerlijk zeggen, zegt Peggy. Je hebt er een kankerzooi van gemaakt, hè?

Marianne glimlacht, trekt een gezicht, draait de dop weer op de fles. De tentamens zijn nu twee dagen achter de rug; Peggy en Marianne hebben ze samen gemaakt.

Had beter gekund, zegt ze diplomatiek.

Dat is nou echt zo typisch jij, zegt Peggy. Je bent de slimste van de hele wereld, maar als puntje bij paaltje komt ben je een lafbek.

Volgend jaar herkansing, zegt Sophie.

Ik betwijfel of het echt zo slecht ging, zegt Joanna.

Marianne mijdt Joanna's blik en zet de fles weer in de ijskast. Wie bij deze tentamens genoeg punten haalt, heeft recht op vijf jaar kosteloos onderwijs, kosteloze woonruimte op de campus en elke avond in de mensa een maaltijd samen met de andere studenten. Voor Marianne, die haar huur en collegegeld niet zelf hoeft te betalen en geen idee heeft hoeveel dat allemaal kost, gaat het alleen om haar reputatie. Ze ziet haar superieure intellect graag publiekelijk bevestigd in de vorm van een groot geldbedrag. Zo kan ze bescheiden doen zonder dat iemand haar echt hoeft te geloven. Maar die tentamens zijn helemaal niet zo slecht gegaan. Ze heeft ze heel goed gemaakt.

Mijn docent statistiek wilde per se dat ik ze deed, zegt Jamie. Maar ik had geen zin om in de kerstvakantie te studeren.

Weer dwingt Marianne zich tot een uitdrukkingsloos lachje. Jamie heeft die tentamens niet gedaan omdat hij wel wist dat hij zou zakken. Dat weten alle anderen ook. Hij wil graag opscheppen, maar hij heeft niet genoeg zelfkennis om te snappen dat zijn woorden weliswaar als opscheppen kunnen worden uitgelegd, maar dat niemand hem gelooft. Ze vindt zijn doorzichtigheid geruststellend.

In het begin van hun relatie heeft ze schijnbaar zonder erbij na te denken gezegd dat ze 'onderdanig' was. Ze stond er zelf versteld van: misschien zei ze het om hem te choqueren. Hoe bedoel je? had hij gevraagd. Met een wereldwijs air had ze geantwoord: Nou, gewoon, ik vind het lekker als een man me pijn doet. Daarna begon hij haar vast te binden en haar met verschillende voorwerpen te slaan. Als ze bedenkt hoe weinig respect ze voor hem heeft, voelt ze zich walgelijk en haat ze zichzelf, en daardoor krijgt ze een allesoverheersende behoefte om onderworpen en zelfs gebroken te worden. Als dat gebeurt, wordt haar hoofd helemaal leeg, als een kamer waar het licht uitgaat, en schokt haar lichaam in een orgasme zonder merkbaar genot. Dan begint het opnieuw. Als ze overweegt het uit te maken, wat ze vaak doet, denkt ze daarbij niet zozeer aan zijn reactie als wel aan die van Peggy.

Peggy vindt Jamie leuk, tenminste, wel een beetje een fascist, maar een fascist zonder veel macht over Marianne. Marianne beklaagt zich weleens over hem en dan zegt Peggy alleen iets als: Nou ja, het is natuurlijk een seksist, dan kun je dat verwachten. Peggy ziet alle mannen als walgelijke beesten die hun impulsen niet onder controle hebben en vindt dat vrouwen niet op emotionele steun van hen moeten rekenen. Het heeft een tijd geduurd voordat Marianne doorhad dat Peggy met haar algemene kritiek op mannen Jamie eigenlijk verdedigde als Marianne over hem klaagde. Ja, wat had je dan verwacht? zei Peggy dan. Of: Dacht je dat dát erg was? Voor een man valt hij ontzettend mee. Marianne heeft geen idee waarom ze dat doet. Altijd als Marianne suggereert, hoe aarzelend ook, dat haar relatie met Jamie zijn langste tijd heeft gehad, wordt Peggy driftig. Ze hebben er zelfs ruzie over gehad, wat er altijd op uitliep dat Peggy vreemd genoeg verklaarde dat het haar niets kon schelen of ze het uitmaakte of niet, en Marianne, vermoeid en verward, dan maar zei dat ze dat niet ging doen.

Net als Marianne weer zit, gaat haar telefoon, een nummer dat ze niet herkent. Ze komt overeind om op te nemen, gebaart naar de anderen dat ze gewoon moeten doorpraten en loopt de keuken weer in.

Ja? zegt ze.

Hoi, met Connell. Dit is een beetje lastig, maar er zijn spullen van me gestolen. Mijn portefeuille en mijn telefoon en zo.

Jezus, wat erg. Hoe is dat gebeurd?

Ik vroeg me af... Ik zit helemaal in Dún Laoghaire en ik heb geen geld voor een taxi of niets. Ik vroeg me af of we ergens kunnen afspreken, of je me wat kunt lenen of zo.

Al haar vriendinnen kijken nu naar haar en ze maakt een wegwuivend gebaar naar hen. Vanuit de leunstoel zit Jamie de hele tijd naar haar te kijken.

Geen probleem, zegt ze. Ik ben gewoon thuis, neem maar een taxi. Ik kom wel naar buiten om te betalen, oké? Bel maar aan als je er bent.

Ja. Oké, bedankt. Bedankt, Marianne. Ik bel op een geleende telefoon, ik moet hem nu teruggeven. Tot zo.

Hij hangt op. Haar vriendinnen kijken haar verwachtingsvol aan als ze zich met de telefoon in haar hand omdraait. Ze legt uit wat er aan de hand is en ze leven allemaal met Connell mee. Hij komt nog wel op haar feestjes, drinkt dan snel iets voordat hij ergens anders naartoe gaat. In september heeft hij Marianne verteld wat er met Paula Neary is gebeurd en Marianne voelde zich overspoeld door een haast onaardse gewelddadigheid die ze van zichzelf niet kende. Ik weet wel dat ik het dramatiseer, zei Connell. Zo erg was het ook weer niet. Maar ik heb er toch een ziek gevoel over. Toen hoorde Marianne zichzelf met een stem zo hard als ijs zeggen: Ik snij haar d'r strot af. Connell keek op en lachte, alleen doordat hij zo geschokt was. Jezus, Marianne, zei hij. Maar hij lachte. Echt waar, hield ze vol. Hij schudde zijn hoofd. Je moet die gewelddadige neigingen leren beheersen, zei hij. Je kunt niet zomaar iedereen zijn strot afsnijden, dan kom je in de gevangenis. Marianne liet hem lachen, maar zei zacht: Als ze nog één vinger naar je uitsteekt doe ik het echt. Kan me niks schelen.

Ze heeft alleen kleingeld in haar portemonnee, maar in een la van haar nachtkastje ligt driehonderd euro. Ze loopt haar slaapkamer in zonder het licht aan te doen en hoort de stemmen van haar vriendinnen zacht door de muur. Het geld ligt er, zes briefjes van vijftig. Ze pakt er drie en vouwt ze stil in haar portemonnee. Dan gaat ze op haar bed zitten omdat ze nog niet meteen weer naar binnen wil.

Thuis hing er in de kerstvakantie een gespannen sfeer. Alan wordt altijd nerveus en gespannen als er bezoek is. Op een avond, na het vertrek van hun oom en tante, was hij Marianne naar de keuken gevolgd toen ze de lege theekopjes daarheen bracht.

Moet je jou zien, zei hij. Opscheppen over je tentamens.

Marianne draaide de kraan open en voelde met haar vingers of het water al warm werd. Alan stond met zijn armen over elkaar in de deuropening.

Zij begonnen erover, zei ze. Ik niet.

Als je niets anders hebt om over op te scheppen, dan heb ik met je te doen, zei Alan.

Het water werd warmer en Marianne deed de stop in de afvoer en kneep wat afwasmiddel op een spons.

Luister je wel? vroeg Alan.

Ja, je hebt met me te doen, ik hoor je wel.

Je bent zielig, weet je dat?

Ja, ik heb je gehoord.

Ze zette een van de kopjes in het afdruiprek en doopte het volgende in het warme water.

Denk je dat je slimmer bent dan ik? vroeg hij.

Ze haalde de natte spons door het kopje. Wat een vreemde vraag, zei ze. Weet ik veel, nooit over nagedacht.

Nou, dat ben je niet, zei hij.

Oké, wat jij wil.

Oké, wat jij wil, bauwde hij haar met een bangelijk meisjesstemmetje na. Geen wonder dat je geen vrienden hebt, je kunt niet eens een normaal gesprek voeren.

Oké.

Je moest eens horen wat ze in de stad allemaal over je zeggen.

Onwillekeurig, omdat die gedachte haar zo belachelijk voorkwam, lachte ze. Alan, nu helemaal door het dolle, rukte haar aan haar bovenarm bij het aanrecht vandaan en spuugde naar haar, schijnbaar spontaan. Toen liet hij haar arm los. Een zichtbare klodder spuug was op de stof van haar rok beland. Zó, zei ze, wat goor. Alan draaide zich om en liep de keuken uit en Marianne ging door met de afwas. Toen ze het vierde theekopje op het aanrecht zette, viel haar op dat haar rechterhand licht maar zichtbaar trilde.

Als kerstcadeau kreeg ze van haar moeder een envelop met vijfhonderd euro. Er zat geen kaartje bij, het geld zat in een bruin envelopje zoals dat waarin Lorraine haar loon kreeg. Marianne bedankte haar en Denise zei luchtig: Ik maak me een beetje zorgen over jou. Marianne frunnikte aan de envelop en probeerde een passend gezicht te trekken. Wat is er dan met mij? vroeg ze.

Wat ga je eigenlijk met je leven doen? vroeg Denise.

Ik weet niet. Het kan nog alle kanten op. Op dit moment concentreer ik me vooral op mijn studie.

En daarna?

Marianne drukte haar duim op de envelop en wreef die heen en weer totdat er een vage donkere veeg op het papier ontstond. Zoals ik al zei, herhaalde ze, dat weet ik niet.

Ik ben bang dat de echte wereld nogal een schok voor je zal zijn, zei Denise.

In welk opzicht?

Ik weet niet of je het wel beseft, maar de universiteit is een heel beschermde omgeving. Anders dan de werkvloer.

Ik betwijfel of ze op de werkvloer naar je spugen als ze het niet met je eens zijn, zei Marianne. Ik heb begrepen dat er dan wel wat wenkbrauwen omhooggaan.

Denise vertrok haar gezicht tot een strak glimlachje. Als je al niet tegen een beetje rivaliteit tussen broer en zus kunt, dan vraag ik me af hoe je je in het volwassen leven staande moet houden, schat, zei ze.

We zien wel hoe het loopt.

Daarop sloeg Denise met de vlakke hand op de keukentafel. Marianne schrok, maar keek niet op en liet de envelop niet los.

Dus jij denkt dat je bijzonder bent? vroeg Denise.

Marianne liet haar ogen dichtvallen. Nee, zei ze.

Het is bijna één uur 's nachts als Connell aanbelt. Marianne gaat met haar portemonnee naar beneden en ziet de taxi met draaiende motor voor het gebouw staan. Op het plein aan de overkant slingert de mist zich om de bomen. Wat zijn winternachten toch schitterend, wil ze tegen Connell zeggen. Hij staat bij het open raampje met de chauffeur te praten, met zijn rug naar haar toe. Als hij de voordeur hoort, draait hij zich om en ze ziet dat zijn mond kapot is, besmeurd met donker bloed als gedroogde inkt. Ze deinst een stap terug met haar hand tegen haar sleutelbeen en Connell zegt: Ja, ik weet het, ik heb het in de spiegel gezien. Maar het valt wel mee, ik moet me alleen even wassen. Ze betaalt de chauffeur en laat in haar verwarring het wisselgeld bijna in de goot vallen. Binnen, op de trap, ziet ze dat Connells bovenlip aan één kant tot een harde, glimmende massa is opgezwollen. Zijn tanden hebben de kleur van bloed. God, zegt ze. Wat is er gebeurd? Hij pakt vriendelijk haar hand en streelt met zijn duim over haar knokkels.

Er kwam een gast naar me toe die mijn portemonnee wilde hebben, zegt hij. Om de een of andere reden zei ik nee en toen kreeg ik een knal in mijn gezicht. Stom natuurlijk, ik had hem gewoon mijn geld moeten geven. Sorry dat ik je belde, jouw nummer is het enige dat ik uit mijn hoofd ken.

O Connell, wat verschrikkelijk. Ik heb bezoek, maar wat wil jij? Wil je douchen of zo en dan hier blijven slapen? Of wil je alleen geld en dan naar huis?

Ze staan nu voor de deur van haar appartement.

Wat jou het beste uitkomt, zegt hij. Ik ben trouwens heel erg dronken. Sorry.

Hoe dronken?

Nou, ik ben sinds de tentamens niet meer thuis geweest. Ik weet niet, heb ik nog wel pupillen?

Ze kijkt in zijn ogen en zijn pupillen lijken wel ronde zwarte kogels.

Ja, zei ze. Ze zijn enorm.

Hij streelt haar hand weer en zegt, zachter: Nou ja. Dat worden ze toch altijd wel als ik jou zie.

Ze lacht en schudt haar hoofd.

Als je met me gaat flirten, ben je echt dronken, zegt ze. Jamie zit binnen.

Connell ademt in door zijn neus en kijkt even achterom.

Misschien moet ik maar teruggaan om me nog een keer in mijn gezicht te laten slaan, zegt hij. Zo erg was het ook weer niet.

Ze glimlacht, maar hij laat haar hand los. Ze doet de deur open.

In de woonkamer happen haar vrienden naar adem en hij moet het hele verhaal nog een keer vertellen, wat hij doet, maar nu zonder het verlangde drama. Marianne geeft hem een glas water en hij spoelt zijn mond om het daarna koraalroze in de gootsteen uit te spugen.

Fokking tuig, zegt Jamie.

Bedoel je mij? vraagt Connell. Dat is nogal wat. Niet iedereen kan naar een particuliere school, weet je.

Joanna lacht. Doorgaans is Connell niet vijandig en Marianne vraagt zich af of hij door die klap in zo'n vijandige stemming is geraakt of dat zijn dronkenschap toch erger is dan ze dacht.

Ik bedoel die gast die je heeft beroofd, zegt Jamie. Hij wilde waarschijnlijk drugs kopen, dat doen de meesten.

Connell voelt met zijn vinger of zijn tanden nog vastzitten. Dan veegt hij zijn handen af aan een theedoek.

Ach ja, zegt hij. Verslaafden hebben het ook niet makkelijk.

Inderdaad, zegt Joanna.

Ze zouden misschien kunnen proberen af te kicken? oppert Jamie.

Connell lacht. Goh, daar zijn ze zelf vast nooit op gekomen, zegt hij.

Iedereen valt stil en Connell glimlacht ingetogen. Zijn tanden zien er minder angstaanjagend uit nu hij ze met water heeft schoongespoeld. Sorry jongens, zegt hij. Jullie zijn zó van me af. Iedereen roept dat niemand last van hem heeft, alleen Jamie zegt niets. Marianne voelt een moederlijke opwelling om het bad voor Connell te laten vollopen. Joanna vraagt of het pijn doet en hij wrijft weer met zijn vingertop over zijn voortanden en zegt: Valt wel mee. Hij heeft een zwart jack en een vuil wit T-shirt aan, waaronder Marianne het gladde zilveren kettinkje herkent dat hij op school al droeg. Peggy heeft het ooit betiteld als 'kijkshop-chic'. Marianne was pijnlijk getroffen, al wist ze niet goed voor wie van de twee ze zich plaatsvervangend schaamde.

Hoeveel heb je nodig, denk je? vraagt ze aan Connell. De vraag is zo privé dat haar vrienden onderling beginnen te praten, zodat ze het gevoel krijgt dat ze bijna alleen zijn. Hij haalt zijn schouders op. Zonder pinpas kun je waarschijnlijk niets opnemen, zegt ze. Hij knijpt zijn ogen dicht en raakt zijn voorhoofd aan.

Fuck, wat ben ik dronken, zegt hij. Sorry, het lijkt wel alsof ik hallucineer. Wat vroeg je ook weer?

Geld. Hoeveel zal ik je geven?

O, ik weet niet, een tientje?

Je krijgt honderd, zegt ze.

Wat? Nee.

Zo kibbelen ze nog wat, totdat Jamie naar hen toe komt en Mariannes arm aanraakt. Ze wordt plotseling getroffen door zijn lelijkheid en deinst bijna terug. Zijn haargrens wijkt al terug en hij heeft een slap gezicht zonder kaaklijn. Naast hem lijkt Connell zelfs in deze toestand een toonbeeld van gezondheid en charisma.

Ik moet er waarschijnlijk zo vandoor, zegt Jamie.

Oké, tot morgen, zegt Marianne.

Jamie kijkt haar geschokt aan en ze bedwingt de impuls om te zeggen: Ja, wat? Ze glimlacht alleen. Niet dat zijzelf zo'n schoonheid is, verre van dat. Op sommige foto's is ze niet zomaar onaantrekkelijk, maar zelfs ronduit lelijk als ze als een knaagdier voor de camera haar scheve tanden ontbloot. Ze geeft een schuldbewust kneepje in Jamies pols alsof ze daarmee een onmogelijke communicatieve dubbelgreep tot stand kan brengen: tegen Jamie dat Connell gewond is en helaas haar aandacht nodig heeft, en tegen Connell dat ze Jamie het liefst helemaal niet zou aanraken.

Oké, zegt Jamie. Nou, welterusten dan.

Hij drukt een kus op de zijkant van haar gezicht en pakt zijn jas. Iedereen bedankt Marianne voor de gastvrijheid. Glazen worden op het aanrecht of in de gootsteen gezet. Dan gaat de voordeur dicht en zijn ze alleen. Ze voelt de spieren in haar schouders ontspannen, alsof hun alleen-zijn een kalmerend effect heeft. Ze laat de waterkoker vollopen, haalt mokken uit de kast, zet nog wat vuile glazen in de gootsteen en leegt de asbak.

Is hij nog steeds je vriendje? vraagt Connell.

Ze glimlacht en hij ook. Ze haalt twee theezakjes uit de doos en stopt ze in de mokken terwijl het water op staat. Ze vindt het heerlijk om zo met hem alleen te zijn. Zo lijkt haar leven ineens heel overzichtelijk.

Ja, zegt ze.

En waarom mag dat dan wel zijn?

Waarom hij mijn vriendje is?

Ja, zegt Connell. Wat is daar aan de hand? Ik bedoel, hoezo ga je nog met hem om?

Marianne snuift. Jij wilt zeker ook wel thee, zegt ze. Hij knikt. Hij steekt zijn rechterhand in zijn zak. Ze haalt een pak melk uit de ijskast, het voelt vochtig aan tegen haar vingers. Connell leunt tegen het aanrecht, zijn mond is gezwollen, maar het meeste bloed is afgespoeld en zijn gezicht ziet er op een brute manier knap uit.

Je kunt best iets anders krijgen, hoor, zegt hij. Ik hoor overal dat er voortdurend jongens verliefd op je worden.

Hou op.

Jij bent zo iemand die je alleen kunt liefhebben of haten.

De waterkoker slaat af en ze tilt hem uit de houder. Ze vult eerst de ene mok en dan de andere.

Jij haat me in elk geval niet, zegt ze.

Daar geeft hij eerst geen antwoord op. Dan zegt hij: Nee, ik ben min of meer immuun voor je. Wij kennen elkaar al van school.

Toen ik nog een lelijke loser was, zegt Marianne.

Nee, lelijk ben je nooit geweest.

Ze zet de waterkoker terug. Ze voelt een zekere macht over hem, een gevaarlijk soort macht.

Vind je me nog steeds mooi? vraagt ze.

Hij kijkt naar haar en weet waarschijnlijk wel waar ze mee bezig is, kijkt dan naar zijn eigen handen alsof hij zichzelf aan zijn fysieke aanwezigheid in deze ruimte wil herinneren.

Wat heb jij een goed humeur, zegt hij. Zeker een leuke avond gehad.

Dat negeert ze. Fuck you, denkt ze, maar dat meent ze niet. Met een lepeltje wipt ze de theezakjes in de gootsteen, schenkt wat melk in de thee en zet het pak weer in de ijskast, allemaal met de snelle bewegingen van iemand die ongeduldig met een dronken vriend moet zien te dealen.

Letterlijk ieder ander zou ik beter vinden, zegt Connell. Ik zou nog liever willen dat je het met de gast deed die me vanavond heeft beroofd.

Wat kan het je schelen?

Hij zegt niets. Ze denkt aan de manier waarop ze Jamie heeft behandeld voordat hij wegging en wrijft met haar handen over haar gezicht. Een melk drinkende boerenkinkel, heeft Jamie eens over Connell gezegd. En ze heeft Connell inderdaad weleens melk zo uit het pak zien drinken. Hij speelt games met aliens erin, hij heeft een mening over voetbalcoaches. Hij is zo gezond als een enorme melktand. Hij heeft waarschijnlijk in zijn hele leven nooit overwogen iemand om seksuele redenen pijn te doen. Hij is een goed mens, een fijne vriend. Dus waarom zit ze hem dan aldoor op zijn huid en eist ze iets van hem? Moet ze bij hem dan altijd haar oude, wanhopige zelf zijn?

Hou je van hem? vraagt Connell.

Haar hand aarzelt op de deur van de ijskast.

Niets voor jou, die belangstelling voor mijn gevoelens, Connell, zegt ze. Eerlijk gezegd dacht ik dat wij het daar nooit over hadden.

Goed. Oké.

Hij wrijft weer over zijn mond, verstrooid nu. Dan laat hij zijn hand neervallen en kijkt uit het keukenraam.

Ik had het je waarschijnlijk eerder moeten vertellen, maar ik heb iemand ontmoet, zegt hij. Ik ben al een tijdje met haar, dat had ik moeten zeggen.

Marianne is zo geschokt door die mededeling dat ze het lichamelijk voelt. Ze kijkt hem uitdrukkingsloos aan, niet in staat haar verbijstering te verbergen. Al zolang ze vrienden zijn heeft hij nooit een vriendinnetje gehad. Ze heeft er zelfs nauwelijks bij stilgestaan dat hij dat misschien zou willen.

Wat? zegt ze. Hoelang zijn jullie al samen?

Een week of zes. Helen Brophy, ik weet niet of je haar kent. Studeert geneeskunde.

Marianne keert hem haar rug toe en pakt haar mok van het aanrecht. Ze doet haar best om haar schouders heel stil te houden, bang dat ze gaat huilen en dat hij dat ziet.

Waarom wil je dan dat ik het uitmaak met Jamie? vraagt ze.

Nee, nee hoor. Ik wil alleen dat je gelukkig bent.

Omdat je zo'n goede vriend bent?

Eh, ja, zegt hij. Ik weet niet.

De mok in Mariannes handen is te heet om vast te houden, maar in plaats van hem neer te zetten laat ze de pijn in haar vingers trekken, in haar vlees.

Ben je verliefd op haar? vraagt ze.

Ja, ik hou van haar, ja.

Nu begint Marianne te huilen, het pijnlijkste wat haar in haar hele volwassen leven is overkomen. Ze staat met haar rug naar hem toe maar ze voelt haar schouders in een afschuwelijke, onwillekeurige schok omhoogschieten.

Jezus, zegt hij. Marianne.

Lazer op.

Connell raakt haar rug aan en ze wendt zich met een ruk van hem af alsof hij haar pijn wil doen. Ze zet haar mok op het aanrecht en droogt haar gezicht ruw met haar mouw af.

Ga weg, zegt ze. Laat me met rust.

Marianne, doe nou niet. Ik vind het vreselijk, oké? Ik had het je moeten vertellen. Sorry.

Ik wil niet met je praten. Ga weg.

Een tijdlang gebeurt er niets. Ze kauwt op de binnenkant van haar wang totdat de pijn haar zenuwen kalmeert en ze niet meer huilt. Ze droogt haar gezicht weer af, ditmaal met haar handen, en draait zich om.

Alsjeblieft, zegt ze. Ga alsjeblieft weg.

Hij zucht, kijkt naar de grond, wrijft in zijn ogen.

Ja, zegt hij. Hé, ik vind het vervelend om het te moeten vragen, maar ik heb echt geld nodig om thuis te komen. Sorry.

Dan weet ze het weer en ze schaamt zich. Ze glimlacht zelfs, zo schuldig voelt ze zich. O god, zegt ze. Ik was in de opwinding helemaal vergeten dat je beroofd bent. Twee vijftigjes, is dat oké? Hij knikt, maar zonder naar haar te kijken. Ze weet dat hij het pijnlijk vindt; ze wil dit op een volwassen manier aanpakken. Ze pakt haar portemonnee en geeft hem het geld. Hij steekt het in zijn zak. Hij kijkt naar zijn voeten, knippert met zijn ogen en schraapt zijn keel alsof hij zelf ook bijna huilt. Sorry, zegt hij nog eens.

Geeft niet, zegt ze. Geen zorgen.

Hij wrijft over zijn neus en kijkt om zich heen alsof het de laatste keer is dat hij haar huis ziet.

Weet je, ik wist van de zomer echt niet hoe het zat met ons, zegt hij. Je weet wel, toen ik weer thuis moest gaan wonen en zo. Ik dacht dat ik misschien zolang bij jou kon of zo. Ik snap niet hoe het uiteindelijk zo heeft kunnen lopen.

Ze voelt een scherpe pijn in haar borst en haar hand vliegt naar haar keel, grijpt zich vast aan het niets.

Je zei dat je vond dat we andere mensen moesten zien, zegt ze. Ik had geen idee dat je bij mij wilde. Ik dacht dat je het uit wilde maken.

Hij wrijft even met zijn vlakke hand over zijn mond en ademt dan uit.

Je hebt nooit gezegd dat je zolang hier wilde wonen, voegt ze eraan toe. Natuurlijk had dat gekund. Je bent altijd welkom.

Goed. Oké, zegt hij. Goed, dan ga ik maar. Slaap lekker, hè?

Hij gaat weg. De deur valt achter hem in het slot, niet erg hard.

De volgende ochtend in het gebouw van de Letterenfaculteit zoent Jamie haar waar iedereen bij is en zegt dat ze er prachtig uitziet. Hoe is het gisteravond met Connell afgelopen? vraagt hij. Ze pakt Jamies hand en rolt samenzweerderig met haar ogen. Hij was totaal de weg kwijt, zegt ze. Ik heb hem uiteindelijk de deur uit gekregen.

EEN HALFJAAR LATER

(JULI 2013)

Hij wordt even na achten wakker. Buiten is het heel licht en het wordt al warm in de coupé, een zware warmte van adem en zweet. Kleine stationnetjes met onleesbare namen flitsen voorbij en zijn weer weg. Elaine is al wakker, maar Niall nog niet. Connell wrijft met zijn knokkels in zijn linkeroog en gaat rechtop zitten. Elaine leest in de enige roman die ze bij zich heeft, een boek met een glanzend omslag en de woorden *Nu ook een bioscoopfilm* op het voorplat. De actrice die erop staat is nu al weken een vaste reisgenoot. Connell voelt een haast vriendschappelijke affiniteit met het bleke kostuumdramagezicht.

Waar zijn we ongeveer, weet jij dat? vraagt hij.

Elaine kijkt op uit het boek. Een uur of twee geleden zijn we door Ljubljana gekomen, zegt ze.

O, mooi, zegt hij. Dan zijn we er bijna.

Hij kijkt naar Niall, wiens slapende hoofd zachtjes op en neer knikt. Elaine volgt zijn blik. Totaal uitgeteld, zoals gewoonlijk, zegt ze.

In het begin waren er ook anderen bij. Vrienden van Elaine die van Berlijn waren meegereisd naar Praag, en in Bratislava kwamen ze jaargenoten van Niall tegen, bouwkundestudenten, voordat ze de trein naar Wenen namen. De hostels waren goedkoop en de steden die ze bezochten hadden iets aangenaam tijdelijks. Niets wat Connell daar deed leek hem bij te blijven. De hele reis voelde als een serie korte filmpjes die maar één keer werden vertoond, en achteraf weet hij nog wel ongeveer waar ze over gingen, maar de plot staat hem niet meer precies bij. Hij herinnert zich dat hij vanuit taxi's allerlei beelden heeft gezien.

In elke stad vindt hij een internetcafé, waar hij steeds dezelfde drie communicatierituelen uitvoert: skypen met Helen, via de site van zijn telefoonprovider een gratis berichtje naar zijn moeder sturen en een mail aan Marianne schrijven.

Helen zit die zomer in Chicago in een uitwisselingsprogramma. Als hij haar spreekt, hoort hij haar vriendinnen op de achtergrond kletsen en van alles met elkaars haar doen, en soms draait Helen zich om en roept iets als: Jongens, hé! Ik ben aan het bellen! Hij vindt het heerlijk om haar gezicht op het scherm te zien, vooral als de verbinding goed is en haar bewegingen soepel en levensecht zijn. Ze heeft een mooie glimlach, prachtige tanden. Toen hij de vorige dag na het gesprek bij de kassa had afgerekend, was hij weer naar buiten gegaan, de zon in, en had hij een veel te dure cola met ijs besteld. Als Helen veel vriendinnen op bezoek heeft of als het in het internetcafé erg druk is, wordt hun gesprek weleens wat ongemakkelijk, maar zelfs dan voelt hij zich beter nadat hij haar heeft gesproken. Hij merkt dat hij haastig naar het eind van het gesprek toewerkt, zodat ze kunnen ophangen en hij kan nagenieten en bedenken hoe fijn hij het vindt om haar te zien, zonder de druk van het moment om het juiste gezicht te trekken en de juiste dingen te zeggen. Helen zien, haar mooie gezicht, haar glimlach, en weten dat ze nog steeds van hem houdt, dat geeft vreugde aan zijn dag, daarna voelt hij urenlang alleen nog een duizeligmakend geluk.

Helen heeft Connell een nieuwe manier van leven gebracht. Het lijkt alsof er een ondraaglijk zwaar deksel van zijn gevoelsleven af is getild en hij ineens frisse lucht kan ademen. Het is fysiek mogelijk de zin 'Ik hou van je!' te tikken en te versturen. Dat had hij nooit voor mogelijk gehouden, in de verste verte niet, maar het blijkt heel makkelijk. Het zou natuurlijk wel gênant zijn als iemand anders die berichtjes zou lezen, maar hij weet nu dat dat een normaal soort gêne is, een bijna beschermende impuls tegenover een bijzonder mooi deel van zijn leven. Hij kan aan tafel zitten met Helens ouders, hij kan met haar naar de feestjes van haar vrienden gaan, hij kan het geglimlach en de eentonige conversatie verdragen. Hij kan in haar hand knijpen als iemand naar zijn toekomstplannen vraagt. Als ze hem spontaan aanraakt, zacht zijn arm drukt of zelfs als ze een pluisje van zijn kraag plukt, voelt hij een steek van trots en hoopt hij dat de mensen kijken. Nu hij bekendstaat als haar vriend is hij stevig in de sociale wereld geworteld, als een acceptabel mens, iemand met een bepaalde status, iemand wiens stiltes in de conversatie bedachtzaam in plaats van schutterig zijn.

De berichtjes die hij Lorraine stuurt, zijn vrij zakelijk. Hij houdt haar op de hoogte als ze historische monumenten of kunstschatten zien. Gisteren:

> groetjes uit wenen. stephansdom eerlijk gezegd nogal overschat maar kunsthistorisch museum mooi. thuis alles goed hoop ik.

Ze vraagt graag hoe het met Helen gaat. Al bij de eerste ontmoeting konden Helen en zijn moeder met elkaar opschieten. Altijd als Helen er is, schudt Lorraine haar hoofd bij Connells kleine eigenaardigheden en zegt ze: Hoe hou je het met hem uit, schat? Maar wat maakt het uit, het is fijn dat ze elkaar liggen. Helen is de eerste vriendin die hij aan zijn moeder heeft voorgesteld en hij merkt hoe wonderlijk graag hij Lorraine wil laten zien hoe normaal hun relatie is en hoe sympathiek en normaal Helen hem vindt. Hij snapt niet precies waar dat vandaan komt.

In de weken dat ze elkaar niet hebben gezien, zijn zijn mails aan Marianne steeds langer geworden. Tegenwoordig componeert hij ze op rustige momenten op zijn telefoon: als hij in de wasserette wacht tot zijn was klaar is of 's nachts in het hostel van de warmte niet kan slapen. Hij leest de kladjes herhaaldelijk door, bekijkt alle proza-elementen, verplaatst bijzinnen om de zinnen goed te laten lopen. De tijd verzacht terwijl hij tikt en voelt traag en uitgerekt aan terwijl de werkelijkheid juist heel snel voorbijgaat, en meer dan eens ziet hij bij het opkijken dat er uren zijn verstreken. Hij zou onmogelijk hardop kunnen verklaren wat hem in die mails aan haar zo in beslag neemt, maar hij vindt het niet onbelangrijk. De ervaring van het schrijven voelt als de uitdrukking van een breder fundamenteel principe, iets in zijn identiteit of iets nog abstracters, iets wat met het leven zelf te maken heeft. In zijn grijze reisdagboekje heeft hij onlangs geschreven: een verhaal vertellen in de vorm van e-mailberichten? Maar bij nader inzien leek hem dat te geforceerd en hij had het idee doorgekrast. Hij betrapt zich erop dat hij in zijn dagboekje dingen doorstreept alsof hij zich voorstelt dat een toekomstige lezer het gedetailleerd bestudeert, alsof hij wil dat die toekomstige lezer weet welke ideeën hij bij nader inzien heeft bijgesteld.

Zijn correspondentie met Marianne bevat veel links naar nieuwssites. Op het ogenblik volgen ze allebei Edward Snowden intensief. Marianne vanwege haar belangstelling voor wereldwijde afluisterpraktijken en Connell vanwege het fascinerende persoonlijke drama. Hij heeft online alle speculaties gelezen en de vage beelden van de Moskouse luchthaven Sheremetyevo bekeken. Daarover kunnen hij en Marianne alleen per mail praten, met gebruikmaking van dezelfde communicatietechnologie waarvan ze nu weten dat die in de gaten wordt gehouden, en soms voelt het alsof hun relatie wordt gevolgd door een complex netwerk van overheidsorganisaties, alsof het netwerk zelf een vorm van intelligentie is waarin ze allebei gevangenzitten, compleet met hun gevoelens voor elkaar. Ik denk dat de agent van de NSA die deze e-mails leest een verkeerde indruk van ons krijgt, heeft Marianne een keer geschreven. Ze weten waarschijnlijk niet van de keer dat je me niet hebt meegevraagd naar het slotfeest.

Ze schrijft vaak over het huis waar ze met Jamie en Peggy zit, even buiten Triëst. Ze vertelt wat er zoal gebeurt, hoe ze zich voelt, hoe ze denkt dat de anderen zich voelen, wat ze leest en waar ze over nadenkt. Hij schrijft haar over de steden waar ze zijn en beschrijft soms in een aparte alinea een bepaalde bezienswaardigheid of een panorama. Hij schrijft over de keer dat hij uit het U-Bahnstation in de Schönleinstraße kwam en zag dat het buiten ineens donker was geworden en de takken van de bomen als spookachtige vingers boven hun hoofd wuifden, over het lawaai uit de bars en de geur van pizza's en uitlaatgassen. Hij vindt het een machtig gevoel om een ervaring in woorden te vangen, alsof hij haar in een potje stopt zodat ze nooit meer weg kan. Hij heeft Marianne een keer verteld dat hij verhalen schrijft en nu vraagt ze steeds of ze ze mag lezen. Als ze net zo goed zijn als je mails, dan moeten ze wel prachtig zijn, schreef ze. Dat was fijn om te lezen, maar hij schreef eerlijk terug: Ze zijn niet zo goed als mijn mails.

Hij, Niall en Elaine hebben afgesproken dat ze met de trein van Wenen naar Triëst gaan en de laatste nachten in het vakantiehuis van Marianne logeren voordat ze allemaal samen terugvliegen naar Dublin. Er is sprake van een dagtochtje naar Venetië. De vorige avond zijn ze met hun rugzakken op de trein gestapt en Connell heeft Marianne ge-sms't: komen morgenmiddag aan, geen tijd om je mail nog behoorlijk te beantwoorden. Hij heeft bijna geen schone kleren meer. Hij draagt een grijs T-shirt, een zwarte spijkerbroek en vuile witte sneakers.

In zijn rugzak: een hoop vrij vuile kleren, één schoon wit T-shirt, een lege plastic waterfles, schone onderbroeken, een opgerolde telefoonlader, zijn paspoort, twee doosjes generieke paracetamol, een stukgelezen roman van James Salter en voor Marianne een bundel gedichten van Frank O'Hara die hij in een Engelse boekhandel in Berlijn heeft gevonden. En een grijs aantekenboekje met een zachte kaft.

Elaine stoot Niall aan totdat zijn hoofd naar voren schiet en zijn ogen opengaan. Hij vraagt hoe laat het is en waar ze zijn en Elaine geeft antwoord. Niall haakt zijn vingers in elkaar en strekt zijn armen voor zich uit. Zijn gewrichten kraken zacht. Connell kijkt naar buiten, naar het voorbijglijdende landschap: droge gele en groene tinten, een schuin oranje pannendak, een vlak raam dat flitsend het zonlicht weerkaatst.

In april was bekendgemaakt wie er recht had op een beurs. Het hoofd van het *college* stond op het bordes van de examenzaal en las de namen op. De lucht was die dag extreem blauw, hallucinant, als ijs met een smaakje. Connell had een jasje aan en Helen had haar arm door de zijne gehaakt. Toen de studenten Engels aan de beurt waren, werden er vier namen opgelezen, alfabetisch, Connell Waldron als laatste. Helen sloeg haar armen om hem heen. Dat was het dan, ze riepen zijn naam af en gingen verder. Hij wachtte op het plein totdat geschiedenis en politicologie aan de beurt waren, en toen hij Mariannes naam hoorde, keek hij om zich heen of hij haar ergens zag. Hij hoorde een groepje vrienden van haar juichen en er klonk applaus. Hij stak zijn handen in zijn zakken. Pas bij het horen van haar naam realiseerde hij zich dat het echt waar was, hij had echt een beurs gekregen, zij allebei. Van wat er daarna gebeurde herinnert hij zich niet veel. Hij weet nog wel dat hij Lorraine heeft gebeld en dat ze stil was, geschokt, en toen mompelde: O god, jezus christus.

Niall en Elaine kwamen naast hem staan, juichten, klopten hem op zijn rug en noemden hem 'een totale fucking nerd'. Connell lachte maar wat, alleen omdat al die opwinding om een uitlaatklep vroeg en hij niet wilde huilen. Die avond moesten alle nieuwe bursalen naar een galadiner in de grote eetzaal. Connell leende een smoking van iemand van zijn jaar, maar die paste niet goed en aan tafel moest hij een moeizaam gesprekje voeren met de hoogleraar Engels die naast hem zat. Hij wilde naar Helen en zijn vrienden, hij wilde hier niet zitten met mensen die hij nog nooit had ontmoet en die niets van hem wisten.

Nu hij die beurs heeft, is alles mogelijk. De huur wordt betaald en het collegegeld ook, en hij kan elke avond gratis eten. Daarom reist hij nu de halve zomer door Europa en geeft geld uit met de ontspannen zorgeloosheid van een welgesteld man. Hij heeft het in zijn mails aan Marianne uitgelegd of dat althans geprobeerd. Voor haar is de beurs een opsteker voor haar gevoel van eigenwaarde, een fijne bevestiging van iets wat ze altijd al over zichzelf heeft geloofd: dat ze bijzonder is. Connell heeft nooit echt geweten of hij dat over zichzelf moet geloven en hij weet het nog steeds niet. Voor hem is de beurs een gigantisch materieel feit, als een enorm cruiseschip dat uit het niets in het zicht is verschenen, hij kan nu ineens voor niets een postdoc doen en gratis in Dublin wonen en hij hoeft zich tot het eind van zijn studie geen zorgen meer te maken over de huur. Hij kan ineens een hele middag in Wenen naar *De schilderkunst* van Vermeer kijken, en buiten is het warm en als hij wil kan hij straks ergens een goedkoop koud biertje bestellen. Het is alsof iets waarvan hij zijn hele leven heeft gedacht dat het een geschilderd achtergronddoek was ineens echt blijkt te zijn: buitenlandse steden zijn echt, net als beroemde kunstwerken, metronetwerken en resten van de Berlijnse Muur. Dat is geld, de substantie die de wereld echt maakt. Heel corrupt en sexy eigenlijk.

Om drie uur in de verzengend hete middag bereiken ze Mariannes huis. In de struiken voor het hek zoemen de insecten en aan de overkant ligt een rode kat op de motorkap van een auto. Door het hek ziet Connell het huis liggen, precies als op de foto's die ze hem heeft gestuurd, een natuurstenen voorgevel met witte luiken voor de ramen. Hij ziet de tuintafel met twee kopjes erop. Elaine belt aan en na een paar seconden komt er iemand om het huis heen gelopen. Peggy. De laatste tijd is Connell ervan overtuigd dat Peggy hem niet mag en hij merkt dat hij haar gedrag bestudeert, op zoek naar aanwijzingen. Hij mag haar ook niet, hij heeft haar nooit gemogen, maar dat lijkt hem niet relevant. Ze rent naar het hek en haar sandalen klepperen op het grind. De hitte brandt in zijn nek als de blik van een mens. Ze maakt het hek open en laat hen binnen, grijnst en zegt *ciao, ciao*. Ze heeft een kort denim jurkje aan en een enorme donkere zonnebril op. Ze lopen allemaal over het grind naar het huis en Niall draagt niet alleen zijn eigen rugzak maar ook die van Elaine. Peggy vist een sleutelbos uit de zak van haar jurk en doet de voordeur open.

Binnen leidt een stenen boogpoortje naar een paar treden omlaag. De keuken is een lang vertrek met terracottategels, witte kasten en een zonovergoten tafel bij de tuindeuren. Marianne staat in de achtertuin tussen de kersenbomen met een wasmand in haar armen. Ze heeft een witte halterjurk aan en haar huid is gebruind. Ze heeft net de was opgehangen. Buiten is de lucht heel stil en de was hangt roerloos met zijn vochtige kleuren. Marianne legt haar hand op de deurkruk en ziet hen dan binnen staan. Het lijkt allemaal heel langzaam te gebeuren, al duurt het maar een paar seconden. Ze doet de deur open en zet de mand op tafel, en hij voelt een soort aangenaam pijnlijke sensatie in zijn keel. Haar jurk is smetteloos en hij wordt zich ervan bewust dat hij er erg ongewassen uit moet zien, want hij heeft niet meer gedoucht sinds ze de vorige ochtend uit het hostel weggingen en zijn kleren zijn ook niet echt schoon.

Hallo, zegt Elaine.

Marianne glimlacht en zegt *ciao*, alsof ze zichzelf uitlacht, en ze zoent Elaine en daarna Niall op hun wangen en vraagt naar hun reis en Connell staat daar maar, overweldigd door zijn gevoel, dat misschien niet meer is dan totale uitputting die zich nu al weken ophoopt. Hij ruikt de was. Van dichtbij ziet hij dat Mariannes armen een beetje sproetig en haar schouders felroze zijn. Nu staat ze voor hem en ze zoenen elkaar op de wangen. Ze kijkt in zijn ogen en zegt: Zo, hallo. Hij voelt een zekere receptiviteit in haar gezicht, alsof ze informatie over zijn gevoelens verzamelt, iets wat ze in de loop der jaren bij elkaar hebben leren doen, als een soort eigen taal. Hij voelt zijn gezicht warm worden onder haar blik, maar hij wil niet wegkijken. Hij haalt ook informatie uit haar gezicht. Hij begrijpt dat er dingen zijn die ze hem wil vertellen.

Hoi, zegt hij.

Marianne heeft een aanbod aangenomen om haar derde studiejaar in Zweden door te brengen. Ze vertrekt in september en afhankelijk van hun plannen voor de kerstvakantie zien ze elkaar misschien pas volgend jaar juni weer. Iedereen zegt altijd tegen hem dat hij haar zal missen, maar tot nu toe verheugt hij zich vooral op de lange, intense mailwisselingen als ze weg is. Nu kijkt hij in haar koele, interpreterende ogen en denkt: Oké, ik zal haar missen. Een ambivalent gevoel, alsof hij niet loyaal is, omdat hij haar aanblik of iets in haar fysieke nabijheid fijn vindt. Hij weet niet goed wat vrienden fijn van elkaar mogen vinden en wat niet.

In hun recente mailwisseling over hun vriendschap heeft Marianne haar gevoelens voor hem voornamelijk uitgedrukt in termen van belangstelling voor zijn mening en ideeën, haar nieuwsgierigheid naar zijn leven en haar instinct om haar gedachten aan de zijne te toetsen als ze in tweestrijd verkeert. Hij drukt zich eerder uit in termen van identificatie, zijn gevoel dat hij haar kant kiest en meevoelt als zij lijdt, zijn vermogen haar motivaties te begrijpen en te delen. Marianne dacht dat dat iets met genderrolpatronen te maken had. Ik ben gewoon op je gesteld, als mens, antwoordde hij defensief. Dat is heel lief, schreef ze terug.

Achter hen komt Jamie het trapje af en ze draaien zich allemaal om en begroeten hem. Connell knikt alleen even, zijn kin gaat nauwelijks omhoog. Jamie grijnst spottend naar hem en zegt: Je ziet er ruig uit, man. Jamie is voor Connell een voorwerp van niet-aflatende haat en spot sinds hij Mariannes vriendje is. Nog maanden nadat hij hen voor het eerst samen heeft gezien, heeft hij dwangmatige fantasieën gehad waarin hij tegen Jamies hoofd schopte totdat zijn schedel de textuur van een natte krant had. Toen hij Jamie een keer op een feest heel even had gesproken, was hij naar buiten gegaan om zo hard tegen een stenen muur te stompen dat zijn hand ervan bloedde. Op de een of andere manier is Jamie tegelijk saai en vijandig, hij gaapt altijd en rolt met zijn ogen als er iemand anders aan het woord is. Toch is hij de meest moeiteloos zelfverzekerde persoon die Connell ooit heeft ontmoet. Hij is niet van zijn stuk te brengen. Hij lijkt niet vatbaar voor welke vorm van tweestrijd ook. Connell kan zich voorstellen dat hij Marianne met zijn blote handen wurgt en daar totaal ontspannen bij blijft, wat volgens haar ook zo is.

Marianne zet koffie terwijl Peggy brood snijdt en olijven en parmaham op bordjes schikt. Elaine vertelt wat Niall allemaal heeft uitgehaald en Marianne lacht gul, niet omdat het zo grappig is maar om Elaine op haar gemak te stellen. Peggy geeft borden door en Marianne raakt Connells schouder aan en geeft hem een kop koffie. Vanwege de witte jurk en het kleine witporseleinen kopje wil hij zeggen: Je lijkt wel een engel. Helen zou het niet eens erg vinden als hij dat zei, maar zo kan hij niet praten waar mensen bij zijn, zo'n teder grapje kan hij niet maken. Hij drinkt zijn koffie, eet een stukje brood. De koffie is heel heet en bitter en het brood is zacht en vers. Hij begint zijn vermoeidheid te voelen.

Na de lunch gaat hij naar boven om te douchen. Er zijn vier slaapkamers, dus hij heeft er een voor zichzelf, met een enorm openslaand raam naar de tuin. Na het douchen trekt hij de enige presentabele kleren aan die hij nog heeft: een wit T-shirt en de spijkerbroek die hij op school al had. Zijn haar is nat. Hij voelt zich helder, het effect van de koffie, de hoge waterdruk in de douche en het koele katoen tegen zijn huid. Hij hangt de vochtige handdoek om zijn schouders en doet het raam open. In de donkergroene bomen hangen kersen als oorbellen. Hij denkt even over die zin na. Die zou hij in een mail aan Marianne willen zetten, maar hij kan haar niet mailen nu ze gewoon beneden is. Helen draagt oorbellen, meestal kleine gouden ringetjes. Hij staat zichzelf toe even over haar te fantaseren, want hij hoort dat de anderen beneden zijn. Hij stelt zich voor dat ze op haar rug ligt. Daar had hij onder de douche aan moeten denken, maar toen was hij te moe. Hij moet het wifiwachtwoord voor het huis vragen.

Net als Connell was Helen ook populair op school. Ze doet nog steeds veel moeite om contact te houden met oude vrienden en haar grote familie, denkt aan verjaardagen, zet nostalgische foto's op Facebook. Ze beantwoordt uitnodigingen altijd, komt op tijd en maakt net zolang groepsfoto's tot er een bij is waar iedereen zich in kan vinden. Met andere woorden: een aardig mens, en Connell begint door te krijgen dat hij van aardige mensen houdt en er zelf ook graag een wil zijn. Ze heeft voor hem één serieus vriendje gehad, ene Rory, met wie ze het in haar eerste studiejaar heeft uitgemaakt. Hij studeert aan het University College, dus Connell is hem nooit tegengekomen, maar hij heeft wel zijn foto's op Facebook bekeken. Qua bouw en kleur lijkt hij een beetje op Connell, maar dan klungelig en ouderwets. Connell heeft tegenover Helen toegegeven dat hij hem heeft gegoogeld, waarop ze vroeg wat hij van hem vond.

Ik weet niet, zei Connell. Hij lijkt niet erg cool, hè?

Dat vond ze ontzettend grappig. Ze lagen in bed, Connell met zijn arm om haar heen.

Is dat jouw type, hou je van jongens die niet cool zijn? vroeg hij.

Zeg jij het maar.

Hoezo, ben ik niet cool?

Nee, zei ze. Maar dat bedoel ik positief, ik hou niet van coole mensen.

Hij kwam een stukje overeind om haar aan te kijken.

Echt? zei hij. Ik ben niet beledigd, maar eerlijk gezegd dacht ik wel dat ik vrij cool was.

Maar je bent zo'n provinciaaltje.

Echt? In welk opzicht dan?

Je hebt een moddervet Sligo-accent, zei ze.

Niet. Ik geloof er niets van. Dat heeft nog nooit iemand tegen me gezegd. Echt?

Ze lachte nog steeds. Hij streek met zijn hand over haar buik en grinnikte in zichzelf omdat hij haar aan het lachen had gemaakt.

De helft van de tijd versta ik er niets van, zei ze. Gelukkig ben je het sterke, zwijgzame type.

Toen moest hij ook lachen. Helen, dat is bruut, zei hij.

Ze legde een hand achter haar hoofd. Vind je jezelf echt cool? vroeg ze.

Nu niet meer.

Ze glimlachte bij zichzelf. Fijn, zei ze. Het is fijn dat je niet cool bent.

Helen en Marianne zagen elkaar voor het eerst in februari in Dawson Street. Hij liep hand in hand met Helen toen hij Marianne uit boekhandel Hodges Figgis zag komen. Ze had een zwarte baret op. Hé, hallo, zei hij benauwd. Hij overwoog even Helens hand los te laten, maar kon het niet over zijn hart verkrijgen. Hoi, zei Marianne. Jij bent zeker Helen. Daarop voerden de vrouwen een competent, hartelijk gesprekje terwijl hij er paniekerig bij stond en naar verschillende voorwerpen in de directe omgeving keek.

Later vroeg Helen: Zijn jullie altijd alleen vrienden geweest, of...? Ze waren in zijn kamer, in de buurt van Pearse Street. Bussen reden buiten af en aan en wierpen een zuil van geel licht op de slaapkamerdeur.

Ja, daar komt het wel op neer, zei hij. We hebben nooit echt een relatie gehad.

Maar jullie gingen wel met elkaar naar bed.

Ja, min of meer. Nee, eerlijk is eerlijk, ja dus. Vind je dat erg?

Nee, ik ben alleen nieuwsgierig, zei Helen. Een soort friends with benefits dus?

Zoiets. In ons laatste jaar op school en vorig jaar nog een tijdje. Niks serieus of zo.

Helen glimlachte. Hij harkte met zijn tanden over zijn onderlip en bedacht pas dat hij daarmee op moest houden toen ze het al had gezien.

Ze ziet eruit alsof ze op de kunstacademie zit, zei Helen. Jij vindt haar waarschijnlijk heel chic.

Met een lachje keek hij naar de grond. Zo is het niet, zei hij. We kennen elkaar al van kind af aan.

Het hoeft niet ongemakkelijk te zijn dat ze je ex is, zei Helen.

Ze is mijn ex niet. We zijn gewoon vrienden.

Maar voordat jullie vrienden waren...

Ze was niet mijn vriendin, zei hij.

Maar jullie hadden wel seks.

Hij sloeg zijn beide handen voor zijn gezicht. Helen lachte.

Daarna sloot Helen vastberaden vriendschap met Marianne, alsof ze iets wilde bewijzen. Als ze elkaar op feestjes tegenkwamen, ging Helen speciaal naar haar toe om haar een compliment te geven over haar haar en haar kleren, en dan knikte Marianne vaag en ging door met het verkondigen van haar inhoudelijke kritiek op het Magdalene Laundry-rapport of de belangenverstrengelingszaak van Denis O'Brien. Objectief gezien vond Connell Mariannes standpunten interessant, maar hij begreep ook dat haar neiging om die langdurig te ventileren ten koste van lichtere gespreksonderwerpen niet bij iedereen in de smaak viel. Op een avond na een al te lange discussie over Israël raakte Helen geïrriteerd en toen ze naar huis liepen, zei ze tegen Connell dat ze Marianne 'egocentrisch' vond.

Omdat ze zoveel over politiek praat? vroeg Connell. Dat zou ik niet egocentrisch willen noemen.

Helen haalde haar schouders op, maar ademde in door haar neus om duidelijk te maken dat ze het niet met zijn interpretatie eens was.

Zo was ze op school al, voegde hij eraan toe. Maar dat is geen pose, die dingen interesseren haar echt.

Maakt ze zich echt druk over de Israëlische vredesonderhandelingen?

Ja, zei Connell alleen, verrast. Na een paar seconden stilte voegde hij eraan toe: Ik ook, eerlijk gezegd. Het ís ook belangrijk. Helen zuchtte luid. Het verwonderde hem dat ze zo mokte en hij vroeg zich af hoeveel ze gedronken had. Ze had haar armen over elkaar geslagen. Hij wilde niet preken en ging door: We gaan het Midden-Oosten natuurlijk niet redden door er op feestjes over te praten. Maar ik geloof dat Marianne veel over die dingen nadenkt.

En je gelooft niet dat ze dat doet om aandacht te trekken? vroeg Helen.

Hij fronste zijn wenkbrauwen in een bewuste poging peinzend te kijken. Marianne was zo totaal ongeïnteresseerd in andermans mening over haar en zo overtuigd van haar eigen zelfbeeld dat hij zich nauwelijks kon voorstellen dat ze iets zou doen om wiens aandacht dan ook te trekken. Voor zover Connell wist hield ze niet van zichzelf, maar lof van anderen leek haar net zo weinig te raken als afkeuring vroeger op school.

Eerlijk? zei hij. Nee.

Ze lijkt anders best van jouw aandacht te genieten.

Connell slikte. Pas nu begreep hij waarom Helen zo geïrriteerd was en haar ergernis niet probeerde te verbergen. Hij had zelf niet de indruk dat Marianne speciaal aandacht aan hem besteedde, al luisterde ze wel altijd als hij iets zei en al was ze niet tegen iedereen zo beleefd. Hij keek opzij naar een langsrijdende auto.

Dat is me niet opgevallen, zei hij eindelijk.

Tot zijn opluchting liet Helen het onderwerp rusten en keerde ze terug naar haar meer algemene kritiek op Mariannes gedrag.

Altijd als we haar op een feestje tegenkomen staat ze met wel tien jongens te flirten, zei Helen. Over behoefte aan mannelijke aandacht gesproken.

Blij dat de kritiek zich niet langer tot hem beperkte glimlachte hij. Ja, zo deed ze op school nooit, zei hij.

Zo sletterig, bedoel je?

Hij voelde zich in een hoek gedrongen en had spijt dat hij zijn aandacht had laten verslappen. Hij viel weer stil. Hij wist dat Helen een aardig mens was, maar soms vergat hij dat ze er zulke ouderwetse waarden op na hield. Na een lange stilte zei hij opgelaten: Hé, het is wel een vriendin van me, hè? Praat niet zo over haar. Helen antwoordde niet, maar trok haar over elkaar geslagen armen nog iets hoger op. Dat was de verkeerde opmerking. Later vroeg hij zich af wie hij nu verdedigde, Marianne of vooral zichzelf tegen een impliciete beschuldiging over zijn eigen seksualiteit, alsof hij op de een of andere manier besmet was of onaanvaardbare verlangens had.

Inmiddels is de onuitgesproken consensus dat Helen en Marianne elkaar niet echt mogen. Het zijn totaal verschillende mensen. Connell denkt dat de aspecten van zijn persoonlijkheid die het best bij die van Helen passen zijn beste eigenschappen zijn: zijn loyaliteit, zijn praktische visie, zijn behoefte als een goed mens te worden beschouwd. Bij Helen voelt hij geen beschamende dingen en zegt hij niet onverhoeds rare dingen tijdens de seks, hij heeft niet het voortdurende gevoel dat hij nergens bij hoort en nooit ergens thuis zal horen. Marianne had een wildheid die een tijdlang ook in hem was gevaren en hem het gevoel gaf dat hij net zo was als zij, dat ze allebei op dezelfde onbenoembare manier geestelijk beschadigd waren en nergens in pasten. Maar hij is nooit zo beschadigd geweest als zij. Ze gaf hem alleen dat gevoel.

Op een avond wachtte hij op Helen voor het Graduates Memorial Building. Ze kwam van de sportschool aan de andere kant van de campus en ze zouden samen de bus naar haar huis nemen. Hij stond op het bordes naar zijn telefoon te kijken toen de deur achter hem openging en een groepje mensen in avondkleding naar buiten kwam, lachend en pratend. Door het licht in de hal achter hen zag hij ze als silhouetten, dus het duurde even voordat hij Marianne herkende. Ze had een lange donkere jurk aan en haar haar was hoog opgestoken, zodat haar hals er slank en bloot uitzag. Ze ving zijn blik met een vertrouwde uitdrukking op haar gezicht. Hallo, zei ze. Hij kende haar gezelschap niet, waarschijnlijk leden van de debatingclub of zoiets. Hoi, zei hij. Hoe kon zijn gevoel voor haar ooit ook maar in de buurt komen van zijn gevoelens voor andere mensen? Maar een deel van dat gevoel was de wetenschap dat hij die verschrikkelijke macht over haar had gehad, nog steeds had en nooit dacht kwijt te zullen raken.

Op dat moment kwam Helen. Hij zag haar pas toen ze hem riep. Ze had een legging en sportschoenen aan, haar sporttas hing over haar schouder en onder de straatverlichting zag hij de vochtige glans op haar voorhoofd. Hij voelde een enorme golf van liefde voor haar, liefde en compassie, bijna medelijden. Hij wist dat hij bij haar hoorde. Wat zij samen hadden was normaal, een goede relatie. Het leven dat zij leidden was het juiste leven. Hij nam de tas van haar schouder en stak een hand op om naar Marianne te zwaaien. Ze zwaaide niet terug, knikte alleen. Veel plezier! riep Helen. Ze liepen naar de bushalte. Daarna was hij verdrietig om Marianne, verdrietig dat niets in haar leven ooit werkelijk gezond had geleken, verdrietig dat hij zich van haar had moeten afkeren. Hij wist dat haar dat pijn deed. In zekere zin was hij zelfs verdrietig om zichzelf. Terwijl hij in de bus zat, zag hij haar nog steeds voor zich, in de deuropening met het licht achter haar: hoe prachtig ze eruitzag, wat een glamour ze uitstraalde, hoe indrukwekkend ze was, en de subtiele uitdrukking die op haar gezicht verscheen als ze naar hem keek. Maar hij kon niet zijn wat zij wilde. Na een tijdje drong tot hem door dat Helen iets zei en hij dacht niet meer aan dat alles en luisterde.

Peggy maakt pasta voor het avondeten en ze eten aan de ronde tafel in de tuin. De lucht is van een spannend waterblauw, strak en rimpelloos als zijde. Marianne haalt een fles koude mousserende wijn uit de keuken, de condens loopt als zweet langs het glas en ze vraagt of Niall hem open wil maken. Een verstandig besluit, vindt Connell. Marianne hanteert dit soort gelegenheden heel soepel en sociaal, als een diplomatenvrouw. Connell zit tussen haar en Peggy in. De kurk zeilt over de tuinmuur en landt ergens waar niemand hem ziet. Er welt wit schuim op uit de hals van de fles en Niall schenkt wijn in Elaines glas. De glazen hebben een ruime, lage kelk, het lijken wel kommetjes. Jamie keert zijn lege glas om en vraagt: Hebben we geen echte champagneglazen?

Dit zijn champagneglazen, zegt Peggy.

Nee, ik bedoel die hoge, zegt Jamie.

Jij denkt aan flûtes, zegt Peggy. Dit zijn coupes.

Helen zou om dit gesprek moeten lachen en Connell glimlacht bij de gedachte aan haar lach. Het is toch geen halszaak? zegt Marianne. Peggy vult haar glas en geeft de fles door aan Connell.

Ik zeg alleen dat dit geen glazen voor champagne zijn, zegt Jamie.

Wat ben je toch een cultuurbarbaar, zegt Peggy.

Ík, een cultuurbarbaar? herhaalt hij. We drinken champagne uit sauskommen.

Niall en Elaine beginnen te lachen en Jamie glimlacht in de onterechte veronderstelling dat ze hem geestig vinden. Marianne legt luchtig een vingertopje tegen haar ooglid alsof ze een stofje wil wegvegen. Connell geeft haar de fles door en ze pakt hem aan.

Dit zijn ouderwetse champagneglazen, zegt Marianne. Ze zijn nog van mijn vader geweest. Maar als je liever een flûte hebt, die staan in het kastje boven het aanrecht.

Jamie zet grote ironische ogen op en zegt: Ik wist niet dat het zo'n emotioneel onderwerp voor je was. Marianne zet de fles midden op de tafel en zegt niets. Connell heeft Marianne haar vader nooit zo terloops in een gesprek horen noemen. Dat lijkt verder niemand te beseffen, Elaine weet misschien niet eens dat Mariannes vader dood is. Connell probeert vergeefs oogcontact met Marianne te maken.

Die pasta is heerlijk, zegt Elaine.

O, zegt Peggy. Nogal al dente, hè? Misschien een beetje té.

Ik vind het lekker, zegt Marianne.

Connell neemt een slok wijn, die koud in zijn mond schuimt en dan als lucht verdwijnt. Jamie begint een anekdote te vertellen over een vriend van hem die een zomerstage bij Goldman Sachs loopt. Connell drinkt zijn glas leeg en Marianne schenkt het onopvallend weer vol. Dank je, zegt hij zacht. Haar hand aarzelt even alsof ze hem wil aanraken, maar dat doet ze niet. Ze zegt niets.

De ochtend na het bekendmaken van de nieuwe bursalen gingen hij en Marianne samen naar de inhuldigingsceremonie. Zij was de vorige avond uit geweest en zag er katerig uit, wat hij prettig vond, want de ceremonie was zo plechtig en ze moesten in toga teksten in het Latijn voordragen. Na afloop gingen ze samen in een café in de buurt van het college ontbijten. Ze zaten buiten, aan een tafeltje op de stoep, en er liepen mensen met papieren tasjes langs die luid in hun telefoon praatten. Marianne dronk één kop zwarte koffie en bestelde een croissant die ze niet opat. Connell nam een grote omelet met ham en kaas, twee sneetjes toast met boter en thee met melk.

Marianne zei dat ze zich zorgen maakte over Peggy, de enige van hen drieën die geen beurs had gekregen. Ze zei dat het erg naar voor haar was. Connell ademde in en zei niets. Peggy had geen subsidie voor collegegeld of kosteloze huisvesting op de campus nodig, want ze woonde nog thuis in Blackrock en haar ouders waren allebei arts, maar Marianne zag de beurzen nadrukkelijk als een kwestie van persoonlijke erkenning en niet zozeer als een economisch feit.

Ik ben hoe dan ook blij voor je, zei ze.

Ik ben ook blij voor jou.

Maar jij verdient het meer.

Hij keek op en veegde zijn mond af met het servetje. Bedoel je in financieel opzicht? vroeg hij.

O, antwoordde ze. Nee, ik bedoelde dat jij gewoon beter bent.

Ze keek kritisch naar haar croissant. Hij keek naar haar.

Maar ook in financiële zin natuurlijk, zei ze. Het is ergens toch belachelijk dat er helemaal niet naar draagkracht wordt gekeken.

Wij hebben een heel verschillende achtergrond, jij en ik.

Daar sta ik nooit zo bij stil, zei ze. Snel voegde ze eraan toe: Sorry, dat was een domme opmerking. Misschien zou ik daar meer over moeten nadenken.

Dus je beschouwt mij niet als je vriend uit de achterbuurt?

Haar glimlach leek eerder op een grimas toen ze zei: Ik ben me er wel van bewust dat we elkaar kennen omdat jouw moeder bij mijn familie werkt. Bovendien denk ik niet dat mijn moeder een goede werkgever is, volgens mij betaalt ze Lorraine helemaal niet goed.

Nee, ze verdient geen reet.

Hij sneed een dun reepje omelet af. Het ei was taaier dan hij had gehoopt.

Vreemd dat we het daar nooit over hebben gehad, zei ze. Ik zou het niet onredelijk vinden als je me dat kwalijk nam.

Ik neem jou niets kwalijk. Waarom zou ik?

Hij legde zijn mes en vork neer en keek haar aan. Haar gezicht vertoonde een zorgelijk trekje.

Ik heb hier gewoon een raar gevoel bij, zei hij. Ik voel me raar als ik in smoking moet dineren en Latijnse teksten moet voordragen. Bij dat diner gisteravond, die mensen die ons bedienden, dat waren studenten. Die moeten werken om hun studie te betalen en wij eten de gratis maaltijd op die zij ons voorzetten. Afschuwelijk, toch?

Natuurlijk is dat afschuwelijk. Dat hele idee van een 'meritocratie' of hoe je het ook noemt is onrechtvaardig, je weet dat ik dat vind. Maar wat moeten we dan doen, ons beursgeld teruggeven? Ik zie niet in wat je daarmee zou bereiken.

Een reden om iets niet te doen is altijd makkelijk te vinden.

Jij gaat het ook niet doen, dus praat me geen schuldgevoel aan.

Ze aten door alsof ze een debat hadden gevoerd waarin beide standpunten even overtuigend waren en ze de hunne min of meer willekeurig hadden gekozen, alleen omwille van de discussie. Er landde een grote meeuw onder een lantaarnpaal. Zijn veren zagen er indrukwekkend schoon en zacht uit.

Je moet bedenken hoe een rechtvaardige samenleving er volgens jou uit zou moeten zien, zei Marianne. En als je vindt dat iedereen het recht heeft om te studeren en zijn master Engels te halen, dan moet je je niet schuldig voelen als je zelf van dat recht gebruikmaakt.

Jij hebt makkelijk praten, jij voelt je nergens schuldig over.

Ze wroette in haar tas op zoek naar iets. Denk je dat? vroeg ze terloops.

Nee, zei hij. Hij wist helemaal niet hoe schuldig Marianne zich al dan niet voelde en voegde eraan toe: Ik weet niet. Ik had kunnen weten dat het op Trinity zo ging. Maar als ik dat gedoe rond die beurzen bekijk, denk ik: Jezus, wat zouden de mensen van school wel niet zeggen?

Even zweeg Marianne. Hij had ergens het gevoel dat hij zich niet goed had uitgedrukt, maar wist niet precies wat eraan ontbrak. Ja, zei ze toen, maar jij vond het altijd al heel belangrijk wat de mensen van school zouden zeggen. Hij bedacht hoe die mensen haar destijds hadden behandeld, hoe hij haar zelf had behandeld, en schaamde zich. Dat was niet de verhoopte conclusie van het gesprek, maar hij glimlachte. Au, zei hij. Ze glimlachte terug en pakte haar kopje. Op school verliep hun relatie op zijn voorwaarden en nu op de hare, dacht hij, maar zij is genereuzer. Zij is een beter mens.

Als Jamies verhaal uit is, gaat Marianne naar binnen en komt de tuin weer in met een nieuwe fles mousserende wijn en ook een fles rood. Niall begint het ijzerdraad van de eerste fles los te draaien en Marianne geeft Connell een kurkentrekker. Peggy begint met het verzamelen van de borden. Connell trekt de folie van de kurk af en Jamie buigt zich naar Marianne toe en zegt iets. Connell zet de punt van de kurkentrekker op de kurk en draait hem erin. Peggy pakt zijn bord en zet het op de stapel. Hij drukt de armen van de kurkentrekker omlaag en trekt met een geluid als van smakkende lippen de kurk uit de hals.

De lucht heeft nu een koelere tint blauw aangenomen, met zilveren wolken langs de horizon. Connells gezicht voelt warm aan en hij vraagt zich af of hij verbrand is. Soms stelt hij zich voor dat Marianne ouder is en kinderen heeft. Hij stelt zich voor dat ze hier allemaal samen in Italië zijn en dat zij een salade klaarmaakt en zich bij Connell over haar man beklaagt, die ouder is, waarschijnlijk een intellectueel. Ze vindt hem saai. Waarom ben ik niet met jou getrouwd? vraagt ze. Hij ziet Marianne heel duidelijk in zijn droom, hij ziet haar gezicht en hij heeft het idee dat ze al jaren journalist is en misschien in Libanon woont. Zichzelf ziet hij minder duidelijk, wat hij doet weet hij niet. Maar hij weet wel wat hij tegen haar zou zeggen. Geld, zou hij zeggen. En dan zou zij lachen zonder van de salade op te kijken.

Aan tafel hebben ze het over het dagje Venetië, welke trein ze moeten hebben, welke musea het bekijken waard zijn. Marianne zegt dat Connell het Guggenheim wel mooi zal vinden en Connell is blij dat ze dat tegen hem zegt, dat ze hem ziet als iemand die moderne kunst waardeert.

Ik zie niet in waarom we naar Venetië zouden gaan, zegt Jamie. Je ziet daar toch alleen Aziaten die overal foto's van maken.

En God verhoede dat jij een Aziaat zou moeten tegenkomen, zegt Niall.

Er valt een stilte aan tafel. Wat? zegt Jamie. Aan zijn stem en zijn vertraagde reactie horen ze dat hij dronken is.

Dat was nogal racistisch, wat je over mensen uit Azië zei, zegt Niall. Ik blaas het niet op.

O ja, want nu zijn alle Aziaten aan tafel beledigd, hè? zegt Jamie.

Marianne staat abrupt op. Ik ga het toetje pakken, zegt ze.

Connell is teleurgesteld door dat vertoon van ruggengraatloosheid, maar zelf zegt hij ook niets. Peggy volgt Marianne naar binnen en iedereen aan tafel zwijgt. Er cirkelt een enorme nachtvlinder door de donkere lucht en Jamie slaat ernaar met zijn servet. Na een paar minuten komen Peggy en Marianne met het toetje uit de keuken: een enorme glazen kom gehalveerde aardbeien en een stapel witte porseleinen schaaltjes en zilveren lepeltjes. En nog twee flessen wijn. De schaaltjes worden doorgegeven en iedereen neemt een portie fruit.

Ze is de hele middag bezig geweest om die krengen door te snijden, zegt Peggy.

Je verwent ons, zegt Elaine.

Waar is de room? vraagt Jamie.

Binnen, zegt Marianne.

Waarom heb je 'm dan niet meegenomen? vraagt hij.

IJzig schuift Marianne haar stoel naar achteren, staat op en loopt naar binnen. Het is nu bijna donker. Jamie kijkt de tafel rond, op zoek naar iemand die terugkijkt en bevestigt dat hij terecht naar de room heeft gevraagd en dat Marianne zich die onschuldige vraag veel te veel aantrekt. Maar iedereen lijkt zijn blik te mijden en met een luide zucht duwt hij zijn stoel naar achteren om haar te volgen. De stoel valt geruisloos in het gras. Hij neemt de zijdeur naar de keuken en slaat hem achter zich dicht. Er is ook een achterdeur naar het andere deel van de tuin, waar de bomen staan. Dat is ommuurd, zodat je alleen de toppen van de bomen ziet.

Als Connell zijn aandacht weer op de tafel richt, zit Niall hem aan te staren. Hij snapt niet wat die blik betekent. Hij probeert zijn ogen toe te knijpen om Niall te laten merken dat hij het niet begrijpt. Niall kijkt veelbetekenend naar het huis en dan weer naar hem. Connell kijkt over zijn rechterschouder. In de keuken is het licht aan en er lekt een gelige gloed door de tuindeuren. Hij kijkt van opzij, dus hij ziet niet wat er binnen gebeurt. Elaine en Peggy spreken hun waardering over de aardbeien uit. Als ze weer stil zijn, hoort Connell een luide stem, bijna een gil, in de keuken. Iedereen bevriest. Hij staat op en loopt naar de deur. Hij voelt zijn bloeddruk dalen. Hij heeft een hele fles wijn op, misschien wel meer.

Als hij bij de tuindeuren is, ziet hij Jamie en Marianne bij het aanrecht staan. Ze lijken ruzie te hebben. Ze zien Connell niet meteen aankomen. Hij wacht met zijn hand op de deurknop. Marianne is helemaal rood, misschien door te veel zon, misschien van woede. Jamie vult wankelend zijn champagneglas met rode wijn. Connell drukt de deurknop naar beneden en gaat naar binnen. Alles goed? vraagt hij. Ze kijken allebei naar hem en vallen stil. Hij ziet dat Marianne huivert alsof ze het koud heeft. Jamie heft sarcastisch zijn glas in Connells richting, waarbij hij een golf wijn over de rand op de grond morst.

Zet neer, zegt Marianne kalm.

Sorry, wat zei je? vraagt Jamie.

Zet dat glas neer, alsjeblieft, herhaalt Marianne.

Jamie glimlacht en knikt bij zichzelf. Moet ik het neerzetten? vraagt hij. Oké. Oké, kijk, ik zet het al neer.

Hij laat het glas op de grond vallen, waar het uiteenspat. Marianne gilt, een echte gil, vanuit haar keel, en lanceert haar lichaam naar Jamie met haar rechterarm naar achteren alsof ze hem gaat slaan. Connell stapt tussen hen in. Het glas knerpt onder zijn schoen en hij pakte Marianne bij haar bovenarmen. Achter hem lacht Jamie. Marianne probeert Connell opzij te duwen, haar hele lichaam schokt en haar gezicht is vlekkerig en verkleurd alsof ze heeft gehuild. Kom, zegt hij. Marianne. Ze kijkt hem aan. Hij herinnert zich hoe ze op school was, zo bitter en koppig tegen iedereen. Hij wist toen dingen over haar. Ze kijken elkaar aan en de verstarring trekt uit haar weg en ze wordt slap alsof ze neergeschoten is.

Jij bent fucking gestoord, jij, zegt Jamie. Je moet naar de psychiater.

Connell draait Mariannes lichaam en stuurt haar naar de achterdeur. Ze biedt geen weerstand.

Waar gaan jullie heen? vraagt Jamie.

Connell geeft geen antwoord. Hij doet de deur open en Marianne loopt erdoor zonder iets te zeggen. Hij sluit de deur achter hen. Het is nu donker in dit deel van de tuin en alleen het vlekkerige raam geeft licht. De kersen glanzen dof aan de bomen. Over de muur horen ze Peggy's stem. Samen met Marianne loopt hij zwijgend de treden af. Achter hen gaat het licht in de keuken uit. Ze horen Jamie aan de andere kant van de muur weer bij de anderen. Marianne veegt haar neus af met de rug van haar hand. De kersen hangen glanzend als spookplaneetjes om hen heen. De lucht is licht van de geur, groen als chlorofyl. In Europa kun je kauwgom met chlorofyl kopen, heeft Connell gezien. Boven hen is de hemel fluweelblauw. Sterren flonkeren zonder schijnsel. Ze lopen samen langs een rij bomen, weg van het huis, en blijven dan staan.

Marianne leunt tegen een slanke zilveren boomstam en Connell slaat zijn armen om haar heen. Ze voelt mager aan, denkt hij. Was ze vroeger ook al zo mager? Ze drukt haar gezicht in zijn laatste schone T-shirt. Ze heeft nog steeds de witte jurk van die middag aan, nu met een met gouddraad geborduurde sjaal erover. Hij houdt haar stevig vast en zijn lichaam past zich aan het hare aan als zo'n matras waarvan ze beweren dat die zo gezond is. Ze wordt zacht in zijn armen. Ze lijkt weer wat kalmer. Hun ademhaling vertraagt tot één ritme. Het keukenlicht gaat een tijdje aan en dan weer uit, stemmen rijzen en dalen. Connell voelt zich zeker over wat hij doet, maar het is een uitdrukkingsloze zekerheid, alsof hij gedachteloos een uit het hoofd geleerde taak uitvoert. Hij merkt dat zijn vingers in Mariannes haar zitten en dat hij rustig haar nek streelt. Hij weet niet hoelang al. Ze wrijft met haar pols in haar ogen.

Connell laat haar los. Ze tast in haar zak naar haar sigaretten en het geplette doosje lucifers. Ze biedt hem een sigaret aan en hij neemt hem aan. Ze strijkt een lucifer af en het opvlammende licht beschijnt haar gezicht in het donker. Haar huid ziet er droog en ontstoken uit, haar ogen zijn gezwollen. Ze inhaleert en het papier van de sigaret sist in het vlammetje. Hij steekt zijn sigaret ook aan, laat de lucifer in het gras vallen en trapt hem uit. Ze roken zwijgend. Hij loopt weg bij de boom en tuurt naar het achterste deel van de tuin, maar het is te donker om veel te zien. Hij gaat weer bij Marianne onder de takken staan en plukt afwezig aan een breed, wasachtig blad. Zij plakt haar sigaret op haar onderlip, tilt met haar handen haar haar op en draait het in een knot die ze vastmaakt met het elastiekje om haar pols. Dan roken ze hun sigaret op en drukken de peuken uit in het gras.

Mag ik vanavond in jouw kamer slapen? vraagt ze. Ik kan wel op de grond.

Het is een enorm bed, zegt hij, maak je geen zorgen.

Binnen is het overal donker. In Connells kamer trekken ze alles uit behalve hun ondergoed. Marianne heeft een witkatoenen beha aan waarin haar borsten klein en driehoekig lijken. Ze liggen naast elkaar onder de quilt. Hij bedenkt dat hij nu seks met haar zou kunnen hebben als hij wilde. Ze zou het tegen niemand zeggen. Dat vindt hij wonderlijk geruststellend en hij staat zichzelf toe zich voor te stellen hoe het zou zijn. Hé, zou hij zachtjes zeggen. Ga eens op je rug liggen? En dan zou ze gehoorzaam op haar rug gaan liggen. Er gebeuren zoveel geheime dingen tussen mensen. Wat zou hij voor iemand zijn als dat nu gebeurde? Een heel ander mens? Of precies dezelfde, zonder verschil?

Na een tijdje hoort hij haar iets zeggen wat hij niet verstaat. Wat zeg je? vraagt hij.

Ik snap niet wat dat is met mij, zegt Marianne. Ik snap niet waarom ik niet zo kan zijn als normale mensen.

Haar stem klinkt vreemd koel en afstandelijk, als een opname van haar stem die wordt afgespeeld als zijzelf al weg is, ergens anders heen is gegaan.

In welk opzicht? vraagt hij.

Ik snap niet waarom ik mensen niet van me kan laten houden. Ik denk dat er al iets mis met me was toen ik geboren werd.

Massa's mensen houden van je, Marianne. Oké? Je familie en je vrienden houden van je.

Ze is even stil en zegt dan: Jij kent mijn familie niet.

Hij had zelf nauwelijks gemerkt dat hij het woord 'familie' had laten vallen; hij wilde gewoon iets geruststellends en betekenisloos zeggen. Nu weet hij niet meer wat hij moet doen.

Met dezelfde vreemde, toonloze stem gaat ze verder: Mijn familie haat me.

Hij gaat rechtop zitten om haar beter te zien. Ik weet wel dat je vaak ruzie met ze hebt, zegt hij, maar dat betekent nog niet dat ze je haten.

De laatste keer dat ik thuis was zei mijn broer dat ik me maar van kant moest maken.

Connell recht onwillekeurig zijn rug en slaat het dekbed van zich af alsof hij wil opstaan. Hij laat zijn tong door zijn mond glijden.

Waarom zei hij dat? vraagt hij.

Ik weet niet. Hij zei dat niemand me zou missen als ik dood was, want ik heb toch geen vrienden.

Waarom zeg je niets tegen je moeder als hij zo tegen je praat?

Die was erbij, zegt Marianne.

Connell beweegt met zijn kaak. Het bloed klopt in zijn hals. Hij probeert het tafereel op te roepen, de familie Sheridan thuis, Alan die Marianne om welke reden dan ook aanspoort zelfmoord te plegen, maar kan zich haast geen gezin voorstellen dat zich zo gedraagt als zij beschrijft.

Wat zei ze? vraagt hij. Hoe reageerde ze?

Ze zei zoiets als 'je moet haar niet op ideeën brengen'.

Connell ademt langzaam in door zijn neus en laat de lucht tussen zijn lippen door ontsnappen.

En wat was de aanleiding? vraagt hij. Hoe was de ruzie begonnen?

Hij voelt dat er iets in Mariannes gezicht verandert, verhardt, maar hij kan het niet precies benoemen.

Jij denkt dat ik het heb uitgelokt, zegt ze.

Nee, natuurlijk niet, dat zeg ik niet.

Soms denk ik dat ik het wel zal verdienen. Anders snap ik niet waarom het gebeurt. Maar als hij een slecht humeur heeft, loopt hij gewoon achter me aan door het huis. Ik kan er niets tegen doen. Hij komt zomaar mijn kamer binnen, het maakt niet uit of ik slaap of wat ook.

Connell veegt zijn handpalmen af aan het laken.

Slaat hij je ook? vraagt hij.

Soms. Minder nu ik niet meer thuis woon. Eerlijk gezegd vind ik dat niet eens zo erg. Het psychologische gedoe is veel demoraliserender. Ik kan het niet goed uitleggen. Het klinkt misschien...

Hij brengt een hand naar zijn voorhoofd. Zijn huid voelt nat aan. Ze maakt de zin niet af waarin ze probeert uit te leggen hoe ze denkt dat het klinkt.

Waarom heb je dat nooit verteld? vraagt hij. Ze zegt niets. Het licht is zwak, maar hij ziet dat ze haar ogen open heeft. Marianne, zegt hij. Toen we samen waren, waarom heb je al die tijd nooit iets gezegd?

Ik weet niet. Ik wilde waarschijnlijk niet dat je de indruk kreeg dat ik beschadigd was of zo. Bang dat je me dan niet meer wilde, denk ik.

Hij verbergt zijn gezicht in zijn handen. Zijn vingers voelen koud en klam tegen zijn oogleden en hij heeft tranen in zijn ogen. Hoe harder hij met zijn vingers drukt, hoe sneller de tranen eruit sijpelen, nat op zijn huid. Jezus, zegt hij. Zijn stem klinkt dik en hij schraapt zijn keel. Kom hier, zegt hij. En ze komt naar hem toe. Hij voelt zich verschrikkelijk beschaamd, verward. Ze liggen met hun gezicht naar elkaar toe en hij slaat zijn armen om haar heen. In haar oor zegt hij: Sorry, oké? Ze houdt hem stevig vast met haar armen helemaal om hem heen en hij kust haar op haar voorhoofd. Maar hij heeft altijd al gedacht dat ze beschadigd was, dat dacht hij toch al. Hij knijpt zijn ogen stijf dicht van schaamte. Hun gezichten voelen nu allebei verhit en vochtig aan. Hij denkt aan wat ze zei: Ik dacht dat je me dan niet meer wilde. Haar mond is zo dichtbij dat haar adem nat aanvoelt tegen zijn lippen. Ze beginnen te zoenen en haar mond smaakt zo donker als wijn. Haar lichaam schuift tegen het zijne aan, hij raakt haar borst aan met zijn hand en over een paar seconden zou hij weer in haar kunnen zijn, en dan zegt ze: Nee, dat moeten we niet doen. Ze maakt zich los, abrupt. Hij hoort zijn eigen adem in de stilte, zijn zielig hijgende ademhaling. Hij wacht tot hij kalmeert, hij wil niet dat zijn stem breekt als hij iets probeert te zeggen. O, wat erg, zegt hij. Ze knijpt in zijn hand. Een dieptriest gebaartje. Hij kan haast niet geloven hoe stom hij heeft gedaan. Sorry, zegt hij. Maar ze heeft zich al omgedraaid.

VIJF MAANDEN LATER

(DECEMBER 2013)

In de hal van de Letterenfaculteit gaat ze zitten om haar mail te checken. Ze trekt haar jas niet uit omdat ze zo meteen weer weggaat. Naast haar op tafel staat het ontbijt dat ze net in de supermarkt aan de overkant heeft gehaald: een zwarte koffie met bruine suiker en een citroenbroodje. Daarmee ontbijt ze regelmatig. De laatste tijd eet ze het langzaam op, met genietende zoete happen die aan haar tanden vastplakken. Hoe langzamer ze eet en hoe meer aandacht ze aan de samenstelling van het eten besteedt, hoe minder honger ze krijgt. Pas om een uur of acht, negen die avond gaat ze weer eten.

Ze heeft twee nieuwe mails, een van Connell en een van Joanna. Ze schuift de muis ertussen heen en weer en kiest dan die van Joanna.

> hier geen echt nieuws, zoals gewoonlijk. De laatste tijd blijf ik 's avonds thuis en kijk een negendelige documentaire over de amerikaanse burgeroorlog. ik heb inmiddels een heleboel nieuwe info over generaals uit de burgeroorlog die ik de volgende keer bij het skypen kan delen. hoe gaat het nu? hoe gaat het met Lukas? heeft hij die foto's al gemaakt of is dat vandaag? en de hamvraag... mag ik ze zien als ze klaar zijn? of vind je dat voyeuristisch. zeg het maar. xx

Marianne pakt het citroenbroodje, neemt een grote, trage hap en laat die in laagjes op haar tong smelten. Ze kauwt, slikt en pakt haar koffie. Een slok. Ze zet de beker weer neer en opent Connells mail.

Ik snap niet wat je precies met die laatste zin bedoelt. Bedoelde je gewoon dat we ver bij elkaar vandaan zijn of dat we echt veranderd zijn? Ik voel me nu echt wel iemand anders dan toen, maar misschien lijk ik niet zo anders, dat weet ik niet. Ik heb trouwens je vriend Lukas op Facebook opgezocht, die ziet er wat je noemt 'Scandinavisch' uit. Helaas doet Zweden deze keer niet mee aan de World Cup, dus als je een Zweedse vriend krijgt, zal ik iets moeten bedenken om over te praten. Niet dat ik bedoel dat die Lukas jouw vriend wordt of dat hij met me over voetbal zou willen praten, maar ik hou rekening met de mogelijkheid. Ik weet dat je van lang en knap houdt, zoals je dat noemt, dus waarom niet Lukas, die me lang lijkt en ook knap is (Helen heeft zijn foto gezien en is het met me eens). Hoe dan ook, ik wil je geen vriendje door je strot rammen, ik hoop alleen dat je zeker weet dat hij geen psychopaat is. Op dat gebied laat je radar je weleens in de steek.

Het heeft hier niets mee te maken, maar toen we gisteravond in een taxi door Phoenix Park reden, hebben we een heleboel herten gezien. Herten zijn rare beesten om te zien. In het donker hebben ze iets spookachtigs en hun ogen weerkaatsen het licht van de koplampen olijfgroen of zilverkleurig als een special effect. Ze bleven even staan om naar onze taxi te kijken en liepen toen weer door. Ik vind het altijd vreemd als dieren even blijven staan omdat ze dan zo intelligent lijken, maar misschien komt dat doordat ik zo'n pauze met nadenken associeer. Maar herten zijn elegant, dat moet ik zeggen. Als je dan toch een dier moet zijn, dan kun je het slechter treffen. Ze hebben van die nadenkende gezichten en mooie ranke lijven. Maar ze zijn ook nogal onvoorspelbaar schrikachtig. Op het moment zelf deden ze me niet aan jou denken, maar achteraf zie ik wel een gelijkenis. Ik hoop dat je niet beledigd bent door de vergelijking. Ik zou wel over het feestje vertellen dat aan die taxirit door Phoenix Park voorafging, maar dat was echt saai en lang niet zo mooi als die herten. Er was niemand die je goed kent. Je laatste mail was erg mooi, dank je. Ik verheug me op meer, als altijd.

Marianne kijkt naar de tijd in de rechterbovenhoek van het scherm: 09:49. Ze gaat terug naar Joanna's mail en klikt op beantwoorden.

Hij gaat vandaag de foto's maken, ik ga er nu heen. Natuurlijk krijg je ze zodra ze klaar zijn EN ik verwacht uitgebreid vleiend commentaar op elke foto. Spannend wat je allemaal over de Amerikaanse Burgeroorlog hebt geleerd. Het enige wat ik hier tot nu toe heb geleerd is 'nee, dank je' (nej tack) en 'nee, echt niet' (verkligen, nej). Tot snel xxx

Ze klapt haar laptop dicht, neemt nog twee happen van het broodje en wikkelt de rest in het vetvrije papiertje. Ze laat haar laptop in haar tas glijden, haalt haar zachte vilten baret eruit en trekt hem over haar oren. Ze gooit het broodje in de dichtstbijzijnde prullenbak.

Buiten sneeuwt het nog steeds. De buitenwereld ziet eruit als een slecht afgestelde oude televisie. De visuele ruis verdeelt het landschap in zachte stukjes. Marianne begraaft haar handen in haar zakken. Sneeuwvlokken vallen op haar gezicht en smelten daar. Een koud vlokje landt op haar bovenlip en ze tast ernaar met haar tong. Met gebogen hoofd tegen de kou is ze op weg naar het atelier van Lukas. Lukas' haar is zo blond dat de individuele haartjes wit lijken. Die vindt ze soms op haar kleren, fijner dan draadjes. Hij is altijd helemaal in het zwart: zwarte shirts, zwarte hoody's met rits, zwarte kistjes met dikke zwarte rubberzolen. Hij is kunstenaar. Bij hun eerste ontmoeting heeft Marianne gezegd dat ze schrijver was. Een leugen. Nu vermijdt ze het onderwerp helemaal.

Lukas woont in de buurt van het station. Ze haalt een hand uit haar zak, blaast op haar vingers en drukt op de bel. In het Engels roept hij: *Who is it?*

Marianne, zegt ze.

Je bent vroeg, zegt hij. Kom binnen.

Waarom zegt hij 'je bent vroeg'? vraagt Marianne zich af terwijl ze de trap op loopt. Er zat ruis op de intercom, maar het klonk alsof hij erbij glimlachte. Zei hij het om haar het gevoel te geven dat ze te gretig was? Maar ze merkt dat het haar niet kan schelen hoe gretig ze lijkt, want er valt in haar geen geheime gretigheid te ontdekken. Ze kan hier zijn, op de trap naar Lukas' atelier, of in de bibliotheek op de campus, of ze zou koffie kunnen zetten in het studentenhuis. Dat gevoel heeft ze nu al weken, dat ze binnen een beschermend laagje beweegt, zwevend als kwik. De buitenwereld raakt het buitenste laagje, maar niet het andere deel van haarzelf daarbinnen. Dus wat Lukas ook voor reden heeft om te zeggen 'je bent vroeg', ze merkt dat het haar niets uitmaakt.

Boven is hij al bezig alles klaar te zetten. Marianne zet haar baret af en schudt hem uit. Lukas kijkt op en richt zijn aandacht dan weer op het statief. Wen je al aan het weer? vraagt hij. Ze hangt de baret aan de deur en haalt haar schouders op. Ze trekt haar jas uit. In Zweden hebben we een gezegde, zegt hij. Er bestaat geen slecht weer, alleen slechte kleren.

Ze hangt haar jas naast haar baret. Wat is er mis met mijn kleren? vraagt ze vriendelijk.

Het is maar een uitdrukking, zegt Lukas.

Ze weet werkelijk niet of hij haar kleren nu wilde bekritiseren of niet. Ze heeft een grijze lamswollen trui, een dikke zwarte rok en kniehoge laarzen aan. Lukas heeft geen manieren en dat maakt hem in Mariannes ogen kinderlijk. Hij biedt haar nooit koffie of thee of zelfs maar een glas water aan als ze binnenkomt. Hij begint meteen over wat hij heeft gelezen of gedaan sinds haar laatste bezoek. Hij lijkt niet geïnteresseerd in haar inbreng en soms raakt hij verward of gedesoriënteerd van haar reacties en beweert dat dat door zijn slechte Engels komt. In werkelijkheid verstaat hij haar heel goed. Maar vandaag is het anders. Ze trekt haar laarzen uit en laat ze bij de deur staan.

In de hoek van het atelier ligt de matras waar Lukas op slaapt. De ramen zijn heel hoog en komen bijna tot de vloer, met luiken en dunne, over de grond slepende gordijnen. Verschillende voorwerpen zonder onderling verband staan door de kamer verspreid: een paar grote kamerplanten, stapels atlassen, een fietswiel. Aanvankelijk was Marianne onder de indruk van die collectie, totdat Lukas uitlegde dat hij die dingen voor een fotosessie bij elkaar had gezocht, en nu doet het in haar ogen kunstmatig aan. Jij doet alles voor het effect, heeft ze een keer tegen hem gezegd. Dat vatte hij op als een compliment voor zijn kunst. Hij heeft wel een onberispelijke smaak. Hij is gevoelig voor de allerkleinste esthetische foutjes in schilderijen, films en zelfs in romans of tv-programma's. Soms, als Marianne een film ter sprake brengt die ze onlangs heeft gezien, maakt hij een wegwuivend gebaar: Voor mij is die mislukt. Dat scherpe beoordelingsvermogen maakt Lukas niet tot een goed mens, realiseert ze zich. Hij is erin geslaagd een grote artistieke gevoeligheid te cultiveren zonder een werkelijk besef van goed en kwaad te ontwikkelen. Het feit dat zoiets mogelijk is brengt Marianne van haar stuk; zo lijkt kunst ineens zinloos.

Sinds een paar weken heeft ze een overeenkomst met Lukas.

‘Het spel’ noemt Lukas dat. Net als bij elk ander spel zijn er bepaalde regels. Tijdens het spel mag Marianne niet praten of oogcontact maken. Als ze die regels overtreedt, wordt ze daarvoor later gestraft. Het spel is niet afgelopen na de seks, maar pas als ze gaat douchen. Soms wacht Lukas na de seks een hele tijd voordat ze mag gaan douchen en praat hij tegen haar. Hij zegt nare dingen over haar. Het valt moeilijk uit te maken of ze die dingen graag hoort; ze verlangt ernaar ze te horen, maar inmiddels beseft ze dat ze in zekere zin verlangt naar dingen die ze niet wil. De aard van de bevrediging is dun en hard en komt te snel, waarna ze misselijk en rillerig achterblijft. Je bent waardeloos, zegt Lukas graag tegen haar. Je bent niets. En ze voelt zich ook niets, een afwezigheid die met geweld moet worden ingevuld. Niet dat ze dat gevoel prettig vindt, maar het brengt een soort verlichting. Dan gaat ze douchen en is het spel afgelopen. Ze voelt een depressie die zo diep is dat ze er kalm van wordt, ze eet wat hij haar beveelt te eten en heeft het gevoel dat haar lichaam net zomin haar eigendom is als een stuk vuilnis.

Sinds haar aankomst hier in Zweden, maar vooral sinds het begin van het spel, komen mensen haar voor als gekleurde papieren gedaanten, onwerkelijk. Soms maakt iemand oogcontact met haar, een buschauffeur of iemand die wisselgeld zoekt, en dan realiseert ze zich even met een schok dat dit echt haar leven is, dat andere mensen haar zien. Dat gevoel maakt bepaalde verlangens bij haar wakker, honger, dorst, de wens Zweeds te spreken, de fysieke behoefte om te zwemmen of te dansen. Maar die vervagen weer snel. In Lund heeft ze nooit echt honger en ze vult wel elke ochtend een plastic Evian-fles met water, maar het meeste gooit ze ’s avonds in de gootsteen.

Nu zit ze op het hoekje van de matras terwijl Lukas een lamp aan- en uitknipt en iets met zijn camera doet. Ik weet het nog niet met het licht, zegt hij. Misschien kunnen we eerst het een en dan het ander doen. Marianne haalt haar schouders op. Ze begrijpt het belang niet van wat hij zegt. Omdat al zijn vrienden Zweeds spreken, vindt ze het lastig vast te stellen hoe populair of gerespecteerd Lukas is. Zo te zien zijn er vaak mensen in zijn atelier en ze lijken veel apparatuur de trap op en af te slepen, maar zijn dat fans van zijn werk, zijn ze dankbaar voor zijn aandacht? Of gebruiken ze hem omdat zijn werkruimte gunstig gelegen is en lachen ze hem achter zijn rug uit?

Oké, we zijn zover, denk ik, zegt Lukas.

Wil je dat ik...

Misschien eerst alleen de trui.

Marianne trekt haar trui over haar hoofd. Ze legt hem in haar schoot, vouwt hem op en legt hem opzij. Ze heeft een zwartkanten beha met geborduurde bloemetjes aan. Lukas doet iets met zijn camera.

Van de anderen hoort ze niet veel meer: Peggy, Sophie, Teresa, dat groepje. Jamie was niet blij toen ze het uitmaakte en zei tegen iedereen dat hij niet blij was, en iedereen had met hem te doen. Iedereen keerde zich tegen Marianne, dat voelde ze voordat ze wegging. In het begin was het ontregelend, de afgewende blikken, de gesprekken die stokten als ze binnenkwam, het gevoel dat ze sociaal geen vaste grond meer onder haar voeten had, niet meer werd bewonderd en benijd, alles wat haar zo snel was ontglipt. Maar het wende snel, moeiteloos. Er is altijd iets in haar geweest wat mannen wilden overheersen en die behoefte kan heel sterk op aantrekkingskracht of zelfs liefde lijken. Op school probeerden de jongens haar te breken met wreedheid en minachting, op de universiteit probeerden de mannen hetzelfde, maar dan met seks en populariteit, allemaal met hetzelfde doel: een bepaalde kracht in haar persoonlijkheid te onderwerpen. Ze vond het een deprimerende gedachte dat mensen zo voorspelbaar waren. Of ze nu werd gerespecteerd of geminacht, uiteindelijk maakte het weinig uit. Zouden alle stadia in haar leven telkens weer hetzelfde blijken te zijn, altijd dezelfde meedogenloze strijd om de dominantie?

Met Peggy was het lastig geweest. *Ik ben je beste vriendin*, zei Peggy in die tijd telkens met een steeds vreemder stemmetje. Ze kon Mariannes onverschillige houding tegenover de situatie niet accepteren. Je beseft toch wel dat er over je wordt gepraat, zei Peggy op een avond toen Marianne aan het pakken was. Marianne had niet geweten hoe ze daarop moest reageren. Na een korte stilte had ze peinzend gezegd: Ik geloof dat ik me niet altijd druk maak over dezelfde dingen als jij. Maar ik geef wel om jou. Peggy gooide wild haar handen in de lucht en liep twee rondjes om de salontafel.

Ik ben je beste vriendin, zei ze. Wat moet ik nu doen?

Ik snap niet goed wat je met die vraag bedoelt.

Ik bedoel, in wat voor positie word ik nu gebracht? Want echt, ik wil geen partij kiezen.

Marianne fronste haar wenkbrauwen en stopte een haarborstel in het zijvakje van haar koffer.

Je bedoelt dat je mijn kant niet wilt kiezen, zei ze.

Peggy keek haar aan, inmiddels hijgend van het gedraaf om de salontafel. Marianne zat nog steeds op haar knieën bij haar koffer.

Ik weet niet of je wel begrijpt wat iedereen nu voelt, zei Peggy. Iedereen is er kapot van.

Omdat ik het met Jamie heb uitgemaakt?

Om het hele drama. Iedereen is er echt kapot van.

Peggy keek haar aan in afwachting van een reactie en Marianne zei: Oké. Peggy streek met haar hand over haar gezicht en zei: Ik zal je rustig laten inpakken. Voordat ze vertrok, voegde ze er nog aan toe: Je zou eens in therapie moeten of zo. Die suggestie begreep Marianne niet. Dus ik moet in therapie omdat ik er *niet* kapot van ben? dacht ze. Maar ze kon moeilijk haar schouders ophalen over iets wat ze inderdaad al haar hele leven van verschillende kanten te horen had gekregen: dat ze geestelijk niet in orde was en hulp nodig had.

Joanna is de enige met wie ze nog contact heeft. 's Avonds skypen ze over hun studie, over films die ze hebben gezien of over de artikelen voor het universiteitsblad waar Joanna aan werkt. Op het scherm is haar gezicht altijd zwak verlicht tegen dezelfde achtergrond, de crèmekleurige muur van haar kamer. Ze maakt zich nooit meer op, soms borstelt ze haar haar niet eens. Ze heeft inmiddels een vriendin, Evelyn, die internationale vredeswetenschappen studeert. Marianne heeft Joanna eens gevraagd of ze Peggy nog vaak zag, waarop ze snel een grimas trok, een fractie van een seconde, maar Marianne had het toch gezien. Nee, zei Joanna. Die mensen zie ik allemaal nooit meer. Ze weten trouwens wel dat ik altijd aan jouw kant stond.

Sorry, zei Marianne. Ik wil niet dat je door mij vrienden kwijtraakt.

Joanna trok weer een gezicht, maar deze keer minder leesbaar, door het zwakke licht, de pixels van het beeldscherm of het ambivalente gevoel dat ze wilde uitdrukken.

Ik was nooit echt met ze bevriend, zei Joanna. Het waren meer jouw vrienden.

Ik dacht dat we allemaal bevriend waren.

Jij was de enige met wie ik kon opschieten. Eerlijk gezegd vind ik Jamie of Peggy geen van tweeën sympathiek. Als jij bevriend met ze wilt zijn moet je dat natuurlijk zelf weten, maar zo denk ik erover.

Nee, ik ben het met je eens, zei Marianne. Ik denk dat ik me heb laten inpakken doordat ze mij zo leuk leken te vinden.

Ja. Ik denk dat je ergens wel besefte hoe onuitstaanbaar ze waren. Maar voor mij was het makkelijker omdat ze mij niet zo mochten.

Marianne was verrast door de zakelijke wending die het gesprek had genomen en voelde zich een beetje op haar nummer gezet, al klonk Joanna onverminderd vriendelijk. Ze had gelijk, Peggy en Jamie waren niet sympathiek; het waren zelfs uitgesproken nare mensen die er plezier in hadden anderen te kleineren. Marianne vond het pijnlijk dat ze erin was getrapt, pijnlijk dat ze ooit had gedacht dat ze iets met hen gemeen had, dat ze had meegedaan aan de koehandel die zij voor vriendschap lieten doorgaan. Op school dacht ze dat ze boven die openlijke uitwisseling van sociaal kapitaal stond, maar in haar studentenbestaan was haar duidelijk geworden dat zijzelf net zo erg zou zijn geweest als er op school wél iemand met haar had willen omgaan. Ze was helemaal niet zo superieur.

Draai je gezicht eens naar het raam, zegt Lukas.

Oké.

Marianne draait opzij op de matras, met haar benen hoog opgetrokken.

Kun je eh... je benen iets omlaag doen? vraagt Lukas.

Marianne slaat haar benen over elkaar. Lukas schuift het statief naar voren en past de hoek van de camera aan. Marianne denkt aan Connell, die haar in zijn mail met een hert vergelijkt. Ze vond de zin over de bedachtzame gezichten en de ranke lijfjes mooi. Ze is in Zweden nog meer afgevallen, ze is nu slanker, heel rank.

Ze heeft besloten dit jaar in de kerstvakantie niet naar huis te gaan. Ze denkt veel na over mogelijkheden om zich aan 'de gezinssituatie' te onttrekken. 's Nachts in bed stelt ze zich scenario's voor waarin ze zich helemaal van haar moeder en haar broer heeft bevrijd, niet op goede en ook niet op slechte voet met hen staat, gewoon neutraal geen rol in hun leven speelt. In haar kinderjaren en haar puberteit heeft ze talloze ingewikkelde plannen bedacht om zich buiten de gezinsconflicten te plaatsen: helemaal stil zijn, haar gezicht en lichaam uitdrukkingsloos en roerloos houden, zwijgend de kamer uit lopen en naar haar eigen kamer gaan, de deur geruisloos achter zich dichtdoen. Zich opsluiten op de wc. Voor onbepaalde tijd de deur uit gaan en in haar eentje op het parkeerterrein bij school gaan zitten. Niet een van die strategieën had succes gehad. Haar tactieken leken zelfs de kans te vergroten dat ze zou worden gestraft, alsof zij was begonnen. Nu ziet ze in dat een poging om een kerstvakantie met het gezin, altijd een hoogtepunt in de vijandelijkheden, te ontlopen, in de familieboekhouding zal worden bijgeschreven als het zoveelste voorbeeld van aanstootgevend gedrag.

Als ze tegenwoordig aan de feestdagen denkt, ziet ze Carricklea voor zich, de feestverlichting boven Main Street, de glimmende plastic kerstman voor het raam bij Kelleher's met zijn elektrische, onafgebroken stram wuivende arm. De aluminiumsneeuwkristallen in de apotheek. De deur van de slagerij die open- en dichtzwaait, roepende stemmen om de hoek. Adem die 's avonds op het parkeerterrein bij de kerk als mist opstijgt. Foxfield na zonsondergang, huizen zo stil als slapende katten, verlichte ramen. De kerstboom bij Connell in de voorkamer, knisperende folie, meubels bij elkaar geschoven om plaats te maken, het hoge, blije gelach. Hij zou het jammer vinden om haar niet te zien. Zonder jou zou het niet compleet zijn, schreef hij. Toen voelde ze zich dom en kreeg ze zin om te huilen. Haar leven is tegenwoordig zo steriel, helemaal zonder schoonheid.

Misschien nu dit uit, zegt Lukas.

Hij wijst naar haar beha. Ze tast achter zich om de sluiting los te maken en laat de bandjes van haar schouders glijden. Ze legt hem buiten het beeld van de camera. Lukas neemt een paar foto's, richt de camera lager, brengt hem een paar centimeter naar voren en gaat door. Marianne staart naar het raam. Ten slotte houdt het klikken van de camera op en ze kijkt om. Lukas trekt een la onder de tafel open. Hij haalt er een rol dik zwart lint van ruw katoen of linnen uit.

Wat is dat? vraagt Marianne.

Dat weet je best. Ophouden nu.

Lukas staat naast haar en rolt het lint onverschillig af. Mariannes botten voelen heel zwaar aan, een vertrouwd gevoel. Ze worden zo zwaar dat ze zich haast niet meer kan bewegen. Zwijgend strekt ze haar armen uit met de ellebogen tegen elkaar. Goed zo, zegt hij. Hij knielt neer en trekt het lint aan. Haar polsen zijn heel dun, maar het lint zit zo strak dat er toch aan weerskanten wat vlees opbolt. Dat vindt ze lelijk en ze wendt zich instinctief af naar het raam. Heel goed, zegt hij. Hij loopt weer naar de camera. De sluiter klikt. Ze doet haar ogen dicht, maar hij zegt dat ze ze open moet houden. Ze is moe. Het binnenste van haar lichaam lijkt steeds dieper omlaag te zakken, naar de vloer, naar het middelpunt van de aarde. Als ze opkijkt, rolt Lukas nog een eind lint af.

Nee, zegt ze.

Maak het nu niet moeilijker voor jezelf.

Ik wil dit niet.

Weet ik, zegt hij.

Hij knielt weer neer. Ze trekt haar hoofd terug om zijn aanraking te ontwijken en hij grijpt snel naar haar keel. Het gebaar jaagt haar geen angst aan, het put haar alleen zo uit dat ze niet meer kan praten of bewegen. Haar kin valt slap omlaag. Ze is het ontwijken zo moe, het is zoveel makkelijker om maar toe te geven. Hij knijpt zacht in haar keel en ze hoest. Dan laat hij haar los, zonder iets te zeggen. Hij pakt het lint weer en bindt het als een blinddoek voor haar ogen. Zelfs ademhalen kost nu moeite.

Haar ogen jeuken. Hij strijkt zacht met de rug van zijn hand langs haar wang en ze wordt misselijk.

Ik hou van je, zie je, zegt hij. En ik weet dat jij van mij houdt.

Vol afgrijzen deinst ze terug, ze stoot haar achterhoofd tegen de muur. Met haar vastgebonden handen graait ze naar de blinddoek en trekt hem ver genoeg omhoog om iets te kunnen zien.

Wat is er? vraagt hij.

Maak me los.

Marianne.

Maak me los of ik bel de politie, zegt ze.

Die bedreiging klinkt niet erg realistisch, want haar handen zijn nog vastgebonden, maar Lukas voelt misschien toch dat de stemming is omgeslagen en begint het lint om haar polsen los te maken. Ze rilt nu hevig. Zodra het lint los genoeg zit, bevrijdt ze haar armen. Ze trekt de blinddoek af, pakt haar trui, trekt hem over haar hoofd en steekt haar armen in de mouwen. Ze staat nu rechtop op de matras.

Waarom doe je zo? vraagt hij.

Blijf van me af. Praat nooit meer zo tegen me.

Hoe niet? Wat heb ik dan gezegd?

Ze plukt haar beha van de matras, verfrommelt hem in haar hand, loopt naar haar tas en propt hem erin. Ze trekt haar laarzen aan en hupt stuntelig op en neer op één voet.

Marianne, zegt hij. Wat heb ik verkeerd gedaan?

Meen je dat nu serieus of is dit weer zo'n artistieke techniek?

Het hele leven is een artistieke techniek.

Ze gaapt hem aan. Ongelooflijk genoeg voegt hij eraan toe: Ik vind je een heel begaafde schrijver. Ze lacht van afgrijzen.

Jij voelt niet hetzelfde voor mij, zegt hij.

Laat ik heel duidelijk zijn, zegt ze. Ik voel niets voor jou. Helemaal niets. Oké?

Hij loopt weer naar zijn camera, met zijn rug naar haar toe

alsof hij zijn gezichtsuitdrukking wil verbergen. Een boosaardig lachje om haar leed? Woede? Het zal toch niet zo zijn, dat zou te walgelijk zijn, dat hij zich gekwetst voelt? Hij haalt de camera van het statief. Zij doet de deur van het appartement open en loopt de trap af. Is het echt mogelijk dat hij die afschuwelijke dingen met haar doet en serieus gelooft dat hij uit liefde handelt? Is de wereld dan zo slecht dat liefde niet te onderscheiden is van de laagste, meest kwetsende vormen van geweld? Buiten stijgt haar adem als een fijne nevel op en de sneeuw blijft vallen als een eindeloze herhaling van hetzelfde minuscule foutje.

DRIE MAANDEN LATER

(MAART 2014)

In de wachtkamer moet hij een vragenlijst invullen. De stoelen hebben felle kleuren en staan rond een lage tafel met een kinder-telraam erop. Het tafeltje is veel te laag om het formulier op in te vullen, dus doet hij dat onhandig op zijn schoot. Bij de eerste vraag gaat de balpen al door het papier heen. Hij kijkt naar de receptioniste die hem het formulier heeft gegeven, maar ze kijkt niet terug, dus kijkt hij weer naar de lijst. De tweede vraag heeft als titel 'Pessimisme'. Hij moet het cijfer omcirkelen dat naast een van de volgende stellingen staat:

0. ik ben niet bijzonder moedeloos over de toekomst
1. ik ben moedeloos over de toekomst
2. ik heb het gevoel dat ik niets heb om naar uit te zien
3. ik heb het gevoel dat de toekomst hopeloos is en dat er geen kans op verbetering is

Hij bedenkt dat al die beweringen heel goed kunnen kloppen of althans dat er meer dan één antwoord mogelijk is. Hij bijt op het uiteinde van zijn pen. Als hij de vierde zin leest, die om onnaspeurlijke redenen als 3 is genummerd, krijgt hij een tintelend gevoel in zijn neusslijmvlies alsof de zin hem roept. Het is waar, hij heeft inderdaad het gevoel dat zijn toekomst hopeloos is en dat het alleen maar erger wordt. Hoe langer hij erover nadenkt, hoe meer weerklank hij voelt. Hij hoeft er niet eens over na te denken, want hij voelt het: de syntaxis lijkt uit hemzelf te komen. Hij wrijft hard met zijn tong tegen zijn gehemelte en probeert zijn gezicht in een neutrale, geconcentreerde frons te trekken. Hij wil de vrouw die de vragenlijst straks onder ogen krijgt niet ongerust maken, dus omcirkelt hij de 2.

Niall heeft hem op het bestaan van de praktijk gewezen. Hij zei letterlijk: Het is gratis, dus waarom zou je niet. Niall is praktisch ingesteld en toont zijn medeleven op een praktische manier. Connell ziet hem de laatste tijd niet vaak, want nu hij op de campus woont, ziet hij haast niemand meer. De vorige avond heeft hij anderhalf uur in zijn kamer op de grond gelegen omdat hij te moe was voor de reis van de badkamer naar zijn bed. Achter hem lag de badkamer en voor hem stond zijn bed, hij kon ze allebei zien, maar op de een of andere manier kon hij niet vooruit of achteruit, alleen omlaag, naar de grond, totdat zijn hele lijf roerloos op het vloerkleed lag. Nou, daar lig ik dan op de vloer, dacht hij. Is het leven hier zoveel erger dan daar op het bed of zelfs heel ergens anders? Nee, het leven is overal precies hetzelfde. Het leven is wat je in je eigen hoofd meedraagt. Ik kan net zo goed hier liggen en het gore stof uit het kleed mijn longen in zuigen terwijl mijn rechterarm langzaam gevoelloos wordt onder het gewicht van mijn lichaam, want in essentie komen alle ervaringen op hetzelfde neer.

0. ik voel me niet teleurgesteld in mezelf
1. ik ben teleurgesteld in mezelf
2. ik walg van mezelf
3. ik haat mezelf

Hij kijkt naar de vrouw achter het glas. Het valt hem nu pas op dat ze een dikke ruit tussen de vrouw en de mensen in de wachtkamer hebben gezet. Denken ze dat mensen zoals Connell een gevaar zijn voor de vrouw achter het glas? Denken ze dat de studenten die hier geduldig de vragenlijsten invullen en keer op keer hun eigen naam herhalen tegen de vrouw die hem op de computer moet invoeren – denken ze dat die mensen de vrouw achter de balie iets willen aandoen? Denken ze dat Connell, alleen omdat hij soms urenlang in zijn eigen kamer op de grond ligt, weleens een halfautomatisch vuurwapen zou kunnen kopen om in een winkelcentrum een bloedbad aan te richten? Niets staat verder van hem af dan massamoord. Hij voelt zich al schuldig als hij aan de telefoon een woord verhaspelt. Toch snapt hij de logica wel: geestelijk onevenwichtige mensen zijn in zekere zin besmet en potentieel gevaarlijk. Als ze de vrouw achter de balie niet in een onbeheersbare gewelddadige opwelling aanvliegen, dan blazen ze misschien wel een virus in haar richting waardoor ze op een ongezonde manier over de mislukte relaties in haar verleden gaat tobben. Hij omcirkelt de 3 en gaat verder.

0. ik overweeg absoluut niet om een eind aan mijn leven te maken
1. ik overweeg weleens om een eind aan mijn leven te maken, maar ik zou dat nooit doen
2. ik zou een eind aan mijn leven willen maken
3. ik zou een eind aan mijn leven maken als ik de kans krijg

Hij kijkt weer naar de vrouw. Hij wil tegenover haar, een wildvreemde, niet opbiechten dat hij wel zelfmoord zou willen plegen. De vorige avond op de grond heeft hij gefantaseerd dat hij doodstil zou blijven liggen totdat hij van uitdroging doodging, hoelang dat ook duurde. Misschien wel dagen, maar wel ontspannen dagen waarop hij niets zou hoeven doen en zich nergens op hoefde te concentreren. Wie zou hem vinden? Dat maakte hem niet uit. Zijn fantasie, gezuiverd door wekenlange herhaling, eindigt namelijk met de dood: het kalme, stille ooglid dat zich voorgoed over alles sluit. Hij omcirkelt de 1.

Als hij de rest van de vragen heeft beantwoord, die allemaal door en door persoonlijk zijn, de laatste gaat zelfs over zijn seksleven, vouwt hij de papieren dubbel en geeft ze weer aan de receptioniste. Hij weet niet wat hij kan verwachten als hij die buitengewoon gevoelige informatie aan een onbekende overhandigt. Hij slikt en zijn keel voelt zo strak dat het pijn doet. De vrouw neemt de papieren aan alsof hij te laat een huiswerkopdracht inlevert en glimlacht nietszeggend en opgewekt. Dank je, zegt ze. Je mag even wachten tot de psycholoog je roept. Hij blijft wezenloos staan. In haar hand houdt ze de meest intieme informatie die hij ooit met iemand heeft gedeeld. Bij het zien van die nonchalance krijgt hij de impuls de formulieren terug te vragen, alsof hij de bedoeling verkeerd had begrepen en ze bij nader inzien toch anders had moeten invullen. Maar hij zegt: Oké. Hij gaat weer zitten.

Een tijdlang gebeurt er niets. Zijn maag maakt een zacht jankend geluidje, want hij heeft niet ontbeten. Hij is de laatste tijd te moe om 's avonds te koken, dus tekent hij op de site voor beursstudenten in op de maaltijd en gaat naar de grote eetzaal. Voor de maaltijd staat iedereen op voor het gebed, dat in het Latijn wordt uitgesproken. Dan wordt het eten opgediend door andere studenten, allemaal in het zwart om hen te onderscheiden van de verder identieke studenten die worden bediend. De maaltijden zijn altijd hetzelfde: zoute oranje soep met een broodje en een vierkantje boter in aluminiumfolie. Dan een stuk vlees met jus en zilveren schalen met aardappels die moeten worden doorgegeven. Dan het toetje, een vochtig, zoet stuk taart of een vruchtensalade die voornamelijk uit druiven bestaat. Alles wordt snel opgediend en ook weer snel afgeruimd, terwijl de portretten van kostbaar uitgedoste mannen uit voorbije eeuwen toornig op hen neerkijken. Als Connell zo in zijn eentje zit te eten en de gesprekken van anderen opvangt maar er niet aan deelneemt, voelt hij zich diep, haast ondraaglijk van zijn eigen lichaam vervreemd. Na de maaltijd wordt er een dankgebed uitgesproken onder begeleiding van het onwelluidende geschraap van stoelen die naar achteren worden geschoven. Om zeven uur staat hij weer op het donkere voorplein, waar de verlichting inmiddels aan is.

Een vrouw van middelbare leeftijd met een lang grijs vest komt de wachtkamer in en zegt: Connell? Hij probeert zijn gezicht tot een glimlach te plooien, geeft het dan op, wrijft met zijn hand over zijn kaak en knikt. Ik ben Yvonne, zegt ze. Loop je mee? Hij staat op van de bank en volgt haar naar een kleine spreekkamer. Ze sluit de deur achter hen. Aan de ene kant van het vertrek staat een bureau waarop een oeroude Microsoftcomputer hoorbaar staat te zoemen; aan de andere kant staan twee lage muntgroene leunstoelen tegenover elkaar. Goed, Connell, zegt ze. Ga maar zitten waar je wilt. Hij gaat op de stoel bij het raam zitten vanwaar hij uitkijkt op de achterkant van een betonnen gebouw met een roestige regenpijp. Zij gaat tegenover hem zitten en pakt de bril die aan een kettinkje om haar hals hangt. Ze zet hem op en kijkt op haar klembord.

Oké, zegt ze. Laten we eens kijken hoe je je voelt.

Ja. Niet best.

Wat vervelend. Wanneer is dat begonnen?

Eh, zegt hij. Een paar maanden geleden. In januari, geloof ik.

Ze klikt met een pen en schrijft iets op. Januari, zegt ze. Oké. Is er toen iets gebeurd of is het zomaar begonnen?

Een paar dagen na Nieuwjaar had hij een app van Rachel Moran gekregen. Het was twee uur 's nachts en hij en Helen waren op weg naar huis, ze waren uit geweest. Hij had zijn telefoon schuin gehouden en het bericht opengeklikt: het was een groepsapp aan alle schoolvrienden, of iemand Rob Hegarty had gezien of iets van hem had gehoord. Hij was al een paar uur niet meer gesignaleerd. Helen vroeg wat erin stond en om een of andere reden had Connell gezegd: O, niks, gewoon een groepsappje, gelukkig nieuwjaar. De volgende dag was het lichaam van Rob uit de rivier de Corrib gevist.

Later had Connell van vrienden gehoord dat Rob de weken daarvoor veel had gedronken en niet zichzelf leek. Daar had Connell niets van geweten, hij was het vorige trimester weinig thuis geweest en had niet veel mensen gesproken. Hij keek op Facebook wanneer Rob hem voor het laatst een bericht had gestuurd en dat bleek begin 2012 te zijn: een foto van een avond uit waarop Connell met zijn arm om het middel van Mariannes vriendin Teresa stond. Rob had erbij geschreven: doe je haar?? NICE haha. Connell had nooit gereageerd. Hij had Rob in de kerstvakantie niet gezien, hij wist niet eens meer of hij hem de afgelopen zomer nog had gesproken. Toen hij Robs gezicht probeerde op te roepen, merkte hij dat hij zich hem niet precies voor de geest kon halen: er verscheen wel een beeld, compleet en herkenbaar, maar bij nadere inspectie zweefden de gezichtstrekken uit elkaar en werden ze vaag en verwarrend.

De dagen daarna postten mensen van school statusupdates over zelfmoord. Sindsdien is Connells gemoedstoestand week na week geleidelijk verslechterd. Zijn angsten, die voor die tijd chronisch waren geweest maar als een soort algemeen inzetbare rem op een laag pitje hadden gestaan, zijn hevig opgelaaid. Zijn handen beginnen te tintelen als hij kleine interactieve handelingen moet verrichten, zoals koffie bestellen of bij een workshop een vraag beantwoorden. Hij heeft een paar paniekaanvallen gehad: hyperventilatie, pijn op de borst, een prikkend gevoel over zijn hele lichaam. Een gevoel van zintuiglijke dissociatie, het algehele onvermogen normaal te denken of te interpreteren wat hij ziet of hoort. Alles gaat er anders uitzien en klinkt anders, trager, kunstmatig, onwerkelijk. De eerste keer dat het gebeurde, dacht hij dat hij gek werd, dat het hele cognitieve kader waarin hij de wereld interpreteerde voorgoed uit elkaar was gevallen en dat alles voortaan uit ongedifferentieerde klanken en kleuren zou bestaan. Maar na een paar minuten ging het over en bleef hij badend in het zweet op zijn matras liggen.

Nu kijkt hij op naar Yvonne, degene die door de universiteit is aangewezen om tegen betaling zijn problemen aan te horen.

Een vriend van me heeft in januari zelfmoord gepleegd, zegt hij. Een jongen van school.

Ach, wat triest. Wat naar voor je, Connell.

We waren elkaar na school een beetje uit het oog verloren. Hij studeerde in Galway en ik zat hier en zo. Ik voel me nu wel schuldig dat ik niets meer van me heb laten horen.

Dat snap ik, zegt Yvonne. Maar hoe verdrietig je misschien ook bent over je vriend, het is niet jouw schuld wat er is gebeurd. Jij bent niet verantwoordelijk voor zijn beslissing.

Ik heb niet eens teruggeschreven op zijn laatste berichtje. Ik bedoel, het is nu jaren geleden en ik heb het nooit beantwoord.

Ik begrijp dat dat nu pijnlijk voor je is, natuurlijk is dat pijnlijk. Je hebt het gevoel dat je de kans voorbij hebt laten gaan om iemand te helpen die het moeilijk had.

Connell knikt zwijgend en wrijft in zijn oog.

Als je iemand verliest door zelfmoord, is het heel normaal dat je je afvraagt of je hem niet had kunnen helpen, zegt Yvonne. Ik denk dat iedereen die hem kende zich dat nu afvraagt.

Maar andere mensen hebben tenminste geprobeerd hem te helpen.

Dat komt er agressiever of juist jankeriger uit dan de bedoeling was. Tot zijn verbazing reageert Yvonne niet meteen, maar kijkt ze hem alleen met toegeknepen ogen door haar brillenglazen aan. Ze knikt. Dan pakte ze een stapeltje papier van de tafel en houdt het zakelijk rechtop.

Ik heb eens naar de vragenlijst gekeken die je hebt ingevuld, zegt ze. En eerlijk gezegd, Connell, dat ziet er nogal zorgelijk uit.

Ja?

Ze schuift met de stapel papier. Hij ziet op het bovenste blad het gaatje dat hij met zijn pen heeft gemaakt.

Dit noemen we de Beck Depression Inventory, zegt ze. Je hebt waarschijnlijk wel gezien hoe het werkt, bij elke vraag geven we een score van nul tot drie. Iemand zoals ik zou misschien bij deze test ergens tussen de nul en de vijf scoren en iemand die een licht depressieve periode doormaakt zou een score van vijftien tot zestien kunnen verwachten.

Oké, zegt hij. Ja.

En hier zien we een score van drieënveertig.

Ja. Oké.

Dat wijst op een heel ernstige depressie, zegt ze. Komt dat overeen met je eigen ervaring?

Hij wrijft weer in zijn oog. Zachtjes brengt hij uit: Ja.

Ik zie dat je gevoel over jezelf erg negatief is, dat je zelfmoordgedachten hebt en zo. Dat zijn dingen die we heel serieus moeten nemen.

Oké.

Dan begint ze over behandelingsmogelijkheden. Ze zegt dat ze hem aanraadt naar de studentenarts te gaan om de mogelijkheden voor medicatie te bekijken. Je begrijpt dat ik hier geen recepten mag uitschrijven, zegt ze. Hij knikt, ineens rusteloos. Ja, dat weet ik, zegt hij. Hij blijft maar in zijn ogen wrijven, ze jeuken. Ze biedt hem een glas water aan, maar hij bedankt. Ze stelt vragen over zijn familie, over zijn moeder, waar ze woont, of hij broers en zusjes heeft.

En heb je momenteel een vriendin, of een vriend? vraagt Yvonne.

Nee, zegt Connell. Nee, zo iemand heb ik niet.

Helen was meegegaan naar Carricklea voor de begrafenis. Op de ochtend van de plechtigheid kleedden ze zich op zijn kamer samen zwijgend aan en ze hoorden het zoemen van Lorraines föhn door de muur heen. Connell had het enige pak aan dat hij bezat en dat hij op zijn zestiende voor de communie van een neefje had gekocht. Het jasje zat te strak om zijn schouders, dat voelde hij als hij zijn armen optilde. Hij kon het gevoel niet van zich afzetten dat hij er vreselijk uitzag. Helen zat zich voor de spiegel op te maken en hij ging achter haar staan om zijn das te strikken. Ze stak een hand omhoog om zijn gezicht aan te raken. Wat zie je er knap uit, zei ze. Om de een of andere reden werd hij daar kwaad om, alsof ze onmogelijk iets nog ongevoeligers of smakelozers had kunnen zeggen, en hij gaf geen antwoord. Ze liet haar hand weer zakken en trok haar schoenen aan.

In het portaal van de kerk bleven ze staan praten met iemand die Lorraine kende. Connells haar was nat van de regen en hij streek het steeds weer glad, zonder naar Helen te kijken en zonder iets te zeggen. Toen gingen de kerkdeuren open en zag hij Marianne. Hij wist dat ze uit Zweden zou overkomen voor de begrafenis. In de deuropening zag ze er heel slank en bleek uit in haar zwarte jas en ze had een natte paraplu bij zich. Hij had haar sinds Italië niet gezien. Ze leek bijna breekbaar, dacht hij. Ze liep naar de paraplustandaard achter de deur om haar paraplu weg te zetten.

Marianne, zei hij.

Hij zei het hardop, zonder erbij te denken. Ze keek op en zag hem. Haar gezicht leek wel een kleine witte bloem. Ze sloeg haar armen om zijn hals en hij hield haar dicht tegen zich aan. Hij rook de geur van haar huis in haar kleren. De laatste keer dat hij haar had gezien was alles nog normaal. Rob leefde nog, Connell had hem kunnen appen of zelfs bellen en met hem praten, dat was toen nog mogelijk, dat was mogelijk geweest. Mariannes hand raakte zijn achterhoofd aan. Iedereen stond naar hen te kijken, dat voelde hij. Toen tot hen doordrong dat ze zo niet konden blijven staan, lieten ze elkaar los. Helen tikte snel op zijn arm. Er liepen mensen het portaal in en uit, jassen en paraplu's dropen geluidloos op de tegels.

Kom, we gaan de familie condoleren, zei Lorraine.

Ze gingen bij de anderen in de rij staan om de familie een hand te geven. Eileen, Robs moeder, huilde alleen maar, ze was door de hele kerk te horen. Tegen de tijd dat ze halverwege de rij waren, stond Connell te trillen op zijn benen. Hij wilde dat Lorraine naast hem stond in plaats van Helen. Hij had het gevoel dat hij moest overgeven. Toen hij eindelijk aan de beurt was, greep Val, Robs vader, zijn hand en zei: Connell, beste jongen. Ik hoor dat je het geweldig doet op Trinity. Connells handen waren drijfnat. Zo erg, zei hij met een ijl stemmetje. Ik vind het zo erg. Val hield zijn hand stevig vast en keek hem in de ogen. Beste jongen, zei hij. Goed dat je gekomen bent. Toen was het afgelopen. Connell ging in de eerste de beste bank zitten, trillend over zijn hele lijf. Helen ging naast hem zitten. Ze voelde zich opgelaten en trok aan de zoom van haar rok. Lorraine kwam naar hem toe en gaf hem een papieren zakdoekje uit haar tas, waarmee hij zijn voorhoofd en zijn bovenlip afveegde. Ze gaf hem een kneepje in zijn schouder. Het is goed, zei ze. Je hebt gedaan wat je moest doen, ontspan je nu maar. En Helen wendde haar gezicht af alsof ze zich schaamde.

Na de mis was de begrafenis en daarna gingen ze in de zaal van de Tavern broodjes eten en theedrinken. Achter de bar stond een meisje dat op school een jaar onder hen zat in een wit overhemd met een gilet bier te tappen. Connell schonk voor Helen en daarna voor zichzelf een kop thee in. Ze stonden bij de muur in de buurt van de theetafel zwijgend te drinken. Connells kopje rammelde op het schoteltje. Toen Eric binnenkwam, liep hij meteen naar hen toe. Hij droeg een glanzende blauwe das.

Hoe gaat-ie? vroeg hij. Lang niet gezien.

Ja, weet ik, zei Connell. Inderdaad een tijd geleden.

Wie is dit? vroeg Eric met een knikje naar Helen.

Helen, zei Connell. Helen, dit is Eric.

Eric stak zijn hand uit en Helen nam hem aan, met haar kopje beleefd in haar linkerhand en haar gezicht strak van de inspanning.

Je vriendin? vroeg Eric.

Met een blik op Connell knikte ze. Ja, zei ze.

Met een grijns liet Eric haar hand los. Jij komt uit Dublin, zei hij.

Ze glimlachte zenuwachtig. Klopt, zei ze.

Zeker jouw schuld dat we die gast nooit meer zien, zei Eric.

Nee, dat is mijn schuld, zei Connell.

Ik zit je te dollen, zei Eric.

Even keken ze zwijgend de zaal in. Helen schraapte haar keel en zei gedempt: Gecondoleerd, Eric. Eric knikte haar hoffelijk toe. Toen keek hij de zaal weer in. Ja, niet te geloven, zei hij. Toen schonk hij zich een kop thee in uit de pot achter hen. Goed van Marianne dat ze gekomen is, merkte hij op. Ik dacht dat ze ergens in Zweden zat of zo.

Ja, zei Connell. Ze is voor de begrafenis overgekomen.

Ze is wel mager geworden, hè?

Eric nam een grote slok thee, slikte en smakte met zijn lippen. Marianne maakte zich los uit een ander gesprek en liep naar de theetafel.

Daar is ze, zei Eric. Wat goed dat je helemaal uit Zweden overkomt, Marianne.

Ze bedankte hem, schonk een kop thee in en zei dat het goed was hem te zien.

Ken je Helen al? vroeg Eric.

Marianne zette haar kopje op het schoteltje. Natuurlijk, zei ze. We zijn jaargenoten.

En goede vrienden, hoop ik, zei Eric. Geen rivaliteit, bedoel ik.

Gedraag je, zei Marianne.

Connell keek hoe Marianne de thee inschonk, haar ontspannen manier van doen, 'gedraag je', en hij had ontzag voor haar natuurlijkheid, het gemak waarmee ze zich in de wereld bewoog. Zo was het op school niet geweest, integendeel. Toen was Connell degene geweest die zich wist te gedragen terwijl Marianne juist iedereen irriteerde.

Na de begrafenis had hij gehuild, maar dat huilen voelde aan als niets. In de vijfde, toen Connell een goal had gemaakt voor het voetbalelftal, was Rob op hem af gesprongen om hem te omhelzen. Hij had Connells naam geroepen en hem uitbundig op zijn hoofd gezoend. Het was nog maar een-nul en ze hadden nog twintig minuten te gaan. Maar dat was toen hun wereld. In het dagelijks leven werden de gevoelens zo zorgvuldig onderdrukt en in steeds kleinere ruimtes geperst dat een ogenschijnlijk onbeduidend voorval een krankzinnige, angstaanjagende lading kreeg. Bij een voetbalwedstrijd was het toegestaan elkaar aan te raken en te huilen. Connell herinnert zich nog de veel te harde druk van zijn armen. En op het slotfeest had Rob hun die foto's van Lisa's naakte lichaam laten zien. Voor Rob betekende niets zo veel als de goedkeuring van anderen; aanzien, status. Hij zou ieders vertrouwen hebben geschonden en elke daad van vriendschap hebben beschaamd om maar door de groep te worden geaccepteerd. Dat kon Connell niet in hem veroordelen. Zo was hijzelf ook geweest, erger nog. Hij wilde alleen maar normaal zijn, het deel van hemzelf dat hij beschamend en verwarrend vond verborgen houden. Marianne had hem laten zien dat er ook andere mogelijkheden waren. Daarna was het leven anders geworden; misschien had hij wel nooit beseft hoe anders.

De avond na de begrafenis lagen hij en Helen slapeloos in het donker in zijn kamer. Helen vroeg waarom hij haar niet aan zijn vrienden had voorgesteld. Ze fluisterde om Lorraine niet wakker te maken.

Ik heb je toch aan Eric voorgesteld? antwoordde Connell.

Pas toen hij het vroeg. Je maakte eerlijk gezegd de indruk dat je liever niet wilde dat we elkaar leerden kennen.

Connell sloot zijn ogen. Het was een begrafenis, zei hij. Er was net iemand doodgegaan, weet je wel. Dat lijkt me niet zo'n goede gelegenheid om nieuwe mensen te leren kennen.

Als je me er niet bij wilde hebben, had je me niet mee moeten vragen, zei ze.

Hij ademde langzaam in en uit. Oké, zei hij. Sorry dat ik je heb meegevraagd dan.

Ze ging rechtop naast hem zitten. Wat bedoel je daarmee? vroeg ze. Had je me er liever niet bij gehad?

Nee. Ik bedoel dat het me spijt als ik je een verkeerde voorstelling van zaken heb gegeven.

Je wilde me er eigenlijk helemaal niet bij hebben, hè?

Eerlijk gezegd had ik er zelf ook liever niet bij willen zijn, zei hij. Het spijt me dat je je niet hebt geamuseerd, maar het was nu eenmaal een begrafenis. Ik weet niet wat je er precies van had verwacht.

Ze ademde snel in door haar neus, hoorde hij.

Marianne negeerde je anders niet, zei ze.

Ik negeerde helemaal niemand.

Maar je leek wel heel blij om haar te zien, hè?

In godsnaam, Helen, zei hij zacht.

Wat?

Waarom moeten alle ruzies hierop uitdraaien? Een vriend van ons heeft zich van kant gemaakt en jij begint weer over Marianne. Serieus? Ja, ik was blij om haar te zien, ben ik nu een monster?

Toen Helen antwoord gaf, klonk het als een zacht gegrom. Ik leef heel erg mee vanwege je vriend en dat weet je best, zei ze. Maar wat verwacht je nou, moet ik doen alsof ik niet zie dat je vlak voor mijn neus naar een andere vrouw zit te staren?

Ik zat niet te staren.

Jawel, in de kerk.

Dat was dan niet expres, zei hij. Geloof me, ik vond de sfeer in de kerk niet bepaald sexy, oké? Dat mag je gerust van me aannemen.

Waarom doe je altijd zo raar als zij erbij is?

Hij fronste zijn wenkbrauwen en lag met dichte ogen en zijn gezicht naar het plafond gekeerd. Dat is mijn normale persoonlijkheid, zei hij. Misschien ben ik wel gewoon raar.

Helen zei niets. Na een tijdje ging ze weer naast hem liggen. Twee weken later was het uit, ze gingen uit elkaar. Tegen die tijd was Connell zo uitgeput en ellendig dat hij niet eens kon reageren. Alles overkwam hem, de huilbuien, de paniekaanvallen, en het leek allemaal van buitenaf te komen, niet van binnenuit. Vanbinnen voelde hij niets. Het leek wel alsof hij uit de vriezer was gehaald en aan de buitenkant te snel ontdooide en smolt terwijl de binnenkant nog keihard bevroren was. Op de een of andere manier toonde hij meer emotie dan ooit tevoren terwijl hij tegelijk minder voelde, niets voelde.

Yvonne knikt langzaam en vertrekt haar mond tot een meelevende uitdrukking. Heb je het gevoel dat je hier in Dublin vrienden hebt gemaakt? vraagt ze. Iemand met wie je close bent, met wie je over je gevoelens zou kunnen praten?

Mijn vriend Niall misschien. Hij heeft me over deze toestand hier verteld.

De studentenpsycholoog.

Ja, zegt Connell.

Dat is mooi. Hij let op je. Niall, oké. En hij studeert ook hier aan Trinity.

Connell kucht om het droge gevoel uit zijn keel weg te krijgen en zegt: Ja. En er is nog iemand met wie ik vrij close ben, maar zij zit dit jaar in het Erasmus-programma.

Een studievriendin?

We hebben samen op school gezeten en nu dus op Trinity. Marianne. Zij kende Rob ook en zo. Die vriend van ons die dood is. Maar zoals ik al zei, dit jaar is ze er niet.

Hij kijkt toe terwijl Yvonne de naam opschrijft, de hoge uitschieters van de hoofdletter M. Hij skypet tegenwoordig bijna elke avond met Marianne, soms na het eten en soms later, als ze uit is geweest. Ze hebben het nooit meer over Italië gehad. Hij is dankbaar dat ze er nooit over is begonnen. Als ze elkaar spreken, is de videostream van goede kwaliteit maar kan de audio het niet altijd bijhouden, zodat hij Marianne als bewegend beeld ziet, als iets om naar te kijken. Er wordt van alles over haar beweerd nu ze weg is. Connell weet niet of ze wel beseft wat mensen als Jamie allemaal rondvertellen. Connell is niet eens echt bevriend met die mensen en zelfs hij heeft het gehoord. Een dronken jongen op een feest zei dat ze allerlei kinky dingen deed en dat er foto's van haar op internet stonden. Connell weet niet of het waar is, van die foto's. Hij heeft haar naam gegoogeld, maar nooit iets gevonden.

Kun je met haar over je gevoel praten? vraagt Yvonne.

Ja, daar heb ik veel aan. Ze, eh... Ze is moeilijk te beschrijven als je haar niet kent. Ze is heel slim, veel slimmer dan ik, maar ik geloof dat we de wereld op dezelfde manier bekijken. En we hebben natuurlijk altijd in dezelfde omgeving gezeten, dus het is wel heel anders nu ze er niet is.

Klinkt moeilijk.

Er zijn niet zoveel mensen met wie ik echt een klik heb, zegt hij. Daar heb ik weleens moeite mee.

Zou je zeggen dat dat een nieuw probleem is, of komt het je vertrouwd voor?

Waarschijnlijk wel vertrouwd. Ik denk dat ik dat gevoel van geïsoleerd zijn, zoiets, op school ook soms had. Maar ik was wel populair en zo. Hier heb ik het gevoel dat ze me eigenlijk niet moeten.

Hij valt even stil en Yvonne lijkt dat te herkennen en valt hem niet in de rede.

Zoals met Rob, die vriend van me die dood is, zegt hij. Ik denk niet dat we echt een diepe klik hadden of zo, maar we waren vrienden.

Ja.

We hadden niet veel gemeen, geen interesses of zo. En over politiek zouden we het waarschijnlijk niet eens zijn geweest. Maar op school deden die dingen er niet zoveel toe. We zaten in hetzelfde groepje, dus we waren vrienden.

Dat snap ik, zegt Yvonne.

Hij deed ook dingen waar ik niet blij mee was. Tegen meisjes kon hij soms echt vervelend doen. Nou ja, we waren achttien, we gedroegen ons allemaal als idioten. Maar die dingen vond ik wel vervreemdend, ja.

Connell bijt op zijn duimnagel en laat zijn hand dan weer in zijn schoot vallen.

Waarschijnlijk dacht ik dat ik hier beter op mijn plek zou zijn, zegt hij. Dat ik mensen zou ontmoeten die meer dachten zoals ik. Maar in werkelijkheid zijn de mensen hier stukken erger dan de mensen op school. Hier lopen ze alleen maar op te scheppen over hun ouders, die zoveel verdienen. Dat bedoel ik letterlijk, dat heb ik zien gebeuren.

Hij ademt in, heeft het gevoel dat hij te snel en te lang heeft gepraat, maar hij wil niet ophouden.

Ik geloof dat ik uit Carricklea weg ben gegaan met het idee dat ik een ander leven zou krijgen, zegt hij. Maar ik vind het hier vreselijk en nu kan ik nooit meer terug. Die vriendschappen zijn er niet meer. Rob is er niet meer, die zal ik nooit meer zien. Dat leven krijg ik nooit meer terug.

Yvonne schuift de doos tissues over de tafel naar hem toe. Hij kijkt ernaar, naar het patroon met groene palmbladeren, en dan naar Yvonne. Hij raakt zijn gezicht aan en voelt dat hij huilt. Zwijgend haalt hij een tissue uit de doos en veegt zijn gezicht af.

Sorry, zegt hij.

Yvonne maakt nu oogcontact, maar hij kan er niet meer uit opmaken of ze heeft geluisterd, of ze begrijpt of probeert te begrijpen wat hij zegt.

Wat we hier in de therapie kunnen doen is aan je gevoelens werken, aan je gedachten en je gedrag, zegt ze. We kunnen je leefomstandigheden niet veranderen, maar we kunnen wel iets doen aan de manier waarop je daarmee omgaat. Snap je wat ik bedoel?

Ja.

Op dat punt in de sessie geeft Yvonne hem werkbladen, geïllustreerd met grote cartoonachtige pijlen naar verschillende tekstkaders. Hij pakt ze aan en zegt dat hij ze later zal invullen. Ze geeft hem ook gefotokopieerde teksten over omgaan met angsten, en hij beweert dat hij ze zal lezen. Ze print een briefje aan de studentengezondheidsdienst over zijn depressie en hij zegt dat hij over twee weken terugkomt voor een nieuwe sessie. Dan gaat hij weg.

Een paar weken daarvoor was Connell naar een lezing van een bezoekende schrijver geweest. Hij zat in zijn eentje achterin en voelde zich opgelaten omdat de lezing niet druk bezocht was en de andere aanwezigen in groepjes zaten. Ze zaten in een van de grote, raamloze zalen in de Letterenfaculteit met klaptafeltjes aan de stoelen. Een van zijn docenten gaf een kort, overdreven lovend overzicht van het werk van de schrijver en toen ging de man zelf, een vrij jonge gast van rond de dertig, achter de lessenaar staan en bedankte het faculteitsbestuur voor de uitnodiging. Connell had inmiddels spijt van zijn besluit naar de lezing te gaan. Alles om hem heen was saai en vormelijk, zonder energie. Hij snapte niet meer wat hij hier deed. Hij had de verhalenbundel van de schrijver gelezen en vond die wisselend van kwaliteit, maar hier en daar wel gevoelig, goed geobserveerd. Nu, dacht hij, werd zelfs dat effect tenietgedaan door de aanwezigheid van de schrijver in deze omgeving, ontdaan van elke spontaniteit; hij las voor uit zijn eigen boek voor een publiek dat het al had gelezen. Door de stijfheid van het optreden leken de observaties in het boek vals, de schrijver leek afgescheiden van de mensen over wie hij schreef, alsof hij hen alleen had geobserveerd om het resultaat met een stel Trinity-studenten te bespreken. Connell kon niet één reden bedenken waarom die literaire evenementen werden georganiseerd, wat ze bijdroegen aan wat dan ook, wat ze betekenden. Er gingen alleen mensen naartoe die het soort mensen wilden zijn die naar zoiets toe gingen.

Na afloop was er een nazit met wijn in de hal bij de zaal. Connell wilde weg, maar kon niet langs een groepje luid pratende studenten. Toen hij erlangs probeerde te dringen, zei een van hen: O, hoi Connell. Hij herkende haar: Sadie Darcy-O'Shea. Ze hadden sommige colleges Engels samen en hij wist dat ze gelieerd was aan het literair genootschap. Zij was degene die hem in het eerste jaar in zijn gezicht 'een genie' had genoemd.

Hoi, zei hij.

Vond je het een goede lezing?

Hij haalde zijn schouders op. Ging wel, zei hij. Hij was onrustig en wilde weg, maar ze praatte door. Hij wreef zijn handpalmen af aan zijn T-shirt.

Je was er niet kapot van? vroeg ze.

Ik weet niet, ik zie het nut van die dingen niet zo in.

Van lezingen?

Ja, zei Connell. Ik snap eigenlijk niet waar ze voor dienen.

Ineens keek iedereen een andere kant op en Connell volgde hun blik. De schrijver kwam de zaal uit en liep naar hen toe. Ha Sadie, zei hij. Connell had niet aangevoeld dat Sadie een persoonlijke band met de schrijver had en voelde zich belachelijk omdat hij had gezegd wat hij had gezegd. Je hebt prachtig voorgelezen, zei Sadie. Geïrriteerd en moe deed Connell een stap opzij om de schrijver in het kringetje toe te laten en probeerde weg te sluipen. Toen pakte Sadie zijn arm en zei: Connell hier zei net dat hij het nut van literaire lezingen niet inziet. De schrijver keek vaag in Connells richting en knikte. Ja, precies, zei hij. Saai, hè. Het viel Connell op dat hij in zijn gewone doen net zo houterig praatte en bewoog als bij zijn optreden en hij schaamde zich dat hij zo'n negatief beeld van de literatuur had gekoppeld aan iemand die misschien alleen maar wat stuntelig was.

Wij vonden het wél mooi, zei Sadie.

Hoe heet je, Connell, hoe nog meer? vroeg de schrijver.

Connell Waldron.

De schrijver knikte. Hij pakte een glas rode wijn van de tafel en liet de anderen doorpraten. Om de een of andere reden bleef Connell staan, al deed de gelegenheid zich nu voor om weg te gaan. De schrijver nam een slok wijn en keek toen weer naar hem.

Ik vond je boek mooi, zei Connell.

Dank je, zei de schrijver. Ga je nog mee iets drinken in de Stag's Head? Daar gaat iedereen naartoe, geloof ik.

Ze vertrokken die avond pas na sluitingstijd uit de Stag's Head. Ze kibbelden gemoedelijk over literaire avonden, en hoewel Connell niet veel zei, koos de schrijver zijn kant en dat waardeerde hij. Later vroeg hij waar Connell vandaan kwam, en Connell zei: Uit Sligo, uit een dorp, Carricklea. De schrijver knikte.

Ja, dat ken ik wel, zei hij. Er was daar een bowlingbaan, maar die is waarschijnlijk allang weg.

Ja, zei Connell te snel. Daar ben ik nog op een verjaarspartijtje geweest toen ik klein was. In die bowlingzaal. Maar die is er nu natuurlijk niet meer, zoals je zei.

De schrijver nam een slok bier en vroeg: Wat vind je van Trinity, voel je je een beetje thuis?

Connell keek naar Sadie aan de andere kant van de tafel. De bedeltjes aan haar armband rinkelden tegen elkaar.

Lastig om mijn plek te vinden, eerlijk gezegd, zei Connell.

De schrijver knikte weer. Misschien is dat niet eens verkeerd, zei hij. Goed voor een eerste verhalenbundel.

Connell lachte en sloeg zijn blik neer. Hij snapte wel dat het een grapje was, maar het was een fijne gedachte dat hij misschien niet voor niets leed.

Hij weet dat veel literaire mensen aan de universiteit boeken voornamelijk beschouwen als middel om een ontwikkelde indruk te maken. Toen iemand die avond in de Stag's Head over het protest tegen de bezuinigingen was begonnen, hief Sadie haar handen in de lucht en riep: Alsjeblieft, geen politiek! Connells aanvankelijke inschatting van de lezing werd niet ontkracht. Dit was cultuur als bevestiging van klasse, literatuur als fetisj die gestudeerde mensen in staat stelt een plaatsvervangende emotionele reis te maken en zich achteraf verheven te voelen boven de onontwikkelde mensen over wier emotionele reis ze met zoveel plezier hebben gelezen. Zelfs als de schrijver zelf een goed mens was en zelfs als zijn boek echt van inzicht getuigde, werden uiteindelijk alle boeken toch als statussymbolen in de markt gezet en deden alle schrijvers tot op zekere hoogte mee aan die markt. Waarschijnlijk was dat het verdienmodel van de branche. Literatuur, zoals die bij openbare lezingen werd gepresenteerd, was niet bruikbaar als vorm van verzet tegen wat dan ook. Toch las Connell die avond toen hij thuiskwam zijn aantekeningen door voor het nieuwe verhaal dat hij wilde schrijven en voelde hij weer het oude kloppende plezier in zijn lichaam, net als wanneer je een volmaakte goal ziet of de ritselende beweging van het licht door de bladeren van de bomen waarneemt of een flard muziek uit een voorbijrijdende auto hoort. Ondanks alles biedt het leven soms momenten van vreugde.

VIER MAANDEN LATER

(JULI 2014)

Haar ogen gaan steeds verder dicht, totdat de televisie alleen een groene rechthoek is met gapend licht langs de randen. Val je in slaap? vraagt hij. Na een korte stilte antwoordt ze: Nee. Hij neemt een slokje cola en de restjes ijs rinkelen zacht in zijn glas. Haar lichaam voelt zwaar op de matras. Ze ligt in Connells kamer in Foxfield en kijkt naar Nederland-Costa Rica om een plaats in de halve finale van de Wereldbeker. Zijn kamer ziet er nog net zo uit als in hun schooltijd, al is er sindsdien een hoekje van de poster van Steven Gerrard losgeraakt en omgekruld. Maar verder is alles hetzelfde: de lampenkap, de groene gordijnen, zelfs de kussenslopen met de gestreepte randjes.

Ik kan je in de rust wel thuisbrengen, zegt hij.

Even geeft ze geen antwoord. Haar ogen gaan knipperend dicht en dan weer open, wijder, zodat ze de spelers over het veld ziet bewegen.

Zit ik je in de weg? vraagt ze.

Helemaal niet. Maar zo te zien heb je slaap.

Mag ik een slokje cola?

Hij geeft haar het glas en ze gaat rechtop zitten om te drinken. Ze voelt zich net een klein kind. Ze heeft een droge mond en de drank is koud en smaakloos op haar tong. Ze neemt twee enorme slokken, geeft het glas weer terug en veegt haar lippen af met de rug van haar hand. Hij pakt het glas aan zonder zijn blik van de tv af te wenden.

Zo, jij had dorst, zegt hij. Er staat beneden in de ijskast nog meer als je wilt.

Ze schudt haar hoofd en gaat weer liggen met haar handen achter haar hoofd.

Waar was je gisteravond ineens? vraagt ze.

O, ik weet niet, ik was even gaan roken.

Heb je dat meisje nog gezoend?

Nee, zegt hij.

Marianne sluit haar ogen en waaiert zich koelte toe met haar hand. Ik heb het echt warm, zegt ze. Vind jij het hier niet benauwd?

Zet het raam maar open als je wilt.

Ze probeert over het bed naar het raam te kronkelen en de knop te pakken zonder rechtop te gaan zitten. Dan wacht ze af of Connell het van haar overneemt. Hij werkt deze zomer in de bibliotheek, maar sinds zij terug is, gaat hij elk weekend naar Carricklea. Dan rijden ze samen rond, naar Strandhill of naar de waterval van Glencar. Connell bijt veel op zijn nagels en praat weinig. De vorige maand heeft ze gezegd dat hij zich niet verplicht moest voelen om haar op te zoeken als hij geen zin had, waarop hij toonloos had geantwoord: Dat is het enige waar ik me nog op kan verheugen. Nu gaat ze rechtop zitten en zet zelf het raam open. Het daglicht verdwijnt al maar de lucht voelt zacht en stil.

Hoe heette ze ook weer? vraagt ze. Dat meisje achter de bar.

Niamh Keenan.

Ze vindt je leuk.

Ik geloof niet dat we veel gedeelde interesses hebben, zegt hij. Eric zocht je trouwens gisteravond, heb je hem nog gezien?

Marianne gaat in kleermakerszit tegenover Connell zitten. Hij leunt tegen het hoofdeind en laat het glas cola op zijn borst rusten.

Ja, zegt ze. Heel raar.

Hoezo, wat was er dan?

Hij was ontzettend dronken. Ik weet niet. Hij had blijkbaar besloten dat hij zijn excuses wilde aanbieden voor zijn gedrag vroeger op school.

Echt? zegt Connell. Ja, raar.

Hij kijkt weer naar de televisie, dus voelt ze zich vrij om zijn gezicht gedetailleerd te bestuderen. Hij merkt het waarschijnlijk wel, maar is zo beleefd niets te zeggen. Het lampje naast zijn bed verspreidt een zacht licht over zijn trekken, de fijne jukbeenderen, het van concentratie licht gefronste voorhoofd, het waasje zweet op zijn bovenlip. Zich verdiepen in de aanblik van Connells gezicht bezorgt Marianne altijd een zeker genoegen, dat gekleurd kan worden door allerlei andere gevoelens, afhankelijk van de nuances in de interactie van gesprek en sfeer. Zijn uiterlijk is voor haar net zoiets als een favoriet muziekstuk dat elke keer dat ze het hoort een klein beetje anders klinkt.

Hij had het nog een tijdje over Rob, zegt ze. Hij zei dat Rob ook zijn excuses zou hebben willen aanbieden. Het was niet helemaal duidelijk of Rob zoiets echt tegen hem had gezegd of dat het psychologische projectie van Eric was.

Eerlijk gezegd weet ik zeker dat Rob zijn excuses had willen aanbieden.

Dat hoop ik niet. Vreselijk. Ik hoop dat hij daar geen bezwaard geweten over had. Ik heb het hem nooit nagedragen. Het stelde toch niets voor, we waren kinderen.

Het stelde wel degelijk iets voor, zegt Connell. Hij pestte je.

Marianne zegt niets. Het is waar, ze werd gepest. Eric zei een keer waar iedereen bij was dat ze 'plat' was en Rob kwam lachend naar Eric toe en fluisterde iets in zijn oor, een bevestiging of een nieuwe belediging, te vulgair om hardop te zeggen. Bij de begrafenis, in januari, had iedereen het erover dat Rob zo'n prachtmens was, zo vol leven, zo'n toegewijde zoon enzovoort. Maar hij was ook heel onzeker, geobsedeerd met populariteit, en die radeloosheid maakte hem wreed. Niet voor het eerst bedenkt Marianne dat wreedheid niet alleen het slachtoffer, maar ook de dader beschadigt, en die laatste misschien nog wel dieper en blijvender. Als je gepest wordt, leer je daarvan niets diepzinnigs over jezelf, maar als je iemand anders pest, leer je iets wat je nooit meer vergeet.

Na de begrafenis heeft ze hele avonden door Robs Facebookpagina gescrold. Allemaal mensen van school hadden op zijn tijdlijn geschreven dat ze hem zo misten. Waarom deden ze dat, dacht Marianne, schrijven op de tijdlijn van iemand die dood is? Wat betekenden die berichten, die reclamespots van gemis eigenlijk? Wat is eigenlijk de etiquette in zo'n geval: zet je er dan een bevestigende 'like' bij? Scrol je door, op zoek naar iets beters? Maar Marianne maakte zich in die tijd kwaad over alles. Als ze er nu aan terugdenkt, snapt ze niet meer waar ze zich druk over maakte. Niet een van die mensen had iets misdaan. Het was gewoon rouw. Natuurlijk sloeg het nergens op om op zijn Facebookpagina te schrijven, maar al het andere sloeg ook nergens op. Als mensen in hun verdriet zinloze dingen lijken te doen, dan is dat alleen omdat het hele leven zinloos is en dat die waarheid door dat verdriet wordt onthuld. Ze had Rob graag willen vergeven, ook al had dat niets voor hem betekend. Als ze nu aan hem denkt, is dat altijd met verborgen gezicht, afgewend, achter de deur van zijn kastje, achter het dichte raampje van zijn auto. Wie was je? denkt ze nu er niemand meer is die antwoord kan geven.

Heb je zijn excuses aanvaard? vraagt Connell.

Ze knikt en kijkt naar haar nagels. Natuurlijk, zegt ze. Ik ben niet haatdragend.

Daar bof ik mee, antwoordt hij.

De eerste helft wordt afgefloten en de spelers lopen langzaam met gebogen hoofd over het veld. Het staat nog nul-nul. Ze veegt met haar vingers haar neus af. Connell gaat rechtop zitten en zet zijn glas op het nachtkastje, Ze denkt dat hij haar een lift naar huis gaat aanbieden, maar hij vraagt: Heb je trek in een ijsje? Ja, zegt ze. Zo terug, zegt hij. Hij laat de deur van zijn kamer openstaan.

Marianne woont weer thuis, voor het eerst sinds ze van school is. Haar moeder en broer zijn de hele dag naar hun werk en Marianne heeft niets anders te doen dan in de tuin naar de insecten te kijken die over de grond wriemelen. Binnen zet ze koffie, veegt de vloer, stoft oppervlakken af. Het is thuis nooit meer echt schoon, want Lorraine heeft tegenwoordig een volledige baan in het hotel en is nooit vervangen. Zonder Lorraine is het niet prettig in huis. Soms gaat Marianne een dagje naar Dublin en loopt ze samen met Joanna met blote armen door Gallery The Hugh Lane en drinkt water uit een flesje. Evelyn, Joanna's geliefde, gaat ook mee als ze niet moet studeren of werken en is altijd angstvallig aardig tegen Marianne en luistert geïnteresseerd naar haar leven. Marianne is zo blij voor Joanna en Evelyn dat ze zich zelfs al gelukkig prijst als ze hen samen ziet, zelfs als ze Joanna aan de telefoon vrolijk tegen Evelyn hoort zeggen: Oké, hou van je, tot straks. Dat is voor Marianne een venster naar echt geluk, al krijgt ze het zelf niet open en kan ze er niet doorheen klimmen.

Een paar weken daarvoor was ze met Connell en Niall naar een demonstratie tegen de Gaza-oorlog geweest. Er waren duizenden mensen op de been met borden, megafoons en spandoeken. Op dat moment wilde Marianne dat haar leven iets betekende, ze wilde alle geweld van sterken tegen zwakken een halt toeroepen en ze herinnerde zich een tijd, jaren geleden, dat ze zich zo intelligent en jong en krachtig voelde dat ze dat bijna had kunnen bereiken, en nu weet ze dat ze die macht helemaal niet heeft en zal leven en sterven in een wereld vol extreem geweld tegen onschuldigen terwijl ze hoogstens een paar mensen kan helpen. Het was zoveel moeilijker zich te verzoenen met de gedachte een enkeling te helpen, alsof ze liever helemaal niemand zou helpen dan zoiets nietigs en onbeduidends te doen, maar dat was het ook niet. De demonstratie was heel luidruchtig en traag, massa's mensen sloegen op trommels en scandeerden van alles, maar niet tegelijk, en de versterking knetterde aan en uit. Ze liepen over de O'Connell Bridge en de Liffey kabbelde onder hen door. Het was warm. Mariannes schouders waren verbrand.

Die avond bracht Connell haar met de auto terug naar Carricklea, al zei ze dat ze wel met de trein ging. Ze waren allebei heel moe. Terwijl ze door Longford reden, stond de radio aan, ze draaiden een nummer van White Lies dat populair was toen ze nog op school zaten, en zonder aan de volumeknop te draaien of harder te praten om boven de radio uit te komen zei Connell: Je weet dat ik van je hou. Meer niet. Ze zei dat zij ook van hem hield en hij knikte en reed door alsof er niets was gebeurd, en in zekere zin was dat ook zo.

Mariannes broer werkt tegenwoordig voor de gemeenteraad. 's Avonds komt hij thuis en sluipt dan door het huis, op zoek naar haar. In haar kamer hoort ze dat hij het is omdat hij binnen altijd zijn schoenen aanhoudt. Als hij haar in de woonkamer of in de keuken niet ziet, klopt hij op haar deur. Ik wil gewoon met je praten, zegt hij. Waarom doe je alsof je bang voor me bent? Kunnen we niet even praten? Dan moet ze opendoen en dan wil hij het over een ruzie van de vorige avond hebben, en dan zegt ze dat ze moe is en wil slapen, maar hij gaat pas weg als ze zegt dat het haar spijt, dus dat zegt ze dan maar, en dan zegt hij: Jij denkt dat ik een afschuwelijk iemand ben. Ze vraagt zich af of dat waar is. Ik probeer aardig tegen je te zijn, zegt hij, maar jij wijst me altijd af. Ze denkt niet dat dat waar is, maar ze weet wel dat hij dat waarschijnlijk gelooft. Meestal blijft het daarbij, maar het gebeurt wel de hele tijd, dat en verder niets, en dan zijn er lange, lege doordeweekse dagen waarop ze oppervlakken afstoft en natte sponzen in de gootsteen uitknijpt.

Connell komt weer boven en gooit haar een in glanzend plastic verpakte ijslolly toe. Ze vangt hem op en legt hem tegen haar wang, waar de kou heerlijk tegen uitstraalt. Hij leunt weer tegen het hoofdeind en pakt zijn ijsje uit.

Zie je Peggy nog weleens in Dublin? vraagt ze. Of iemand van dat groepje?

Hij zwijgt en het plastic kraakt tussen zijn vingers. Nee, zegt hij dan. Ik dacht dat je ruzie met ze had, is dat niet zo?

Ik vraag alleen of je nog weleens iets van ze hoort.

Nee. Ik zou ze trouwens toch niet veel te zeggen hebben.

Ze trekt het plastic los en haalt de ijslolly eruit, sinaasappel met vanille. Minuscule vlokjes helder smaakloos ijs op haar tong.

Ik heb wel gehoord dat Jamie niet blij was, voegt Connell eraan toe.

Ik geloof dat hij nogal nare praatjes over me rondstrooit.

Ja. Ik heb hem zelf natuurlijk niet gesproken, maar ik heb wel begrepen dat hij van alles beweert, ja.

Marianne trekt haar wenkbrauwen op alsof ze het amusant vindt. Toen ze de eerste geruchten opving die over haar de ronde deden, vond ze dat helemaal niet grappig. Ze hoorde Joanna uit: wie dat vertelde, wat ze precies zeiden. Joanna wilde niets loslaten. Ze zei dat iedereen over een paar weken weer met iets heel anders bezig zou zijn. Mensen hebben zo'n kinderachtige houding tegenover seksualiteit, zei Joanna. Hun fascinatie voor jouw seksleven is waarschijnlijk fetisjistischer dan alles wat jij ooit hebt gedaan. Marianne is zelfs naar Lukas gegaan om hem al zijn foto's van haar te laten wissen en hij had er trouwens nooit een online gezet. De schaamte omhulde haar als een doodskleed. Ze kon er nauwelijks doorheen kijken. Het kleed belette haar adem te halen en prikte op haar huid. Haar leven leek afgelopen. Hoelang had ze dat gevoel gehad? Twee weken? Langer? Toen ging het weg, er was een kort hoofdstuk in haar leven afgelopen en ze had het overleefd, het was achter de rug.

Daar heb je me nooit iets over verteld, zegt ze nu tegen Connell.

Ach, ik had wel gehoord dat Jamie kwaad was omdat je het had uitgemaakt en dat hij allemaal onzin over je vertelde. Maar dat is niet eens roddel, dat is gewoon zo'n jongensding. Ik dacht niet dat iemand het interessant vond.

Ik zie het meer als een geval van reputatieschade.

Waarom zou Jamies reputatie dan niet beschadigd zijn? vraagt Connell. Hij was tenslotte degene die dat allemaal met jou deed.

Ze kijkt op. Connell heeft zijn ijslolly al op. Hij speelt met het droge houten stokje tussen zijn vingers. Zij heeft nog wat over, afgelikt tot een glad bolletje vanille-ijs dat glanst in het licht van het leeslampje.

Voor een man is het anders, zegt ze.

Ja. Dat begin ik ook door te krijgen.

Marianne likt haar stokje schoon en kijkt er even naar. Connell zwijgt even en probeert dan: Toch fijn dat Eric je zijn excuses heeft aangeboden.

Ja, zegt ze. Sinds ik terug ben zijn de mensen van school heel aardig. Al neem ik nooit de moeite ze op te zoeken.

Misschien zou je dat eens moeten doen.

Hoezo, vind je me ondankbaar?

Nee, ik bedoel alleen dat het hier nogal eenzaam voor je is, zegt hij.

Ze denkt even na met het stokje tussen wijs- en middelvinger.

Dat ben ik gewend, zegt ze. Ik ben mijn hele leven eigenlijk al eenzaam.

Connell knikt en fronst zijn wenkbrauwen. Ja, zegt hij. Ik snap wat je bedoelt.

Met Helen was je niet eenzaam, toch?

Ik weet niet. Soms wel. Ik voelde me bij haar niet altijd helemaal mezelf.

Marianne ligt nu op haar rug met haar hoofd op het kussen en haar blote benen uitgestrekt over het dekbed. Ze staart naar de plafondlamp, dezelfde lampenkap van jaren geleden, stoffig groen.

Connell, zegt ze. Weet je nog, gisteren, toen we aan het dansen waren?

Ja.

Even wil ze hier alleen maar blijven liggen, de intense stilte laten voortduren, naar de lamp kijken en genieten van de zintuiglijke aanwezigheid in deze kamer met hem, hem tegen haar laten praten, maar de tijd staat niet stil.

Wat is daarmee? vraagt hij.

Deed ik toen iets wat je irritant vond?

Nee. Hoe bedoel je?

Je liep weg en liet me zomaar staan, zegt ze. Ik voelde me nogal opgelaten. Ik dacht dat je misschien naar die Niamh was of zo, daarom vroeg ik dat. Ik weet niet.

Ik liep niet zomaar weg. Ik vroeg: zullen we buiten gaan roken en jij zei nee.

Ze leunt op haar ellebogen en kijkt hem aan. Hij bloost nu, zijn oren zijn rood.

Nee, je vroeg niets, zegt ze. Je zei: Ik ga even roken, en toen liep je weg.

Nee, ik vroeg of je mee ging roken en jij schudde je hoofd.

Misschien had ik je verkeerd verstaan.

Dat kan haast niet, zegt hij. Ik herinner me heel duidelijk wat ik zei. Maar de muziek stond erg hard, moet ik toegeven.

Er valt weer een stilte. Marianne laat zich weer achterover zakken, kijkt weer naar de lamp en voelt dat haar gezicht gloeit.

Ik dacht dat je kwaad op me was, zegt ze.

Nou, sorry, maar echt niet.

Hij zwijgt even en voegt er dan aan toe: Ik denk dat onze vriendschap stukken makkelijker zou zijn als, eh… als sommige dingen anders waren.

Ze brengt een hand naar haar voorhoofd. Hij gaat niet verder.

Als wát anders was? vraagt ze.

Ik weet niet.

Ze hoort zijn ademhaling. Ze heeft het gevoel dat ze hem in een hoek heeft gedreven en ze wil niet harder duwen dan ze al heeft gedaan.

Ik zal er niet over liegen, zegt hij, ik voel me duidelijk tot je aangetrokken. Ik wil niets goedpraten. Ik heb alleen het gevoel dat het minder verwarrend zou zijn als dat er niet was.

Ze brengt haar hand naar haar ribben, voelt haar middenrif traag omhoogkomen.

Denk je dat het beter zou zijn als we nooit iets met elkaar hadden gehad? vraagt ze.

Ik weet niet. Ik kan me mijn leven moeilijk zonder voorstellen. Ik weet bijvoorbeeld niet of ik dan wel was gaan studeren of waar ik nu zou zijn.

Die gedachte laat ze even bezinken. Haar vlakke hand rust op haar buik.

Gek, de beslissingen die je neemt omdat je iemand leuk vindt, zegt hij, en dat je hele leven daarna anders wordt. Ik denk dat we op de rare leeftijd zijn waarop de kleinste beslissingen je hele leven kunnen omgooien. Maar al met al heb je een erg goede invloed op me gehad, ik geloof dat ik echt een beter mens ben geworden. Dankzij jou.

Ze ligt te ademen. Haar ogen branden, maar ze maakt geen aanstalten ze aan te raken.

In ons eerste jaar, toen we samen waren, zegt ze, was je toen eenzaam?

Nee. Jij?

Nee. Soms wel gefrustreerd, maar niet eenzaam. Ik voel me nooit eenzaam als ik bij jou ben.

Nee, zegt hij. Eerlijk gezegd was dat een volmaakte periode in mijn leven. Ik geloof niet dat ik daarvoor ooit echt gelukkig was geweest.

Ze drukt hard op haar buik, drukt de lucht uit haar lichaam en ademt dan in.

Ik wilde gisteravond echt dat je me zoende, zegt ze.

O.

Haar borst gaat omhoog en langzaam weer omlaag.

Ik ook, zegt hij. Ik denk dat we elkaar verkeerd begrepen.

Geeft niet.

Hij schraapt zijn keel.

Ik weet niet wat het beste voor ons is, zegt hij. Ik vind het natuurlijk fijn dat je dat allemaal zegt. Maar aan de andere kant is het in het verleden nooit goed afgelopen met ons. Je bent mijn beste vriendin en dat zou ik voor geen goud willen missen.

Ik snap wat je bedoelt.

Haar ogen zijn nu nat en ze moet wrijven om te voorkomen dat haar tranen gaan stromen.

Mag ik er nog even over denken? vraagt hij.

Natuurlijk.

Je moet niet denken dat ik het niet waardeer.

Ze knikt en veegt met haar vingers haar neus af. Ze vraagt zich af of ze op haar zij kan gaan liggen met haar gezicht naar het raam, zodat hij haar niet kan zien.

Je hebt me altijd zo gesteund, zegt hij. Toen ik die depressie had en alles, niet dat ik daar te lang bij wil stilstaan, maar je hebt me echt enorm geholpen.

Je bent me niets verschuldigd.

Nee, weet ik. Dat bedoel ik niet.

Ze gaat rechtop zitten, zwaait haar voeten van het bed af en houdt haar handen voor haar gezicht.

Nu maak je me ongerust, zegt hij. Ik hoop niet dat je het gevoel hebt dat ik je afwijs.

Maak je niet ongerust. Het is goed. Maar ik ga nu naar huis als je het niet erg vindt.

Ik breng je wel.

Dan mis je de tweede helft, zegt ze. Ik ga wel lopen, het is oké.

Ze begint haar schoenen aan te trekken.

Eerlijk gezegd was ik die hele wedstrijd vergeten, zegt hij.

Maar hij staat niet op en zoekt niet naar zijn sleutels. Ze staat op en strijkt haar rok glad. Hij zit op zijn bed naar haar te kijken met een aandachtige, bijna zenuwachtige uitdrukking op zijn gezicht.

Oké, zegt ze. Doei.

Hij grijpt naar haar hand en zonder na te denken steekt ze hem toe. Even houdt hij haar hand vast en strijkt met zijn duim over haar knokkels, Dan brengt hij hem naar zijn mond en kust hem. Ze voelt zich aangenaam verpletterd onder het gewicht van zijn macht over haar, de uitgestrekte, extatische diepte van haar verlangen hem te behagen. Dat is lief, zegt ze. Hij knikt. Ze voelt een lage, genotvolle pijn in haar lichaam, in haar bekken, in haar rug.

Ik ben gewoon zenuwachtig, zegt hij. Je merkt toch wel dat ik niet wil dat je weggaat.

Met een klein stemmetje zegt ze: Ik vind het niet zo duidelijk wat jij wilt.

Hij komt overeind en gaat voor haar staan. Als een afgericht dier blijft ze stokstijf staan. Al haar zenuwen zijn wakker. Ze kan wel hardop janken. Hij legt zijn handen op haar heupen en zij laat haar open mond kussen. Het is zo'n overweldigende sensatie dat ze er duizelig van wordt.

Ah, ja, dit wil ik, zegt ze.

Fijn om je dat te horen zeggen. Ik zet de tv uit als je het goed vindt.

Ze gaat op het bed zitten en hij zet de televisie uit. Hij komt naast haar zitten en ze zoenen weer. Zijn aanraking werkt verdovend. Er komt een weldadige domheid over haar en ze wil niets liever dan haar kleren uittrekken. Ze ligt nu op het dekbed en hij buigt zich over haar heen. Dat is jaren geleden. Ze voelt zijn pik hard tegen haar heup drukken en ze huivert van de meedogenloze kracht van haar begeerte.

Hm, zegt hij. Ik heb je gemist.

Zo is het nooit met anderen.

Ik vind jou een stuk leuker dan al die anderen.

Hij kust haar weer en ze voelt zijn handen over haar lichaam. Ze is een kloof waar hij in kan, een lege ruimte die hij kan vullen. Blind, werktuigelijk begint ze zich uit te kleden en ze hoort dat hij zijn riem losmaakt. De tijd lijkt zo elastisch, uitgerekt door geluid en beweging. Ze ligt op haar buik en drukt haar gezicht in de matras, en hij raakt de achterkant van haar dij aan. Haar lichaam is niet meer dan een bezit dat weliswaar op verschillende manieren is doorgegeven en misbruikt, maar dat toch altijd van hem is geweest, en het voelt alsof ze het nu aan hem teruggeeft.

Ik heb geen condooms, zegt hij.

Geeft niet, ik ben aan de pil.

Hij raakt haar haar aan. Ze voelt zijn vingertoppen zacht in haar nek.

Wil je het zo? vraagt hij.

Zoals jij wilt.

Hij gaat op haar liggen met één hand op de matras naast haar gezicht en de andere in haar haar.

Ik heb dit al een tijdje niet gedaan, zegt hij.

Geeft niet.

Als hij in haar is, hoort ze haar eigen stem roepen, vreemde, rauwe kreten. Ze wil hem vasthouden maar kan het niet en voelt haar rechterhand hulpeloos in het dekbed klauwen. Hij buigt zich naar haar toe met zijn gezicht iets dichter bij haar oor.

Marianne? zegt hij. Zullen we dit weer doen, volgend weekend en zo?

Wanneer je maar wilt.

Hij pakt haar bij haar haar, trekt er niet aan, maar houdt het alleen in zijn hand. Wanneer ik wil, echt? vraagt hij.

Je mag alles met me doen wat je wilt.

Hij maakt een keelgeluidje en drukt zich dichter tegen haar aan. Fijn, zegt hij.

Haar stem klinkt nu hees. Vind je het fijn als ik dat zeg? vraagt ze.

Ja, heel fijn.

Wil je zeggen dat ik van jou ben?

Hoe bedoel je? vraagt hij.

Ze zegt niets, hijgt alleen in het dekbed en voelt haar eigen adem op haar gezicht. Hij wacht tot ze antwoord geeft.

Wil je me slaan? vraagt ze.

Heel even hoort ze niets, zelfs zijn adem niet.

Nee, zegt hij. Dat denk ik niet. Sorry.

Ze zwijgt.

Vind je dat erg? vraagt hij.

Ze zwijgt nog steeds.

Wil je stoppen? vraagt hij.

Ze knikt. Ze voelt dat hij van haar af gaat. Ze voelt zich weer leeg en plotseling koud. Hij gaat op het bed zitten en trekt het dekbed over zich heen. Zij blijft op haar buik liggen, roerloos, ze kan zich geen mogelijke beweging voorstellen.

Gaat het? vraagt hij. Sorry, maar dat wilde ik niet, het leek me zo raar. Ik bedoel niet raar, maar... ik weet niet. Het leek me geen goed idee.

Haar borsten doen pijn doordat ze er zo lang op heeft gelegen en haar gezicht prikt.

Vind je mij raar? vraagt ze.

Dat zeg ik niet. Ik bedoel alleen, nou ja, ik wil niet dat het raar wordt tussen ons.

Ze heeft het nu verschrikkelijk warm, een zure hitte die zich verspreidt over haar huid en die ze in haar ogen voelt. Ze gaat rechtop zitten met haar gezicht naar het raam en strijkt haar haar naar achteren.

Ik denk dat ik nu maar naar huis ga als dat goed is, zegt ze.

Ja. Als je dat wilt.

Ze zoekt haar kleren en trekt ze aan. Hij begint zich ook aan te kleden, hij zegt dat hij haar dan tenminste naar huis brengt, maar zij zegt dat ze wil lopen. Het wordt een kluchtige strijd wie zich het eerste kan aankleden, en omdat zij een voorsprong heeft is ze eerder klaar en rent de trap af. Tegen de tijd dat zij de voordeur achter zich dichttrekt is hij pas op de overloop. Buiten op straat voelt ze zich net een mokkend kind dat met de deur slaat terwijl hij de overloop op rent. Er kwam opeens iets over haar, ze weet niet wat het was. Het doet denken aan het gevoel dat ze in Zweden had, een soort nietsheid, alsof er geen leven in haar zit. Ze haat degene die ze is geworden en die geen macht heeft om iets aan zichzelf te veranderen. Ze is iemand die zelfs Connell afstotelijk vindt, ze is verder gegaan dan hij kan verdragen. Op school zaten ze in hetzelfde schuitje, allebei verward en ongelukkig, en sindsdien gelooft ze dat het weer hetzelfde zou worden als ze daar samen terug konden komen. Nu weet ze dat Connell zich in de tussenliggende jaren langzaam maar zeker aan de wereld heeft aangepast, een geleidelijk, hoewel soms pijnlijk proces, terwijl zijzelf is gedegenereerd, steeds verder van het normale afgedreven, onherkenbaar afgezakt. Dat ze niets meer gemeen hebben.

Als ze thuiskomt is het na tienen. De auto van haar moeder staat niet op de oprit en binnen is het koel in de hal, het huis klinkt leeg. Ze trekt haar sandalen uit en zet ze in het rek, hangt haar tas aan een haakje en kamt haar haar met haar vingers.

Aan het andere eind van de gang komt Alan uit de keuken met een flesje bier in zijn hand.

Waar de fuck heb jij gezeten? vraagt hij.

Bij Connell.

Hij gaat voor de trap staan en het flesje bungelt langs zijn zij.

Daar moet je niet naartoe gaan, zegt hij.

Ze haalt haar schouders op. Ze weet dat er een confrontatie aankomt en dat ze die niet meer kan tegenhouden. Die komt al van alle kanten op haar af en door geen enkele beweging, door geen ontwijkend gebaar, kan ze er nog aan ontkomen.

Ik dacht dat je hem zo aardig vond, zegt Marianne. Vroeger op school in elk geval wel.

Ja, hoe had ik moeten weten dat hij ziek in zijn hoofd is? Hij gebruikt medicijnen en alles, wist je dat niet?

Momenteel gaat het best goed met hem, vind ik.

Waarom hangt hij dan om jou heen? vraagt Alan.

Dat zou je aan hem moeten vragen.

Ze probeert de trap te bereiken, maar Alan legt zijn vrije hand op de leuning.

Ik wil niet dat de mensen beweren dat die gek het met mijn zus doet, zegt Alan.

Mag ik nu naar boven alsjeblieft?

Alan knijpt hard in zijn bierflesje. Ik wil niet dat je daar weer naartoe gaat, zegt hij. Ik waarschuw je. Er wordt in het dorp over je gepraat.

Ik kan me niet voorstellen hoe mijn leven eruit zou zien als ik me iets van zulke praatjes aantrok.

Voordat ze ziet wat er gebeurt heeft Alan zijn arm opgetild en gooit hij het flesje naar haar hoofd. Het spat achter haar op de tegels uit elkaar. Ergens weet ze wel dat het niet zijn bedoeling kan zijn geweest haar te raken; ze staan nog geen meter uit elkaar en hij heeft haar helemaal gemist. Toch rent ze langs hem naar boven. Ze voelt haar lichaam door de koele lucht schieten. Hij draait zich om en komt achter haar aan, maar ze is al in haar kamer en duwt hard tegen de deur voordat hij haar heeft ingehaald. Hij probeert de deurknop en ze moet zich inspannen om te voorkomen dat hij er beweging in krijgt. Dan schopt hij tegen de deur. Haar lichaam trilt van de adrenaline.

Gestoorde freak! roept hij. Doe godverdomme die deur open, ik heb je niets gedaan!

Met haar voorhoofd tegen de koele nerf van het hout roept ze: Laat me alsjeblieft met rust. Ga naar bed, oké? Ik ruim het beneden wel op, ik zeg niets tegen Denise.

Doe open, zegt hij.

Marianne leunt met haar volle gewicht tegen de deur, knijpt haar ogen dicht en houdt de knop met twee handen vast. Al sinds haar vroegste jeugd is haar leven abnormaal, dat weet ze. Maar er is zoveel door de tijd toegedekt, zoals elk jaar de bladeren vallen en de aarde bedekken totdat ze daar ten slotte in opgaan. De dingen die haar vroeger zijn overkomen, liggen begraven in de aarde van haar lichaam. Ze doet haar best om een goed mens te zijn.

Maar diep vanbinnen weet ze dat ze slecht is, verpest, verkeerd, en al haar inspanningen om het goed te doen, de juiste mening te hebben, de juiste dingen te zeggen, verhullen alleen wat er in haar begraven ligt, het kwaadaardige deel van haar.

Abrupt voelt ze de deurknop uit haar hand glijden en voordat ze achteruit kan stappen, vliegt de deur open. Ze hoort gekraak als hij tegen haar gezicht aan komt en ze krijgt een vreemd gevoel in haar hoofd. Ze deinst terug als Alan binnenkomt. Er is een gerinkel, maar dat is niet zozeer een geluid als een lichamelijk gevoel, alsof er twee denkbeeldige metalen platen ergens in haar schedel langs elkaar schuren. Ze heeft een loopneus. Ze is zich ervan bewust dat Alan in haar kamer is. Haar hand gaat naar haar gezicht. Haar neus loopt echt heel erg. Ze haalt haar hand weg en ziet dat haar vingers onder het bloed zitten, warm, nat bloed. Alan zegt iets. Het bloed komt blijkbaar uit haar gezicht. Ze ziet alles vaag, diagonaal, en het rinkelende gevoel wordt sterker.

Ga je mij daar nu de schuld van geven? vraagt Alan.

Ze brengt haar hand weer naar haar neus. Het bloed stroomt zo snel uit haar gezicht dat ze het met haar vingers niet kan stelpen. Het loopt over haar mond en langs haar kin, dat voelt ze. Ze ziet het in zware druppels op de blauwe vezels van het vloerkleed vallen.

VIJF MINUTEN LATER

(JULI 2014)

In de keuken haalt hij een blikje bier uit de ijskast en hij gaat aan tafel zitten om het open te trekken. Dan gaat de voordeur open en hij hoort Lorraines sleutels. Hé, zegt hij zo hard dat ze het hoort. Ze komt binnen en trekt de keukendeur dicht. Op het linoleum klinken haar schoenen kleverig, als het natte geluid van lippen die elkaar loslaten. Hij ziet een dikke nachtvlinder roerloos op de plafondlamp zitten. Lorraine legt haar hand zacht op zijn hoofd.

Is Marianne naar huis? vraagt ze.

Ja.

Hoe was de wedstrijd?

Ik weet niet, zegt hij. Penalty's, geloof ik.

Lorraine trekt een stoel bij en gaat naast hem zitten. Ze haalt de speldjes uit haar haar en legt ze op tafel. Hij neemt een slok bier en laat het in zijn mond lauw worden voordat hij het doorslikt. De nachtvlinder boven hun hoofd beweegt met zijn vleugels. Het rolgordijn boven het aanrecht is open en hij ziet de vage zwarte omtrek van de bomen die zich tegen de lucht aftekenen.

Ik heb ook een fijne dag gehad, lief dat je het vraagt, zegt Lorraine.

Sorry.

Je ziet er een beetje terneergeslagen uit. Is er iets gebeurd?

Hij schudt zijn hoofd. Vorige week heeft Yvonne gezegd dat hij 'vooruitging'. Hulpverleners gebruiken altijd van die hygiënische termen, schoongeveegde woorden zonder connotatie, seksloos. Ze vroeg naar zijn 'thuisgevoel'. Je zei eerst dat je je heen en weer geslingerd voelde tussen twee omgevingen, zei ze, dat je thuis niet meer thuishoorde en hier ook niet. Heb je dat nog steeds? Hij had alleen zijn schouders opgehaald. De medicatie doet zijn chemische werk in zijn brein, wat hij zelf ook doet of zegt. Hij staat elke ochtend op en gaat onder de douche, hij gaat naar zijn werk in de bibliotheek, hij fantaseert niet meer dat hij van een brug af springt. Hij neemt zijn medicatie in, het leven gaat door.

De haarspeldjes liggen op tafel en Lorraine woelt haar haar los met haar vingers.

Heb je het gehoord? Isa Gleeson is zwanger, zegt ze.

Ja.

Je oude vriendinnetje.

Hij pakt het blikje bier op en weegt het in zijn hand. Isa was zijn eerste vriendinnetje, zijn eerste ex-vriendinnetje. Toen het uit was, belde ze 's avonds vaak op de vaste telefoon en dan nam Lorraine op. In zijn kamer, onder de dekens, hoorde hij Lorraine zeggen: Het spijt me, lieverd, hij kan nu niet aan de telefoon komen. Misschien moet je maar wachten tot morgen op school. Toen ze wat met elkaar hadden, droeg ze een beugel, maar die zal ze nu wel niet meer hebben. Isa, ja. Hij werd verlegen van haar. Ze deed zulke stomme dingen om hem jaloers te maken, maar ze speelde de vermoorde onschuld alsof ze geen van tweeën doorhadden waar ze mee bezig was; misschien dacht ze echt dat hij het niet zag of misschien zag ze het zelf niet. Vreselijk vond hij dat. Hij trok zich steeds meer terug en maakte het op het laatst per sms uit. Hij heeft haar in geen jaren gezien.

Ik snap niet dat ze het wil houden, zegt hij. Denk je dat ze zo'n anti-abortusactivist is?

O, dus dat is de enige reden waarom vrouwen een kind krijgen? Vanwege een achterlijk politiek idee?

Nou, ik heb gehoord dat ze niet met de vader samen is. Ik weet niet eens of ze wel een baan heeft.

Ik had geen baan toen ik jou kreeg, zegt Lorraine.

Hij staart naar het ingewikkelde wit met rode letterpatroon op het bierblikje, de krul van de B die van voren naar achteren en dan weer naar binnen slingert.

En heb je er geen spijt van? vraagt hij. Ik weet wel dat je mijn gevoelens wilt sparen, maar zeg eens eerlijk. Denk je niet dat je een beter leven had gehad als je geen kind had gekregen?

Lorraine kijkt hem nu met een strak gezicht aan.

God, zegt ze. Hoezo? Is Marianne zwanger?

Wat? Nee.

Ze lacht, legt een hand op haar borstbeen. Gelukkig, zegt ze. Jezus.

Ik neem tenminste aan van niet, voegt hij eraan toe. Als het wel zo zou zijn, dan was het niet van mij.

Zijn moeder zit nog steeds met haar hand op haar borst en zegt diplomatiek: Goed, dat gaat mij niet aan.

Hoe bedoel je, denk je dat ik lieg? Er gebeurt heus niets, geloof me.

Even zegt Lorraine niets. Hij neemt nog een slok bier en zet het blikje op tafel. Hij vindt het bijzonder irritant dat zijn moeder denkt dat hij een relatie met Marianne heeft, terwijl ze in geen jaren zo dicht bij elkaar zijn geweest als vanavond en dat draaide erop uit dat hij in zijn eentje op zijn kamer zat te huilen.

Dus je komt elk weekend thuis om je geliefde moeder te zien? vraagt ze.

Hij haalt zijn schouders op. Als je niet wilt dat ik thuiskom, dan kom ik niet meer, zegt hij.

Kom op, zeg.

Ze gaat theezetten. Hij kijkt uitdrukkingsloos toe terwijl ze haar theezakje in haar lievelingsbeker duwt en wrijft weer in zijn ogen. Hij heeft het gevoel dat hij het leven heeft verpest van iedereen die hem ook maar een klein beetje aardig vond.

In april heeft Connell een van zijn korte verhalen, het enige dat hij echt heeft afgemaakt, naar Sadie Darcy-O'Shea gestuurd. Binnen het uur mailde ze terug:

> Connell! Ongelooflijk! Mogen we het publiceren? Alsjeblieft! xxx

Toen hij dat las, bonkte het bloed door zijn hele lijf, luid en hard als een machine. Hij moest gaan liggen en staarde naar het witte plafond. Sadie was de hoofdredacteur van het literaire tijdschrift van de universiteit. Eindelijk kwam hij overeind en schreef terug:

> Blij dat je het mooi vindt maar ik vind het nog niet goed genoeg om te publiceren, maar bedankt.

Sadie antwoordde direct:

> ALSJEBLIEFT? xxx

Connells hele lichaam ging tekeer als een lopende band. Tot dan toe had nog nooit iemand een woord van hem gelezen. Dit was een wild nieuw ervaringslandschap. Hij ijsbeerde een tijd door zijn kamer en masseerde zijn nek. Toen schreef hij:

OK, zullen we het zo doen, je mag het onder pseudoniem publiceren. Maar je moet wel beloven dat je aan niemand vertelt wie het heeft geschreven, ook aan de andere redactieleden niet. OK?

Sadie schreef terug:

haha mysterieus, geweldig! dank je schat! Ik zwijg als het graf xxx

Zijn verhaal verscheen ongeredigeerd in het meinummer. Op de ochtend van verschijnen zag hij het in de Letterenfaculteit liggen en bladerde meteen naar de pagina waar zijn verhaal stond, onder het pseudoniem 'Conor McCready'. Dat lijkt niet eens op een echte naam, dacht hij. Overal om hem heen liepen druk pratende mensen met bekers koffie naar hun ochtendcolleges. Al op de eerste pagina van zijn tekst zag Connell twee fouten. Hij moest het blad even dichtslaan en een paar keer diep ademhalen. Er liepen nog steeds studenten en docenten langs, zonder acht te slaan op zijn innerlijke beroering. Hij sloeg het blad weer open en las door. Nog een fout. Hij kon wel onder een plant kruipen en zich in de aarde begraven. Dat was het dan, het eind van de publicatiekwelling. Omdat niemand wist dat hij het verhaal had geschreven, kon hij niemand om een reactie vragen en hij heeft dus nooit van een levende ziel gehoord of het goed of slecht werd gevonden. Na een tijdje begon hij te geloven dat het alleen was afgedrukt omdat Sadie op dat moment niet genoeg kopij voor het volgende nummer had. Al met al had de ervaring hem meer ellende dan plezier gebracht. Toch had hij twee exemplaren bewaard, een in Dublin en eentje thuis onder zijn matras.

Waarom is Marianne zo vroeg naar huis gegaan? vraagt Lorraine.

Geen idee.

Ben je daarom zo chagrijnig?

Wat wil je daarmee zeggen? vraagt hij. Dat ik wegkwijn zonder haar, bedoel je dat?

Lorraine spreidt haar handen alsof ze wil zeggen dat ze dat niet weet en gaat dan weer zitten wachten tot het water kookt. Nu voelt hij zich opgelaten en dat irriteert hem. Wat er ook tussen hem en Marianne is, er is nooit iets goeds uit voortgekomen. Het heeft alle betrokkenen alleen verwarring en ellende bezorgd. Hij kan Marianne niet helpen, wat hij ook doet. Ze heeft iets angstaanjagends. Een onmetelijke leegte in de kern van haar wezen. Alsof je op de lift wacht, de deuren gaan open en er is niets, alleen de verschrikkelijke donkere leegte van de liftschacht die eindeloos doorgaat. Ze mist een bepaald oerinstinct, zelfverdediging of zelfbehoud, dat andere mensen begrijpelijk maakt. Je leunt ertegen en verwacht weerstand, maar alles valt gewoon voor je ogen weg. Toch zou hij elk moment zijn leven voor haar willen geven en dat is het enige waarvan hij van zichzelf weet dat het hem als mens de moeite waard maakt.

Wat er vanavond is gebeurd, was onvermijdelijk. Hij weet wel hoe hij het kan laten klinken tegenover Yvonne of zelfs tegen Niall of een willekeurige denkbeeldige gesprekspartner: Marianne is masochistisch en Connell is gewoon een aardige jongen die nooit een vrouw zou kunnen slaan. Dat is tenslotte in letterlijke zin wat er speelde. Zij vroeg of hij haar wilde slaan en toen hij nee zei, wilde zij met de seks stoppen. Dat mag dan een feitelijk juiste weergave zijn, maar waarom voelt het dan als een oneerlijke voorstelling van zaken? Wat is het ontbrekende element, het weggelaten deel van het verhaal dat verklaart wat hen zo in de war bracht? Het heeft iets met hun voorgeschiedenis te maken, dat weet hij. Al sinds school begrijpt hij hoeveel macht hij over haar heeft. Hoe ze op zijn blik of zijn aanraking reageert. Zoals haar gezicht kleurt en ze stil wordt alsof ze een bevel afwacht.

Zijn moeiteloze heerschappij over iemand die in de ogen van de anderen zo onkwetsbaar lijkt. Hij heeft zich nooit kunnen verzoenen met het idee dat hij die macht over haar zou kunnen kwijtraken, als de sleutel van een leeg huis dat beschikbaar blijft voor toekomstig gebruik. Die heeft hij zelfs gecultiveerd en dat beseft hij ook.

Wat blijft er dan voor hen over? Er lijkt geen tussenoplossing meer mogelijk. Daarvoor is er te veel tussen hen gebeurd. Dus het is afgelopen, ze zijn niets meer van elkaar? Wat zou dat eigenlijk betekenen, niets meer voor haar zijn? Hij zou haar kunnen ontlopen, maar zodra hij haar weer zou zien, al wisselden ze alleen maar een blik in de gang bij een collegezaal, dan kon die blik niet niets betekenen. En dat zou hij ook nooit willen. Hij heeft oprecht dood gewild, maar hij heeft nooit oprecht gewild dat Marianne hem zou vergeten. Dat is het enige deel van hemzelf dat hij wil beschermen, het deel dat in haar bestaat.

Het water kookt. Lorraine veegt de rij haarspeldjes in haar hand. Sluit haar vuist eromheen en laat ze in haar zak glijden. Ze staat op, schenkt water op haar theezakje, doet er melk bij en zet de fles terug in de ijskast. Hij kijkt naar haar.

Oké, zegt ze. Bedtijd.

Ja. Slaap lekker.

Hij hoort achter zijn rug dat ze de deurknop vastpakt, maar de deur gaat niet open. Hij draait zich om. Ze staat naar hem te kijken.

Ik heb er trouwens geen spijt van, zegt ze. Dat ik een kind heb gekregen. Dat was de beste beslissing van mijn hele leven. Ik hou meer van jou dan van wie of wat ook en ik ben heel trots dat je mijn zoon bent. Ik hoop dat je dat weet.

Hij beantwoordt haar blik. Snel schraapt hij zijn keel.

Ik hou ook van jou, zegt hij.

Welterusten.

Ze doet de deur achter zich dicht. Hij luistert naar haar voetstappen op de trap. Na een paar minuten staat hij op, giet het bodempje bier in de gootsteen en gooit het lege blik zachtjes in de afvalbak.

Op tafel gaat zijn telefoon. Hij staat op trillen, dus hij begint over de tafel te schuiven en vangt het licht. Hij pakt hem voordat hij over de rand gaat en ziet dat het Marianne is. Hij doet niets. Hij kijkt naar het schermpje. Eindelijk neemt hij op.

Hoi, zegt hij.

Hij hoort haar aan de andere kant hard ademen. Hij vraagt of alles goed is.

Sorry, zegt ze. Ik voel me zo stom.

Haar stem klinkt door de telefoon bewolkt, alsof ze heel erg verkouden is of iets in haar mond heeft. Connell slikt en loopt naar het keukenraam.

Over daarstraks? vraagt hij. Daar heb ik ook over zitten denken.

Nee, dat is het niet. Het is zo stom. Ik ben ergens over gestruikeld en ik heb me een beetje bezeerd. Het spijt me dat ik jou daarmee lastigval. Het stelt niets voor. Ik weet alleen niet wat ik moet doen.

Hij legt een hand op het aanrecht.

Waar ben je nu? vraagt hij.

Thuis. Het is niets ernstigs, het doet alleen pijn. Ik snap zelf niet waarom ik je bel. Sorry.

Zal ik je komen halen?

Ze zwijgt. Dan zegt ze gedempt: Ja, graag.

Ik kom eraan, zegt hij. Ik stap nu in de auto, oké?

Hij klemt de telefoon tussen zijn oor en zijn schouder, vist zijn linkerschoen op onder de tafel en trekt hem aan.

Dat is heel lief van je, zegt Marianne in zijn oor.

Tot over een paar minuten. Ik ga nu de deur uit. Oké? Tot zo.

Buiten stapt hij in de auto en start. De radio gaat aan en hij slaat hem met de vlakke hand uit. Er is iets met zijn ademhaling. Hij heeft maar één biertje gedronken, maar hij is nu al weg, niet alert genoeg of te alert, schrikkerig. Het is te stil in de auto, maar de radio, daar moet hij niet aan denken. Zijn handen voelen vochtig tegen het stuur. Hij slaat links af Mariannes straat in en ziet licht branden achter het raam van haar kamer. Hij geeft richting aan en rijdt de lege oprit op. Als hij het portier achter zich sluit, echoot het geluid tegen de stenen voorgevel van het huis.

Hij belt aan en de deur gaat bijna meteen open. Marianne staat met haar rechterhand tegen de deur geleund en houdt met de linker een verfrommelde tissue tegen haar gezicht. Haar ogen zijn gezwollen alsof ze heeft gehuild. Connell ziet dat haar T-shirt, haar rok en een deel van haar linkerpols onder het bloed zitten. De verhoudingen van de visuele omgeving zwalken tussen scherp en onscherp alsof iemand de wereld heeft opgepakt en hard heen en weer schudt.

Wat is er gebeurd? vraagt hij.

Achter haar dreunen voetstappen de trap af. Alsof hij door een kosmische telescoop kijkt ziet Connell haar broer naar beneden komen.

Hoe kom je zo onder het bloed? vraagt Connell.

Ik geloof dat mijn neus gebroken is, zegt ze.

Wie is daar? vraagt Alan achter haar. Wie is er aan de deur?

Moet je naar het ziekenhuis? vraagt Connell.

Ze schudt haar hoofd, zegt dat het niet dringend is, ze heeft het op internet opgezocht. Ze kan morgen wel naar de dokter als het dan nog pijn doet. Connell knikt.

Heeft hij dat gedaan? vraagt Connell.

Ze knikt. Haar ogen staan angstig.

Stap in, zegt Connell.

Ze kijkt hem aan zonder haar handen te verplaatsen. Haar gezicht gaat nog schuil achter de tissue. Hij schudt met de autosleutels.

Vooruit, zegt hij.

Ze haalt haar hand van de deurpost en houdt hem open. Hij legt de sleutels erin en ze komt naar buiten, nog steeds met haar blik op hem gericht.

Waar ga je heen? vraagt Alan.

Connell staat nu binnen. Er trekt een gekleurde nevel over de oprit terwijl hij Marianne ziet instappen.

Wat is hier aan de hand? vraagt Alan.

Als ze veilig in de auto zit, trekt Connell de voordeur dicht en zijn hij en Alan alleen.

Wat doe je? vraagt Alan.

Connells zicht wordt nog vager en hij ziet niet of Alan kwaad of bang is.

Ik moet eens met jou praten, zegt Connell.

Alles wordt nu zo wazig dat hij merkt dat hij zich met een hand aan de deur moet vasthouden om overeind te blijven.

Ik heb niks gedaan, zegt Alan.

Connell loopt naar Alan toe totdat die met zijn rug tegen de trapleuning staat. Hij lijkt nu kleiner en ook bang. Hij roept zijn moeder en kijkt achterom totdat zijn nek niet verder kan, maar er verschijnt niemand boven aan de trap. Connells gezicht is nat van het zweet. Alans gezicht is alleen nog maar een patroon van gekleurde stippen.

Als jij Marianne ooit nog aanraakt, vermoord ik je, zegt hij. Oké? Dat je het weet. Als je nog één keer iets lelijks tegen haar zegt, kom ik hier persoonlijk naartoe en dan maak ik je af. Dat je dat weet.

Connell kan niet erg goed zien of horen, maar hij krijgt de indruk dat Alan huilt.

Heb je dat begrepen? vraagt Connell. Ja of nee?

Ja, zegt Alan.

Connell draait zich om, loopt naar de voordeur en trekt hem achter zich dicht.

In de auto zit Marianne stil te wachten met een hand voor haar gezicht en de andere slap in haar schoot. Connell gaat achter het stuur zitten en veegt zijn mond af met zijn mouw. Ze zitten samen verzegeld in de compacte stilte in de auto. Hij kijkt naar haar. Ze zit een beetje voorover alsof ze pijn heeft.

Sorry dat ik je hiermee lastigval, zegt ze. Sorry. Ik wist niet wat ik moest doen.

Geen sorry zeggen. Het is heel goed dat je me hebt gebeld. Oké. Kijk me eens aan. Niemand zal je ooit meer zoiets aandoen.

Ze kijkt hem aan boven de sluier van de witte tissue en met een schok voelt hij zijn macht over haar weer, de openheid in haar ogen.

Alles komt goed, zegt hij. Echt. Ik hou van je, ik laat zoiets nooit meer met je gebeuren.

Even houdt ze zijn blik vast, dan sluit ze haar ogen. Ze leunt achterover in haar stoel met haar hoofd tegen de hoofdsteun en de hand met de tissue nog voor haar gezicht. Een houding van extreme vermoeidheid, denkt hij, of van opluchting.

Dank je, zegt ze.

Hij start en rijdt de oprit af. Zijn zicht is weer normaal, de voorwerpen hebben weer vaste vorm aangenomen en hij kan ademhalen. Boven hen wuiven de bomen in stilte met hun scherp afgetekende zilveren blaadjes.

ZEVEN MAANDEN LATER

(FEBRUARI 2015)

In de keuken schenkt Marianne heet water op de koffie. Buiten is de hemel laag en wollig en terwijl de koffie doorloopt, legt ze haar voorhoofd tegen het raam. Langzaam verbergt de mist van haar adem de campus: de bomen worden zacht, de Old Library wordt een zware wolk. Over het voorplein lopen studenten in winterjas met hun armen over elkaar; ze verdwijnen in een waas tot ze helemaal weg zijn. Marianne wordt niet meer bewonderd of verguisd. Iedereen is haar vergeten. Ze is nu een normaal mens. Als ze langsloopt, kijkt niemand op. Ze gaat zwemmen in het studentenzwembad en dan met nat haar eten in de mensa. Ze vindt Dublin ongelooflijk mooi bij nat weer, grijze stenen die zwart worden, de regen die over het gras strijkt en op de gladde dakpannen fluistert. Regenjassen die glinsteren in de onderzeese kleuren van de straatverlichting. Regen als zilveren muntjes op het felverlichte verkeer.

Ze veegt met haar mouw over het raam en haalt kopjes uit de kast. Ze werkt vandaag van tien tot twee en heeft daarna een seminar over Frankrijk in de moderne tijd. Op haar werk beantwoordt ze e-mails met de mededeling dat haar baas niemand te woord kan staan. Het is haar niet duidelijk wat hij eigenlijk doet. Hij kan nooit afspreken met de mensen die hem willen spreken, waar ze uit opmaakt dat hij óf heel druk of heel lui is. Als hij op kantoor verschijnt, steekt hij vaak uitdagend een sigaret op alsof hij Marianne wil testen. Maar wat test hij dan? Ze zit gewoon achter haar bureau adem te halen. Hij heeft het graag over zijn eigen intelligentie. Dat is saai, maar niet inspannend. Aan het eind van de week geeft hij haar een envelop vol contant geld. Toen Joanna dat hoorde was ze geschokt. Waarom betaalt hij je cash? vroeg ze. Dealt hij drugs of zo? Marianne antwoordde dat hij volgens haar een soort projectontwikkelaar was. O, zei Joanna. Wow, dat is nog veel erger.

Marianne drukt de koffie door en schenkt twee kopjes vol. In het ene: een kwart lepeltje suiker, een wolkje melk. In het andere alleen zwart zonder suiker. Ze zet ze zoals altijd op het blad, loopt op blote voeten de gang door en tikt met de hoek van het blad op de deur. Geen reactie. Ze zet het blad met haar linkerhand op haar heup en doet met de rechter de deur open. De lucht in de kamer is dik, als van zweet en verschaalde alcohol, en de gele gordijnen voor de openslaande ramen zijn nog dicht. Ze maakt een plekje op het bureau vrij om het blad op te zetten en gaat dan op de draaistoel zitten om haar koffie op te drinken. Die smaakt een beetje zuur, net als de lucht om haar heen. Dit vindt Marianne een fijn moment van de dag, voordat het werk begint. Als ze haar kopje leeg heeft, tilt ze met haar vingers een hoekje van het gordijn op. Een wit licht stroomt over het bureau.

Vanuit het bed zegt Connell: Ik ben wakker, hoor.

Hoe voel je je?

Ja, oké.

Ze geeft hem het kopje zwarte ongezoete koffie. Hij draait zich om in bed en kijkt haar met kleine, toegeknepen ogen aan. Ze gaat op de matras zitten.

Sorry voor gisteravond, zegt hij.

Sadie valt op je.

Denk je?

Hij trekt het kussen naar het hoofdeind en pakt het kopje van haar aan. Hij neemt een grote slok, slikt en kijkt Marianne weer aan, nog steeds turend, hij knijpt zijn linkeroog helemaal dicht.

Helemaal mijn type niet, voegt hij eraan toe.

Met jou weet ik het nooit.

Hij schudt zijn hoofd, neemt nog een slok koffie, slikt.

Jawel, zegt hij. Jij vindt het leuk om mensen mysterieus te vinden, maar ik ben helemaal niet mysterieus.

Daar denkt ze over na terwijl hij zijn koffie opdrinkt.

Iedereen is waarschijnlijk wel ergens een mysterie, zegt ze. Ik bedoel, je kunt een ander nooit helemaal kennen en zo.

Ja. Maar denk je dat echt?

Dat wordt beweerd.

Wat weet ik niet over jou? vraagt hij.

Marianne glimlacht, gaapt, spreidt schouderophalend haar handen.

Mensen zijn veel kenbaarder dan ze zelf denken, voegt hij eraan toe.

Kan ik nu gaan douchen of wil jij eerst?

Nee, ga jij maar. Mag ik op jouw laptop even mijn mail checken?

Ga je gang, zegt ze.

In de badkamer is het licht blauw en klinisch. Ze schuift de douchedeur open, zet de kraan open en wacht tot het water warm wordt. Ondertussen poetst ze snel haar tanden, spuugt het witte schuim precies in de afvoer en maakt de knot in haar nek los. Dan trekt ze haar badjas uit en hangt hem aan de badkamerdeur.

In november, toen de nieuwe hoofdredacteur van het literaire tijdschrift aftrad, heeft Connell aangeboden in te vallen totdat ze iemand anders hadden gevonden. Nu, maanden later, heeft zich nog niemand gemeld en voert Connell nog altijd zelf de redactie. De vorige avond was er een feestje voor het nieuwe nummer en Sadie Darcy-O'Shea had een kom felroze wodkapunch met stukjes fruit meegebracht. Sadie komt graag op zulke avondjes om Connell in zijn arm te knijpen en onder vier ogen zijn 'carrière' met hem te bespreken. De vorige avond had hij zoveel punch gedronken dat hij omviel toen hij wilde opstaan. Dat nam Marianne Sadie ergens kwalijk, al was het ontegenzeglijk Connells eigen schuld. Later, toen Marianne hem eindelijk thuis en in bed had, vroeg hij om een glas water, dat hij over zichzelf en het dekbed morste voordat hij out ging.

De afgelopen zomer heeft ze voor het eerst een verhaal van Connell gelezen. Dat gaf haar zo'n merkwaardig gevoel over hem als persoon, toen ze daar met dat bedrukte papier zat dat aan de bovenhoekjes was omgevouwen omdat hij geen nietjes had. Ze voelde zich op een bepaalde manier heel dicht bij hem terwijl ze las, alsof ze getuige was van zijn geheimste gedachten, maar het was ook alsof hij zich van haar afwendde en zich concentreerde op zijn eigen complexe taak waaraan zij nooit deel zou hebben. Sadie natuurlijk ook niet, niet echt, maar zij is tenminste schrijver, zij heeft zelf ook een verborgen denkbeeldig leven. Mariannes leven speelt zich strikt in de werkelijkheid af en is bevolkt door echte mensen. Ze denkt aan Connells uitspraak: Mensen zijn veel kenbaarder dan ze zelf denken. Toch heeft hij iets wat zij mist, een innerlijk leven waar de ander geen deel van uitmaakt.

Vroeger vroeg ze zich altijd af of hij echt van haar hield. In bed kon hij liefdevol zeggen: Nu ga je precies doen wat ik zeg, hè? Hij wist hoe hij haar moest geven wat ze wilde, hij moest haar een open, zwak, machteloos gevoel geven, soms tot huilens toe. Hij begreep dat het niet nodig was haar pijn te doen: zonder geweld zorgde hij ervoor dat ze zich vrijwillig onderwierp. Dat leek allemaal op het allerdiepste niveau van haar persoonlijkheid te gebeuren. Maar op welk niveau raakte het hem? Was het voor hem een spel, een dienst die hij haar bewees? Voelde hij het ook zo, net zoals zij? In het dagelijks leven, bij hun gewone bezigheden, gaf hij blijk van geduld en hield hij rekening met haar gevoelens. Hij zorgde voor haar als ze ziek was, hij las haar de concepttekst van zijn essays voor, hij luisterde als ze haar ideeën uiteenzette, het hardop met zichzelf oneens was en haar mening herzag. Maar hield hij van haar? Soms kreeg ze zin om te vragen: Zou je me missen als je me niet meer had? Dat had ze hem een keer in dat spookhuis gevraagd, toen ze nog pubers waren. Toen had hij ja gezegd, maar in die tijd was zij het enige in zijn leven, het enige wat hij voor zichzelf had, zo zou het nooit meer zijn.

In december begonnen hun vrienden naar hun plannen voor de feestdagen te vragen. Marianne had haar moeder en broer sinds die zomer niet meer gezien. Haar moeder had helemaal niets van zich laten horen, Alan had een paar appjes gestuurd met teksten als: Mam praat niet meer met jou, je maakt ons te schande, zegt ze. Marianne had nooit gereageerd. Ze had voor zichzelf het gesprek gerepeteerd dat zou plaatsvinden als haar moeder eindelijk contact opnam, de beschuldigingen die zouden worden uitgesproken, de waarheden waar ze aan zou vasthouden. Maar dat gebeurde nooit. Haar verjaardag kwam en ging zonder een woord van thuis. Toen werd het december en ze was van plan in de vakantie alleen op de campus te blijven en aan haar dissertatie over het Ierse gevangeniswezen na de onafhankelijkheid te werken. Connell wilde dat ze mee naar Carricklea ging. Lorraine zal het fijn vinden als je komt, zei hij. Ik zal haar bellen, dan kunnen jullie het erover hebben. Uiteindelijk belde Lorraine Marianne zelf en nodigde haar persoonlijk uit voor de feestdagen. Marianne vertrouwde erop dat Lorraine wist wat het beste was en nam de uitnodiging aan.

Onderweg, in de auto, praatten zij en Connell aan één stuk door, maakten grappen en zetten gekke stemmetjes op om elkaar aan het lachen te maken. Achteraf vraagt Marianne zich af of ze zenuwachtig waren. Toen ze in Foxfield aankwamen, was het donker en waren alle ramen versierd met gekleurde lichtjes. Connell haalde hun tassen uit de kofferbak. In de woonkamer ging Marianne bij de haard zitten terwijl Lorraine theezette. De boom, ingeklemd tussen het bankstel en de televisie, knipperde in steeds hetzelfde patroon. Connell kwam binnen met een kop thee, die hij op de armleuning van haar stoel zette. Voordat hij ging zitten, herschikte hij iets aan de versiering van de boom. Het zag er meteen veel beter uit. Mariannes gezicht en handen werden heel warm bij de haard. Lorraine kwam binnen en begon Connell te vertellen welke familieleden al langs waren geweest en wie er morgen kwamen enzovoort. Marianne voelde zich ineens zo ontspannen dat ze bijna haar ogen dicht wilde doen en in slaap vallen.

Met de feestdagen was het druk in het huis in Foxfield. Tot 's avonds laat was het een komen en gaan van mensen met feestelijk ingepakte trommels koekjes en flessen whiskey. Op kniehoogte renden onverstaanbaar gillende kinderen rond. Op een avond had iemand een PlayStation meegebracht en Connell had tot twee uur 's nachts FIFA gespeeld met een jonger neefje; hun lichaam leek groen bij het licht van het scherm en Connell had een bijna vrome uitdrukking van concentratie op zijn gezicht. Marianne en Lorraine stonden voornamelijk in de keuken en spoelden vuile glazen in de gootsteen, maakten dozen bonbons open en zetten eindeloze hoeveelheden thee. Op een gegeven moment hoorden ze een stem in de voorkamer: Heeft Connell een vriendin? Een andere stem antwoordde: Ja, ze is in de keuken. Lorraine en Marianne wisselden een blik. Ze hoorden een kort geroffel van voetstappen en er verscheen een tienerjongen met een trui van United in de deuropening. Toen hij Marianne zag, die bij het aanrecht stond, werd hij ineens verlegen en keek naar de grond. Hoi, zei ze. Hij knikte haar kort toe zonder haar aan te kijken en slofte terug naar de woonkamer. Daar moest Lorraine erg om lachen.

Op oudejaarsdag zagen ze Mariannes moeder in de supermarkt. Ze had een donker pakje en een gele blouse aan. Om door een ringetje te halen, zoals altijd. Lorraine zei beleefd gedag en Denise liep gewoon door zonder iets te zeggen, ze keek recht voor zich uit. Niemand wist welk onrecht ze meende dat haar was aangedaan. In de auto stak Lorraine, die voorin zat, haar arm naar achteren om Marianne een kneepje in haar hand te geven. Connell startte de motor. Wat vinden de mensen hier eigenlijk van haar? vroeg Marianne.

Van wie, van je moeder? vroeg Lorraine.

Ja, ik bedoel, hoe zien ze haar?

Met een meelevende uitdrukking op haar gezicht zei Lorraine vriendelijk: Ik denk dat ze haar een beetje vreemd vinden.

Dat was de eerste keer dat Marianne dat hoorde of er zelfs maar over nadacht. Connell mengde zich niet in het gesprek. Die avond wilde hij oud en nieuw vieren bij Kelleher's. Hij zei dat iedereen van school er zou zijn. Marianne opperde dat ze misschien liever thuisbleef en daar leek hij even over na te denken voordat hij zei: Nee, je moet mee. Ze lag op haar buik op zijn bed terwijl hij een ander shirt aantrok. Het zij verre van mij om een bevel te negeren, zei ze. Hij ving haar blik in de spiegel. Precies, zei hij.

Die avond in Kelleher's was het stampvol en vochtig van de hitte. Connell had gelijk gehad, iedereen van school was er. Ze moesten aldoor uit de verte naar mensen zwaaien en met hun lippen een groet vormen. Karen zag hen bij de bar en sloeg haar armen om Marianne heen. Ze rook naar een zwak, maar heel lekker parfum. Wat fijn om je te zien, zei Marianne. Kom dansen, zei Karen. Connell nam hun glazen mee naar de lager gelegen dansvloer, waar Rachel en Eric al stonden, net als Lisa, Jack en Ciara Hefferman, die een jaar onder hen had gezeten. Om de een of andere reden boog Eric spottend naar hen. Hij was waarschijnlijk dronken. Er was te veel lawaai om een normaal gesprek te kunnen voeren. Connell hield Mariannes glas vast terwijl zij haar jas uittrok en onder een tafeltje propte. Niemand was echt aan het dansen, ze stonden alleen maar wat in elkaars oor te schreeuwen. Karen maakte af en toe een paar boksbeweginkjes alsof ze de lucht wilde stompen. Er kwamen mensen bij hen staan die Marianne nooit had gezien en iedereen omhelsde iedereen en riep van alles.

Om middernacht, toen iedereen juichte en gelukkig nieuwjaar riep, trok Connell Marianne in zijn armen en kuste haar. Ze voelde dat de anderen keken, alsof hun blikken op haar huid drukten. Misschien hadden ze het tot dan toe niet geloofd of hing er nog steeds een morbide fascinatie over iets wat ooit schandalig was geweest. Of misschien keken ze gewoon nieuwsgierig naar de chemie tussen twee mensen die na al die jaren kennelijk nog steeds niet van elkaar af konden blijven. Marianne moest toegeven dat zijzelf waarschijnlijk ook zou hebben gekeken. Toen ze elkaar loslieten, keek Connell haar in de ogen en zei: Ik hou van je. Ze lachte en haar gezicht werd rood. Ze was in zijn macht, hij had verkozen haar te redden, ze was gered. Het was niets voor hem om zich in het openbaar zo te gedragen, dus hij deed het waarschijnlijk expres, om haar een plezier te doen. Het was vreemd om zo volledig in iemands macht te zijn, maar ook heel gewoon. Niemand is volledig onafhankelijk van een ander, dus waarom zou je het niet opgeven, dacht ze, radicaal de andere kant op gaan, voor alles afhankelijk van anderen zijn en goedvinden dat zij afhankelijk van jou zijn, waarom niet. Ze weet dat hij van haar houdt, dat hoeft ze zich niet meer af te vragen.

Ze komt uit de douche en slaat de blauwe badhanddoek om zich heen. De spiegel is beslagen. Ze doet de deur open en Connell beantwoordt haar blik vanuit het bed. Hallo, zegt ze. De bedompte lucht in de kamer voelt koel aan op haar huid. Hij zit rechtop in bed met haar laptop op schoot. Ze loopt naar de ladekast, pakt schoon ondergoed en begint zich aan te kleden. Hij kijkt. Ze hangt de handdoek over de deur van de kleerkast en steekt haar armen in de mouwen van een overhemdblouse.

Is er iets? vraagt ze.

Ik heb een mail gekregen.

O? Van wie?

Hij kijkt verdwaasd naar de laptop en dan weer naar haar. Zijn ogen zien er rood en slaperig uit. Ze maakt haar knoopjes dicht. Hij heeft zijn knieën onder het dekbed opgetrokken en het licht van het scherm beschijnt zijn gezicht.

Van wie, Connell? vraagt ze.

Van die universiteit in New York. Het ziet ernaar uit dat ze me een plaats aanbieden voor de master creatief schrijven. Je weet wel.

Ze blijft roerloos staan. Haar haar is nog nat en lekt langzaam door de stof van de blouse.

Je had helemaal niet gezegd dat je je had ingeschreven, zegt ze.

Hij kijkt alleen.

Ik bedoel, gefeliciteerd, zegt ze. Ik vind het niet zo vreemd dat je bent aangenomen, maar wel dat je nooit iets hebt gezegd.

Hij knikt uitdrukkingsloos en kijkt weer naar de laptop.

Ik weet niet, zegt hij. Ik had het je wel moeten vertellen, maar echt, het leek me zo onwaarschijnlijk.

Dat is nog geen reden om niets te zeggen.

Maar het maakt niet uit, voegt hij eraan toe. Ik ga toch niet. Ik snap niet eens waarom ik me had ingeschreven.

Marianne pakt de handdoek van de kastdeur en begint er langzaam mee in haar haar te wrijven. Ze gaat op de bureaustoel zitten.

Wist Sadie dat je je had ingeschreven? vraagt ze.

Wat? Waarom vraag je dat?

Nou?

Eh, ja, zegt hij. Maar ik zie niet in wat dat ermee te maken heeft.

Waarom heb je het haar wel verteld en mij niet?

Hij zucht, wrijft met zijn vingertoppen in zijn ogen en haalt zijn schouders op.

Ik weet niet, zegt hij. Het was haar idee. Ik vond het eerlijk gezegd nogal belachelijk, vandaar dat ik niets tegen jou heb gezegd.

Ben je verliefd op haar?

Connell staart Marianne aan, verroert zich niet en houdt het oogcontact secondelang vast. De uitdrukking op zijn gezicht is moeilijk te lezen. Eindelijk wendt zij haar blik af om een droog stukje handdoek op te zoeken.

Meen je dat nou? vraagt hij.

Waarom geef je geen antwoord?

Je haalt van alles door elkaar, Marianne. Ik voel niet eens vriendschap voor Sadie, eerlijk gezegd vind ik haar irritant. Hoe vaak moet ik dat nog zeggen? Sorry dat ik het niet had verteld van die inschrijving, maar hoe kun je daaruit opmaken dat ik op iemand anders verliefd ben?

Marianne blijft haar haar droogwrijven.

Ik weet niet, zegt ze eindelijk. Soms heb ik het gevoel dat je mensen om je heen wilt die je begrijpen.

Ja, precies, jou. Als ik een lijst moest maken van mensen die helemaal niets van me begrijpen, dan staat Sadie bovenaan.

Marianne is weer stil. Connell heeft de laptop dichtgeklapt.

Sorry dat ik niets had gezegd, oké? zegt hij. Soms schaam ik me om dat soort dingen te vertellen omdat het zo stom lijkt. Ik kijk eerlijk gezegd nog steeds erg naar je op, ik wil niet dat je denkt, ik weet niet, dat ik mezelf voor de gek hou.

Ze knijpt in haar haar in de handdoek en voelt de grove, korrelige structuur van de lokken.

Je moet het doen, zegt ze. Naar New York gaan, bedoel ik. Je moet het aannemen, je moet gaan.

Hij zegt niets. Ze kijkt op. De muur achter hem is geel als een klont boter.

Nee, zegt hij.

Je kunt vast wel een beurs krijgen.

Waarom zeg je dat? Ik dacht dat je komend jaar hier wilde blijven.

Ik kan toch hier blijven als jij daarheen gaat, zegt ze. Het is maar voor een jaar. Ik vind dat je het moet doen.

Hij maakt een vreemd, verward geluidje, bijna een lach. Hij brengt een hand naar zijn hals. Zij legt de handdoek neer en begint langzaam de knopen uit haar haar te borstelen.

Belachelijk, zegt hij. Zonder jou ga ik niet naar New York. Zonder jou zou ik niet eens hier zijn.

Dat is waar, denkt ze. Dan zou hij heel ergens anders zijn en een ander soort leven hebben. Hij zou zelfs anders tegenover vrouwen staan en zijn aspiraties in de liefde zouden anders zijn. En Marianne zelf zou ook een heel ander iemand zijn. Zou ze ooit gelukkig zijn geworden? En wat voor geluk zou dat dan zijn geweest? Al die jaren zijn ze twee kleine plantjes in hetzelfde stukje grond geweest, helemaal om elkaar heen gegroeid, ze hebben zich in bochten gewrongen om plaats voor elkaar te maken en de onwaarschijnlijkste houdingen aangenomen. Maar uiteindelijk heeft ze iets voor hem betekend, ze heeft een nieuw leven mogelijk gemaakt en daar zal ze altijd een goed gevoel aan overhouden.

Ik zou je veel te erg missen, zegt hij. Ik zou er ziek van worden.

In het begin. Maar dat gaat over.

Ze zitten nu zwijgend bij elkaar. Marianne haalt de borstel methodisch door haar haar, tast naar knopen en ontwart ze langzaam, geduldig. Ongeduldig worden heeft geen zin meer.

Je weet dat ik van je hou, zegt Connell. Voor iemand anders zal ik nooit hetzelfde voelen.

Ze knikt, oké. Het is waar wat hij zegt.

Eerlijk, ik weet niet wat ik moet doen, zegt hij. Als jij zegt dat ik hier moet blijven, dan doe ik dat.

Ze sluit haar ogen. Waarschijnlijk komt hij niet terug, denkt ze. Of wel, maar anders. Wat ze nu hebben, krijgen ze nooit meer terug. Maar voor haar zal de pijn van de eenzaamheid niets zijn vergeleken met de pijn van vroeger, toen ze zich waardeloos voelde. Hij heeft haar het goede gebracht, als een geschenk, en nu is het van haar. Ondertussen opent het leven zich voor hem naar alle kanten tegelijk. Ze hebben elkaar veel goedgedaan. Echt, denkt ze, echt. Mensen kunnen elkaar echt veranderen.

Je moet het doen, zegt ze. Ik zal er altijd zijn. Dat weet je.

DANKWOORD

Veel dank, allereerst aan John Patrick McHugh, die al bij deze roman betrokken was voordat ik klaar was met schrijven en wiens wijze woorden en begeleiding veel hebben bijgedragen aan de ontwikkeling ervan; aan Thomas Morris voor zijn doordachte, gedetailleerde feedback op het manuscript; aan David Hartery en Tim MacGabhann voor het lezen van de eerste versies van de eerste hoofdstukken en voor hun verstandige adviezen; aan Ken Armstrong, Iarla Mongey en alle leden van de Castlebar Writers' Group, die mijn schrijverschap vanaf het begin hebben gesteund; aan Tracy Bohan, die afgezien van het schrijven zelf vrijwel alles voor dit boek heeft gedaan; aan Mitzi Angel, die van dit boek een betere roman en van mij een betere schrijver heeft gemaakt; aan Johns familie; aan mijn eigen familie, in het bijzonder aan mijn ouders; zoals altijd aan Kate Oliver en Aoife Comey voor hun vriendschap, en aan John, voor alles.